Christian Nova

Would you dance with me?

Christian Nova verbringt seine Zwanziger mit mehreren Katzen im Osten Deutschlands. Es war Sommer, als er erstmals den beliebtesten Tanzfilm dieser Erde sah. Prompt überkam ihn das Tanzfeeling und seine Finger flogen über die Tastatur. »Would you dance with me?« ist sein Debütroman.

Wochenlang rätselten die Darsteller von *Dirty Dancing*, wie die Produzenten ihren Streifen wohl nennen würden. Ein Titel stand ganz besonders hoch im Kurs. Es war unter anderem der Favorit von Jennifer Grey.

WOULD YOU DANCE WITH ME?

KAPITEL 1

Den größten Teil der Landstraße haben wir schon hinter uns. Das wird mir spätestens klar, als Onkel Jim vom Fahrersitz mit einer Handbewegung auf sich aufmerksam macht. Meine Cousine Sarah und ich ziehen uns zeitgleich die Kopfhörer aus den Ohren.

»Gleich sind wir da!«, gibt er bekannt.

»Gott sei Dank«, meint Sarah.

Wir fahren mittlerweile schon eine gefühlte Ewigkeit in der Sonne, die durch das Fenster reinknallt. Ich bin jedenfalls froh, dass es Klimaanlagen gibt, denn ohne wäre das Auto längst zur Sauna mutiert. Mir bleibt nichts anderes übrig, als aus dem Fenster zu sehen und dabei Musik zu hören. Hätte ich lediglich die Bäume der ersten Reihe gezählt, die auf beiden Seiten im Sekundentakt auftauchten, wäre ich bestimmt bei weit über zweitausend gelandet. Zuerst habe ich es versucht, aber letztendlich erwischte mich immer wieder der Gedanke, wie es wohl wäre, wenn jetzt meine Eltern vorn im Auto sitzen würden.

Am liebsten wäre es mir gewesen, meine Verwandten hätten mich einfach daheimgelassen. Dann hätte ich einen Film nach dem anderen geguckt, und vielleicht wären mir beim Spielen einige gute Ideen gekommen. Okay, Letzteres kann auch im Resort passieren, aber trotzdem. In Urlaubsstimmung bin ich echt nicht. Aber da ich ja leider erst in sechs Monaten achtzehn werde, dürfen meine Tante und mein Onkel entscheiden. Ein bisschen Ablenkung kann ja nicht schaden, da haben sie schon recht. Außerdem sind Gitarre und Mac mit an Bord, ich bin also nicht ganz allein.

»Hast du deine Tablette schon genommen, Emily?«, fragt mich Tante Janice in ihrem gewohnt steifen Tonfall.

»Ja, hab ich«, antworte ich. Sie will immer noch nicht verstehen, dass es *daran* nicht lag. Ich nehme sie schon fast mein ganzes Leben lang. Es ist wie Zähneputzen. Das kann man auch nicht vergessen, es gehört einfach dazu.

Wäre Sarah an meiner Stelle, hätte ihre Mutter hundertprozentig eine patzige Antwort erhalten. Es ist echt komisch. Wir sind gleich alt und doch so verschieden. Vielleicht wäre sie generell etwas geselliger, wenn es in der Gegenwart von Janice und Jim kein Verbot gäbe, Handys zu benutzen. Da können wir schon froh sein, dass wir wenigstens Musik hören dürfen. Eigentlich liegt es nur an Janice, und eigentlich ist es ja auch nicht so verkehrt, denn so unterhält man sich wenigstens noch miteinander. Jedenfalls geht es mir so. Sarah hingegen ist noch schlechter drauf als sonst. Spätestens im Hotelzimmer wird sie ihr Telefon dann eh anstellen und mit ihren Typen schreiben. Vorausgesetzt, in dem Hotel gibt es überhaupt Internet. Nach allem, was ich bereits erfahren habe, ist es eher ein Ort, an dem sich ältere Menschen in ihre Jugend zurückversetzen wollen. Das soll sowohl die Innenausstattung als auch das ganze Programm betreffen, das sie dort zur Unterhaltung der Gäste anbieten. Also darf man als Begleitmusik zum Abendessen wohl eher den Sound der Beatles und keine Taylor Swift Songs erwarten.

Sie fahren schon seit zwei Jahrzehnten jedes Jahr zur gleichen Zeit im Sommer dorthin. In den letzten Tagen steigerte sich ihre Vorfreude zusehends. Normalerweise sind die zwei keine Menschen, die Emotionen zeigen. Diesen Eindruck hatte ich auch früher immer bei Familienfeiern. Aber vielleicht liegt es auch daran, dass das, was vor neun Monaten geschah, auch ihre Gefühlswelt komplett durcheinandergewirbelt hat und sie das Leben jetzt irgendwie mehr fühlen und ausgiebiger genießen wollen. Ich kann es jedenfalls nicht.

Sarah wäre nach den ganzen Urlauben in diesem Hotel lieber zu Hause geblieben, denn Urlaubsflirts, die sie sicher gern gehabt hätte, sind angesichts der älteren Gäste wohl ausgeschlossen. Doch sie hätten sie nie allein in ihrem Haus gelassen. Die XXL-Party wäre garantiert gewesen. Mir ist es egal, was in dem Hotel los ist oder nicht. Solange ich mich in die Natur zurückziehen und Musik machen kann, ist alles gut. Da ertrage ich es auch, das Zimmer mit ihr zu teilen. Wenn sie nur nicht immer so launisch wäre, wäre ich dazu sogar ganz generell bereit, denn hinter der Fassade ist sie eigentlich ein echt umgänglicher Mensch, nur behält sie diese Seite oftmals für sich.

Ein großes Schild mit der Aufschrift *Ferienresort Mallowland* samt nach rechts gerichtetem Pfeil erscheint in diesem Moment an einer Abzweigung, die Jim sogleich nimmt. Die anschließende Kiesstraße geht leicht nach unten, mitten in ein Waldgebiet und hinab ins Tal. Kurz darauf tut sich in der Ferne Wasser auf. Je näher wir kommen, umso klarer wird mir, dass es ein See ist. Bevor ich ihn aber weiter betrachten kann, drückt mich eine harte Kurve ruckartig gegen die Seitentür. Lediglich ein weiß gestrichener Holzzaun trennt uns vom Abhang. Nur eine Reifenbreite! Ich stelle mir unweigerlich vor, wie wir durch das Holz brettern und hinab ins Wasser krachen. Wenn der Spruch *Die Kurve nicht gekriegt* irgendwo herstammen könnte, dann von einem solchen Szenario! Zum Glück ist Jim ein sehr routinierter Fahrer.

Im nächsten Moment blitzt das Ufer mit hellem Sand und vielen Menschen zwischen den Stämmen auf. Das muss der Strand sein, von dem sie erzählt haben. Bereits kurze Zeit später sind unsere Reifen auf Höhe des Wasserstands angekommen. Ein hübsch geschwungener Schriftzug begrüßt uns im Mallowland. Vor uns liegt eine enorm große und kurz geschnittene Rasenfläche. Wahrscheinlich würde sie ein ganzes Footballfeld fassen. Rechts beginnt der Strandabschnitt mit einer roten Wasserrutsche, ein paar Tretbooten sowie vielen bunten Strandliegen mit dazugehörigen Sonnenschirmen. Nahezu alle von ihnen sind bei diesem tollen Wetter schon belegt, und einige Kids spritzen sich gegenseitig nass. Mit ihrer unbeschwerten Art zaubern sie mir ein Lächeln ins Gesicht. Sogar der Sand sieht aus, als wäre er aus dem Badekatalog direkt hierher teleportiert worden. Und dort, wo er in Gras übergeht, beginnt ein großes Sportareal mit drei Spielflächen. Ein Tennisplatz, ein Beachvolleyballfeld und ganz außen ein Spielplatz vor einer großen dunkelgrünen Hecke. Die nächste Linkskurve bringt uns zum gefüllten Parkplatz. Und dann offenbart sich mir das Hotel, ein gigantisches Gebäude. Unzählige Fenster. Die Fassade ist nicht etwa langweilig in einer einzigen Farbe gehalten, im Gegenteil. Die Backsteine, grau und beige, sind immer im Wechsel angeordnet, sodass der Eindruck eines Mosaikmusters entsteht.

»Na, dann wollen wir mal in unseren wohlverdienten Urlaub starten!«, sagt Jim und steigt als Erster aus, gefolgt von seiner gelangweilten Tochter.

Beim Öffnen der Tür strömt mir die warme Sommerluft entgegen. Nacheinander schnappt sich jeder seine Gepäckstücke aus dem Kofferraum, und anschließend gehen wir gemeinsam nach oben zum Hotel. Dabei passieren wir einen großen rechteckigen Holzpavillon, der an den Geländern und am Dach mit Lampions geschmückt ist. Ein echter Blickfang! Die gegenüberliegende Heckenwand begleitet uns fast bis zur Höhe des Hotelgebäudes. Dort führt uns der Weg zunächst an einer breiten Treppe vorbei. Der Aufgang zur Restaurantterrasse, wie Jim mir erzählt. Wenig später erreichen wir dann auch schon die Glastür zur Hotellobby, die sich automatisch nach beiden Seiten öffnet. Die Retro-Einrichtung mit alten Sofas springt mir sofort ins Auge. Verschiedene Palmen, gläserne Stehlampen und ein goldener Kronleuchter komplettieren die Einrichtung.

»Die Mayers sind zurück!«, ruft uns ein älterer Mann entgegen und kommt lächelnd hinter dem breiten Holztresen hervor.

»James, schön Sie wiederzusehen!«, entgegnet Jim, woraufhin sie sich händeschüttelnd begrüßen. Janice erhält sogar einen angedeuteten Handkuss.

Der Mann ist schätzungsweise Ende sechzig, hat kurzes weißes Haar und trägt einen schwarz-weißen Anzug, auf dessen Brusthöhe das aufgestickte Mallowland-Logo und die Aufschrift *Chefportier* prangt. James – es würde wohl kein anderer Name besser zu einem Empfangschef passen.

»Schön, dass Sie auch in diesem Jahr wieder da sind! Und diesmal ja sogar mit Verstärkung, wie ich sehe.«

»Ja, das ist Emily, unsere Nichte«, erklärt ihm Janice freundlich, doch trotzdem trocken wie immer.

Er drückt sanft meine Hand. »Sehr erfreut, dich in unserem schönen Mallowland begrüßen zu dürfen!«

Sein Grinsen springt auf mich über. »Freut mich auch!«

Anschließend geht James zurück zu seinem Tresen und nimmt zwei Schlüssel aus einem der vielen Fächer an der Wand. »Die letzten verfügbaren Zimmer und natürlich auch die besten ... unsere Suiten. Die gewohnte Nummer 100 für Frau und Herrn Mayer. Und zusätzlich die Nummer 101 für Fräulein Mayer und Emily«, sagt er und überreicht mir unseren.

»James, wissen Sie, wo Frank ist?«, fragt Jim.

»Oh ja, es tut ihm sehr leid, er lässt sich entschuldigen, weil er noch etwas für die Sommergala zu erledigen hat. Aber er wird sich in jedem Fall schnellstmöglich bei Ihnen melden. Es gibt in diesem Jahr noch viel mehr für die Gala zu organisieren, müssen Sie wissen, es ist schließlich das große Jubiläum. Wir haben einen tollen Illusionisten, eine überwiegend neu besetzte Liveband, zahlreiche weitere

Künstler und eine viel größere Tanzgruppe. Da werden wir uns ganz gewiss wie in den guten alten Zeiten fühlen!« Dann blickt er zu mir und meinen Koffern. Er dreht sich um und winkt einen jungen Mann mit rot-schwarzer Uniform und goldenen Knöpfen heran. »Alex wird sich gern um euer Gepäck kümmern und euch zu euren Zimmern führen«, sagt James.

Der Junge in unserem Alter schiebt einen goldenen Kofferwagen, wie man ihn aus Filmen kennt.

»Wir werden erst mal in die Bar gehen und uns den Empfangscocktail genehmigen, das machen wir jedes Jahr so«, sagt Jim zu mir.

»*Wir* gehen auf unser Zimmer«, meint Sarah, bevor ihre Eltern durch eine weitere Schiebetür neben den Sofas schlendern. *Bar* steht darüber.

Alex hievt derweil Sarahs Koffer auf den Wagen. Sie mustert ihn. Er ist recht schmächtig und jung – also nicht ihr Beuteschema. Sie beurteilt nur nach Optik. Und die, die bei ihrem Scan durchfallen, werden einfach ignoriert. Wie auch in diesem Fall. Ich stelle meinen Koffer auf seinen Wagen und sende ihm ein Lächeln, damit er weiß, dass er zumindest von einer Person hier wahrgenommen wird. Den Gitarrenkoffer trage ich aber lieber selbst nach oben, sicher ist sicher.

»Welche Zimmernummer war es?«, fragt er uns.

»101«, antworte ich.

»Oh, okay«, kommentiert er verwundert.

Sarah hakt direkt scharf nach: »Was denn?«

»Eine der Luxussuiten.«

»Und was ist daran so schlimm?«, reagiert Sarah ein wenig giftig, wie sie es immer tut, wenn sie mal wieder ihre fünf Minuten hat.

Ich wusste, dass sie ihn längst in eine Schublade verfrachtet hat.

»Nein, gar nichts. Ihr dürft gern vorgehen«, sagt er voller Scham.

Jetzt tut er mir leid. Er macht einen total sympathischen Eindruck und nimmt uns sogar noch das Gepäck ab.

»In welcher Etage sind noch mal die Massageräume?«, säuselt Sarah überheblich, während sie ihren Nachrichtenverlauf kontrolliert.

»Da musst du einfach nur ganz nach unten fahren«, antwortet Alex höflich. Keine Spur von Argwohn.

Hätte sie sich mal von ihrem Handy gelöst, hätte sie es an der Beschriftung neben den Knöpfen selbst herausfinden können. Als die Tür des Fahrstuhls aufgeht, steht ein junger Mann mit nach hinten gegelten schwarzen Haaren und einem perlweißen Polohemd vor uns.

»Hallo, die Damen!«, sagt er und macht uns den Weg frei.

Weder Sarah noch ich erwidern etwas. Er sieht einige Jahre älter aus und ist augenscheinlich genau ihr Typ. Als wir an ihm vorbei in den rechten Gang laufen, guckt Sarah noch mal zurück.

»Hast du den gesehen?«, flüstert sie mir zu, als wäre ich blind.

Seine faszinierende Wirkung auf Sarah scheint auch Alex nicht entgangen zu sein. Er klärt uns auf: »Das war David Mallow, der Juniorchef. Er ist seit dieser Saison in der Geschäftsleitung tätig, gibt Tenniskurse und fährt die Gäste mit einem Boot über den See.«

»Wo kann man einen Kurs buchen?«, fragt Sarah ihn.

War ja klar!

»An der Rezeption unten. Bei James.«

Einige Schritte später kommen wir vor der Tür mit der Nummer 101 an. Daneben hängt ein großes Plakat im Bilderrahmen, auf dem die Sommergala mit den einzelnen Höhepunkten angepriesen wird.

»Ist bei der Gala auch etwas für junge Leute dabei?«, frage ich Alex.

»Na ja, da werden eher so Songs aus den Siebzigern und Achtzigern gespielt, und die Tänzer und Künstler bereiten ein Rahmenprogramm vor, was dazu passt. Ich finde die Musik eigentlich ganz gut.«

Da geht es mir nicht anders. Damals sind die Songs noch mit echten Instrumenten entstanden. Sarah hat für seine Worte aber nur ein »Tzzz« übrig und geht mit dem Handy vor der Nase ins Zimmer. Am liebsten möchte ich Alex direkt sagen, dass nicht er der Grund für ihr genervtes Auftreten ist, sondern ihr Handy, das sie während der Herfahrt nicht anrühren durfte.

»Du spielst Gitarre?«, fragt er mich anschließend mit Blick auf meinen Koffer.

»Jip.«

Dann stellt er sich neben die Tür und weist mir mit einer schwungvollen Geste den Weg ins Zimmer. In die Suite. Der weiche Zuckerwatte-Teppich fühlt sich so an, als würde er mich nie wieder entlassen wollen.

»Immer dieser Oma-Style«, brummt Sarah und geht zielgerichtet in das große Schlafzimmer, das auf der rechten Seite mit einer Falttür abgetrennt ist. Bereits im nächsten Moment liegt sie breit ausgestreckt auf dem King-Size-Bett.

»WLAN funktioniert ohne Passwort«, meint Alex.

Links sind zwei geschlossene Türen.

»Bad mit Badewanne. Und daneben ein weiteres Schlafzimmer«, erklärt er mir aufmerksam. »Ich weiß, ist alles nicht sonderlich modern.«

»Nein, ich mag es, alles gut«, sage ich.

Im Anschluss hat er den letzten Koffer abgestellt und geht wieder nach unten. Nachdem ich meine ganzen Sachen in den Kleiderschrank einsortiert habe, lasse ich mich erst mal in einen der Blümchenmuster-Sessel im Wohnbereich fallen.

Und dann kommt Sarah mit einer Ansage zu mir: »Noch 30 Minuten, dann habe ich meine Massage. Was ein Stress. Und du willst wirklich keine?«

»Nein.« Die Idee, dass jemand dafür bezahlt wird, an mir rumzukneten, ist für mich irgendwie unerträglich.

»Was willst du dann eigentlich die ganzen Tage machen? Sport darfst du ja nicht. Nur spazieren gehen und auf deiner Gitarre rumklimpern?«

Das fehlende Verständnis und Taktgefühl hat sie ganz klar von ihrer Mutter geerbt. Dabei ist *ihr* Plan, täglich für Stunden mit einer Quark- und Gurkenmaske auf einer Liege herumzuliegen und sich die Nägel lackieren zu lassen. Draußen wird Sarah selten sein, denn sie scheut die Sonne und schont ihre blasse Haut, die, wie sie selbst sagt, in Kombination mit ihren rabenschwarzen Haaren die meisten Männer begeistert.

»Spaziergang klingt doch gut. Und Rumklimpern eigentlich auch«, greife ich ihre Anspielung auf.

»Okay, mach, was du nicht lassen kannst. Aber denk dran: Streng dich nicht zu sehr an!«

Manchmal habe ich echt das Gefühl, sie macht sich Sorgen um meine Gesundheit. Doch es ist vielmehr eine Spitze, die sie immer wieder einfach so nebenbei einschiebt.

»Ich gehe jetzt auf jeden Fall schon mal runter und frage James, für wann ich heute Abend mein Tennistraining buchen kann, und danach geht's dann zu meiner Massaaage!«

Tennistraining? Sie treibt nie Sport. Doch als sie verschwunden ist, erinnere ich mich an den Juniorchef, der die Tennisstunden gibt. Klar! Und ich? Ich könnte tatsächlich erst mal die Gegend erkunden.

Ah, da fällt mir der Song wieder ein, an dem ich noch ein bisschen feilen müsste. Die Zeit bis zum Abendessen wäre damit locker gefüllt.

Wenige Sekunden später halte ich bereits meinen Gitarrenkoffer in der einen und den Mac in der anderen Hand.

KAPITEL 2

»Hallo, Fräulein Emily. Gefällt dir eure Suite?«, fragt mich James.

»Ja, auf jeden Fall.«

»Deine Cousine hat eben einen Tenniskurs gebucht. Kann ich dir auch etwas empfehlen?«

»Oh. Vielleicht einen ruhigen Ort, an dem man gut Gitarre spielen kann, ohne andere zu stören?«

Jetzt erst fixiert er meinen Gitarrenkoffer. »Wir haben also eine echte Musikerin im Haus? Grandios!«

»Es ist eigentlich nur ein Hobby«, entgegne ich sofort.

»Und auch dein großer Traum?«

Irgendwie ist es das, ja. Zumindest war es das immer. Aber wie viele Menschen schaffen es schon, mit ihrer Musik erfolgreich zu werden? »Na ja ...« Mein zögernder Gesichtsausdruck scheint ihn aufzuklären.

»Weißt du, mein großer Traum war es schon immer, in einem solch schönen Hotel hinter der Rezeption zu stehen und dafür zu sorgen, dass die Menschen einen tollen Urlaub verleben.«

Ich setze meine Gitarre ab. »Und was war bei Ihnen der Auslöser?«

»Ich war mit meinen Eltern immer in einem Ferienresort wie diesem. Nun ja, der Chefportier hat alles für die Menschen getan, so grimmig manche auch gewesen sein mögen. Er war stets freundlich und bekam dadurch fast immer ein Lächeln geschenkt. Das hat mir imponiert. Diese Begeisterung findet man nämlich nicht in allen Berufsfeldern. Etwas zu geben und dafür die glücklichen Augen der Menschen zu sehen ... Das ist in der Musik sicher sehr ähnlich, nicht wahr?«

Oh ja, es muss ein tolles Gefühl sein, wenn die eigene Musik anderen Menschen gefällt und ihre Augen zum Leuchten bringt. »Ich habe noch nie vor anderen gespielt.«

»Aber du bist auch noch jung. Das kommt ganz bestimmt bald. Ich wollte damit nur sagen, dass es sich immer lohnt, für seine Träume zu kämpfen.«

Die Wärme in seinen Worten ist so deutlich spürbar, dass ich direkt an Dad denken muss.

»Ich hätte da tatsächlich einen perfekten Ort für dich. Wenn du draußen nach rechts gehst und um die Hausecke herumläufst, findest du einen weißen Pavillon. Der wird nicht genutzt, du wirst also deine Ruhe haben, und vor allem Schatten.«

Ich finde den kleinen Holzpavillon sofort. Innen verläuft ringsherum eine Bank. Ich stelle meinen Laptop darauf ab und öffne mein Aufnahmeprogramm. Einen großen Teil des Textes hatte ich ja schon, aber beim letzten Versuch sind mir einfach nicht die richtigen Zeilen eingefallen. Auch diesmal dauert es. Ich probiere hin und her. Der Song ist meiner Großmutter gewidmet, er muss also perfekt werden und all die tollen Erinnerungen an sie beinhalten. Es wäre echt genial, wenn ich ihn heute fertig bekomme und ihn dann endlich meinem Patenonkel Thomas zur Produktion schicken kann.

Okay. Strophe eins und zwei. »Sie war mein Sonnenkind. Mein liebster Planet. Ich hätte nie gedacht, dass sie irgendwann geht. Sie war die Perfektion. Oh, engelsgleich.« Genau. Da war ich stehen geblieben. Ein passender Reim auf »engelsgleich« fehlte mir noch. Ich wollte mit »Diamant« weitermachen. Vielleicht »Wie ein Diamant«. Und dann irgendwas, das sich auf »engelsgleich« reimt. Puhh. »Reich«

oder »vielleicht«. Aber es muss auch auf den Diamanten und Grandma bezogen sein.

Oh, ich hab's: »Der zum Träumen neigt!« Es ist so schön, wenn die Zeilen sich aneinanderschmiegen. Ich scrolle im Schreibprogramm nach unten, füge weitere Textstellen hinzu und erreiche schließlich den Refrain. »Sie liebte es. Sie liebte es. Wie ich ihr in die Augen sah.« Grandma war so knuddelig, hat mich als Kind immer zärtlich geweckt oder mir eine kleine Süßigkeit aufgehoben und zur Begrüßung überreicht.

Schon bald ist der wichtigste Teil des Liedes vollständig. Und die nächsten Strophen folgen unglaublich schnell. Es ist, als würde dieser Ort meine Kreativität beflügeln. Schlussendlich bin ich echt happy mit dem Text! Allerdings muss ich auch einige Tränchen verdrücken. Sie hätte mich ganz bestimmt bei sich aufgenommen. *Okay, Emily, Konzentration!* Die Gitarrenspur ist noch nicht fertig. Wie glücklich ich bin, dass Dad mir schon so früh Gitarrenunterricht gegeben hat. Ich singe die Zeilen leise mit:

»Ja, ihr Herz begann zu springen.
Wie ein grenzenloser Traum.
Und der Moment begann zu singen.
Glaub, es hat ihn umgehaun.
Oh, sie liebte es. Sie liebte es.
Einst.«

Als ich die letzten Saiten anschlage, merke ich erneut, wie sehr der Song mich berührt.

Urplötzlich höre ich Händeklatschen und schrecke zusammen. Mein Gott! Vor lauter Schreck reiße ich mir die Kopfhörer ab und quetsche mich gegen die Wand. Eine junge Blondine mit Zopf steht im Sportoutfit auf der anderen Seite des Pavillons. Woher kommt sie auf einmal? Und, noch viel wichtiger: Hat sie etwa die ganze Zeit zugehört? Das wäre verdammt peinlich! Ich habe noch nie jemanden zuhören lassen, Lizzy mal ausgenommen, denn sie ist eine Seelenverwandte, mit der ich alles teile. Bei Lizzy ist mir nichts peinlich. Meine Stimme anderen zu präsentieren, war allerdings schon immer *die* Albtraumvorstellung schlechthin.

»Oh, tut mir leid, ich wollte dich nicht erschrecken«, sagt sie. »Wir sind nur gerade hier langgejoggt und haben gehört, wie schön du spielst!«

Ihr Lächeln ist total ehrlich, sie scheint keinerlei Probleme damit zu haben, eine völlig fremde Person anzusprechen. Moment mal. Was genau bedeutet *wir*? Auf einmal erblicke ich hinter ihr zwischen den Bäumen zwei Männer. Der eine wirkt jünger als sie, vielleicht so Anfang zwanzig. Er hat lockig braune Haare und trägt ein grün-weißes Bandana sowie ein verschwitztes neongrünes Shirt. Der andere hingegen ist größer, ein paar Jahre älter und sein Gesichtsausdruck ist – wie sagte James noch gleich? – grimmig, genau. Unter dem eng anliegenden schwarzen Shirt zeichnen sich seine Bauchmuskeln deutlich ab. Die dunklen schweißnassen Haare kringeln sich an den Enden, und als er seine Stirn mit einem Handtuch trocken wischt, wölbt sich der Bizeps.

»Sie checkt mich ab«, ruft er lachend, mehr zu sich selbst.

Wie bitte? Meine Augen springen prompt zurück zu der Blondine.

»Echt gut gespielt!«, meint der Junge mit dem Bandana.

»Und auch toll gesungen!«, fügt sie hinzu.

Ich neige meinen Kopf verlegen nach unten. Oh Mann, ist mir das peinlich!

»Bist du Gast hier im Hotel?«, will sie wissen.

»Ja«, hauche ich. Meine Nervosität verknotet offenbar meine Stimmbänder.

»Du solltest definitiv live spielen. Oder machst du das schon?«

Live spielen? Sie lächelt mir entgegen. Es ist bestimmt ganz nett gemeint, aber mir wäre es lieber, sie würden einfach schnell wieder gehen, damit ich in Ruhe im Boden versinken kann.

»Nein«, bekomme ich nur herausgepresst.

»Bist du zu schüchtern oder hat es dir bloß noch niemand angeboten?«

»Komm, lass das kleine Mädchen in Ruhe, Carry. Wir haben noch genug zu tun«, sagt der große Typ in Schwarz plötzlich.

Kleines Mädchen? Mit seiner tiefen Stimme wirkt der Satz nur noch abschätziger.

»Wir werden uns sicher noch mal über den Weg laufen, solange du hier bist«, meint sie.

Danach wirft sie mir noch ein »Mach's gut!« zu, und auch der Junge im neongrünen Shirt hebt lächelnd seine Hand, bevor sie gemeinsam losjoggen, hinein in den Wald, wo sich offensichtlich ein versteckter Pfad befindet. Er führt nach rechts zwischen den Bäumen hindurch zur Rückseite des Hotels, die quasi komplett vom Wald umgeben ist.

Jetzt ist erst mal Aufatmen angesagt! Das war irgendwie surreal. Erst der Schreck, dann das Lob, das Schamgefühl und am schlimmsten ... dieser Kerl, der sich für sonst wen hält und mich als *kleines Mädchen* bezeichnet.

Während ich meine Sachen wieder nach oben ins Zimmer bringe, lässt mich sein abfälliger Kommentar nicht mehr los. Na ja, seine freundlichen Lauffreunde drängen ihren wenig sympathischen Begleiter zumindest etwas in den Hintergrund. Hat es ihnen wirklich gefallen?

»Na, Emily, zufrieden hier?«, fragt mich Jim, als ich wieder auf unserer Etage ankomme.

»Ja, ist ziemlich schön alles.«

»Das freut mich. Ich werde mich mal noch für eine Stunde hinlegen, bin ziemlich müde von der Fahrt. Janice und Sarah sind ja mit Massage und Kosmetik beschäftigt. Dann treffen wir uns nachher einfach alle hier und gehen zusammen nach unten ins Restaurant, in Ordnung?«

»Super!« Kaum habe ich das ausgesprochen, ist er verschwunden.

Bei dem großen rechteckigen Pavillon-Bau auf der Wiese beginnt meine selbst geführte Sightseeingtour. Das leichte Bodengefälle wird von unterschiedlich hohen Stützpfeilern ausgeglichen. Schon die Treppenstufen fühlen sich mächtig an. Beim Betreten der Holzfläche höre ich meine Schritte nur sehr schwach. Und ein Holzduft liegt mir in der Nase. Ich streiche über das Geländer und bewundere anschließend die Lampions. Ob hier Dinner oder Feiern im Freien stattfinden? Mein Blick fällt auf die gegenüberliegende Hecke. Drei Meter ist sie bestimmt hoch. An einer Stelle weiter unten ragt allerdings ein graues Dach über sie hinweg. Meine Neugier ist geweckt, ich laufe rüber. Ein Stück vor der rechten Hauskante des Hotels nimmt die Hecke ihren Anfang.

Ich bin noch nicht mal um sie herumgelaufen, da taucht auf einmal Alex vor mir auf. Himmel! Der nächste Schreck des Tages! Er hat einen grauen Arbeitsanzug an und hält eine Heckenschere in der Hand.

»Hey«, sagt er, als ich meinen Schockmoment noch verarbeiten muss. »Oh, habe ich dich erschreckt? Sorry, war nicht meine Absicht. Ich dachte schon, du bist James und willst nachsehen, wie weit ich mit dem Verschneiden bin.«

»Bist du nicht eigentlich Page?« Oh Gott. Das klang jetzt fast schon so abwertend wie der Typ vorhin. So wollte ich das gar nicht ausdrücken.

»Na ja. Es ist ein Sommerjob, ich bin Mädchen für alles. Der eigentliche Page ist gerade im Urlaub, darum übernehme ich die Koffertragerei bei der An- und Abreise der Leute. Und wenn das erledigt ist, bin ich Kellner oder halt Gärtner.«

»Du bist echt talentiert.« Er hat die Hecke an allen Seiten so kerzengerade geschnitten, dass sie wie ein großer grüner Eisblock wirkt.

»Danke! Bin auch fast fertig, nur noch die paar Meter auf der Vorderseite, dann wäre das auch erledigt. Und was machst du so?«

»Ich wollte eigentlich herausfinden, was sich hinter der Hecke verbirgt.«

»Ich. Wie du siehst«, witzelt er schmunzelnd. »Und natürlich jede Menge verwildertes Gras. Ich muss aber zum Glück nur den Teil vorn und an den Ecken trimmen. Damit vom Grundstück vor dem Hotel alles schön aussieht.«

In diesem Moment geht Alex ein Stück nach links, wodurch sich mir eine Steinbühne offenbart. Und dahinter stehen zwei Hängeweiden. Jedenfalls denke ich, dass es eine Bühne ist oder ... war. Es sieht verdächtig danach aus. »War das dort mal eine Bühne?«

»Ja. Die wird aber schon ewig nicht mehr genutzt. Früher war da immer mal was los ... unter dem alten Besitzer. Das Grundstück gehört der Stadt, sie kümmern sich aber nicht wirklich darum. Als die Familie Mallow das Hotel übernahm, hat die Stadt es Mr. Mallow wohl zum Kauf angeboten, aber es war ihm angeblich zu teuer oder so. Er hat ja drinnen einen großen Saal für Konzerte und Galaabende. Damit das alte Ding niemand sieht, wurde irgendwann die große Hecke gepflanzt.«

Ich liebe alte Orte mit Geschichte. Die steinige Bühne zieht mich irgendwie magisch an. »Kann ich da mal runtergehen?«, frage ich ihn, laufe dabei aber schon los.

»Klar! Das stört keinen. Ich verstehe auch nicht, warum man eine so schöne Bühne einfach so verkommen lassen muss, es ist echt traurig. Sie hätten es ja wenigstens an Mr. Mallow vermieten können. Wie damals an den alten Hotelbesitzer. James erzählt immer von den Tanzabenden und Konzerten unter freiem Himmel. Da haben sie dann Stühle auf der Wiese aufgebaut und vor der Bühne auch immer einen Tanzboden ausgelegt, deswegen ist da diese Einbuchtung im Boden. Damit alles gerade war. Bestimmt können sich deine Tante und dein Onkel auch noch gut an die Sommergalas hier draußen erinnern.«

»Wohnst du hier in der Nähe?«, frage ich ihn, während wir durch das hohe Gras stapfen.

»Ja. Mein Opa war ein guter Freund des damaligen Hotelbesitzers, deshalb war ich auch schon früher hier und habe mir immer ein bisschen was dazuverdient.«

»Ist es nicht manchmal langweilig, wenn nur ältere Menschen im Hotel sind?«

»Ach, das ist eigentlich gar nicht so schlimm. Es kommen ja auch mal junge Leute mit her, wie ihr. Und außerdem habe ich viele Freunde in der Nähe. Es ist aber auch mein letzter Sommer im Hotel. In ein paar Wochen gehe ich aufs College in Carolina.«

»Was willst du studieren? Wenn ich zu neugierig bin, musst du nicht antworten.« Ich habe die glorreiche Eigenschaft, Menschen, die mir sympathisch sind, auszuquetschen.

»Ach, Quatsch. Politikwissenschaften. Ich will später gern mal etwas in der Welt verändern. Und du? Willst du auch studieren?«, fragt er mich.

»Ja, Musik. In New York.«

»Ah, die Gitarre. Und singst du auch?«

»Jip. Ich glaube, die Musikalität wurde mir in die Wiege gelegt.«

»Ich auch. Am liebsten Musicalsongs.«

Wie aus dem Nichts stimmt er lauthals das fremdsprachige Intro vom *König der Löwen* an. Aber so schief und zugleich selbstbewusst, dass ich nicht anders kann, als zu lachen. Dann kommen wir an der Steinbühne an. Sie ist echt riesig. Und Alex hatte ganz eindeutig recht, ich kann mir ganz genau vorstellen, wie toll es gewesen sein muss, auf der Wiese zu sitzen und im Sonnenuntergang einer Live-Band zu lauschen. Und dann noch diese traumhaften Weiden, deren Äste mit der leichten Brise mitschwingen. Eine Wahnsinnskulisse! Es ist wirklich traurig, dass man diesen schönen Ort nicht mehr nutzt. Der Stein trägt witterungsbedingte Moosablagerungen und dunkle Flecken, macht dennoch einen sehr stabilen Eindruck. Als mich Alex darum bittet, folge ich ihm über die Treppe an der Rückseite nach oben. Es muss ein großartiges Gefühl sein, hier für die Zuschauer zu spielen. Ein tolles Kleid, begabte Bandkollegen und selbst geschriebene Songs. Mehr braucht es doch eigentlich nicht.

»Ich glaube, du würdest hier eine gute Figur machen!«, schmeichelt mir Alex.

Charmeur! Nein, ernsthaft, ich kann mir kaum vorstellen, dass ich irgendwann selbstbewusst genug für einen solchen Auftritt sein werde. »Ja, vielleicht später mal. Wer weiß. Bisher habe ich immer nur für mich gespielt.« Bis vor einer Stunde zumindest. Ich kann weiterhin nicht fassen, dass die drei Jogger zugehört haben. »Meinst du, irgendwann wird die Bühne wiederbelebt?«, frage ich ihn, um den Bildern zu entfliehen.

»Sieht eher nicht danach aus. Wenn die Stadt keinen Käufer findet, wird sie wohl weiter vor sich hin vegetieren. Die Bühne würde sicher alle abschrecken, die hier ein Ferienhaus am See errichten wollen. Ich muss aber jetzt leider weiterschneiden. Was machst du heute noch so?«

»Ich denke, ich laufe nur noch ein bisschen herum.«

»Und kommst du mit deiner Familie nach dem Abendessen in den Saal? Da gibt's jeden Abend Livemusik und kleine Aufführungen.«

Livemusik? Das muss man mir nicht zweimal sagen. »Klar.« Vorausgesetzt natürlich, die anderen kommen mit.

»Okay, dann sehen wir uns dort. Ich darf nämlich die Bar mit schmeißen.«

»Alles klar!« Da habe ich ja jetzt eine Sache, auf die ich mich freuen kann. Musiker bei der Arbeit zu sehen, ist immer toll.

Im Weggehen dreht er sich noch einmal um. »Sag mal, hat Sarah eigentlich einen Freund?«

Wouh, ich habe nicht bemerkt, dass er von ihr so beeindruckt war. Aber was sage ich jetzt? Ich will ihn ja auch nicht enttäuschen. »Weißt du ... bei ihr ist das immer etwas schwierig. Mal ist sie vergeben, dann wieder nicht. Keine Ahnung, wie es momentan aussieht.«

»Und denkst du, ich hätte eine Chance bei ihr?«

Noch mal *wouh.* Wie offen er ist. Die inneren Werte zählen bei Sarah aber leider nicht so sehr. Außerdem hat sie jemanden wie ihn auch gar nicht verdient. »Also ...«, stottere ich.

»Okay, verstehe schon!«

»Nein, warte«, pruste ich lächelnd. »Wieso nicht?« Puhh. Diese Aussage scheint ihn zufriedenzustellen. Jedenfalls wirkt er nicht geknickt. Anschließend gehe ich hinter zum kleinen weißen Pavillon. Mich interessiert es ja schon, wohin die drei vorhin gejoggt sind.

Ich war lange nicht mehr in einem Wald. Der Weg ist durch die Wurzeln unter der Erde ein wenig uneben. Und er ist ziemlich lang. Überall ragen Äste großer Büsche in den Trampelpfad hinein, an denen ich mich vorbeischlängeln muss. Nach einigen Minuten erreiche ich eine Lichtung mit zahlreichen Holzbungalows auf beiden Seiten. An ihrem Ende steht ein größerer Holzbau. Ist das hier etwa eine Wohnanlage für jüngere Gäste, die lieber in der Natur statt im Hotel übernachten wollen? Wie die drei?

Just in dem Moment, als ich die Hütten genauer betrachten will, meldet sich mein Handy. Eine Nachricht von Sarah: *Notfall! Zimmer! Komm schnell!*

KAPITEL 3

Erinnerungen werden wach. Ich weiß, ich darf nicht rennen, aber ich laufe, so schnell es geht. James sieht mich verwundert an, während ich an ihm vorbeieile. Was kann nur passiert sein, dass Sarah *mir* schreibt? Das hat sie eigentlich noch nie getan. Meine Gedanken kreisen in alle Richtungen. Im Fahrstuhl angekommen, spüre ich meinen rasenden Herzschlag und fürchte bereits schlimme Folgen, doch die erhöhte Dosis, die ich im Sommer bei solchen Temperaturen einnehmen muss, ist hoch genug. Als ich die Zimmertür öffne, sehe ich sie am Fenster stehen.

»Na endlich, ich brauche deine Hilfe! Ich kann mich einfach nicht entscheiden, welches Kleid ich anziehen soll. Der heiße Sohn vom Mallow ist wohl auch immer bei der Abendshow dabei, hat mir die Masseurin erzählt.«

Das ist jetzt nicht ihr Ernst? Ich dachte, es wäre etwas passiert! Dabei geht es nur um *Kleider*? Auf ihrem Bett liegen sechs verschiedene, die sie mir nacheinander präsentiert. »Das hier?«

Erstens: Mein Modegespür hält sich in Grenzen. Und zweitens: Soll sie doch anziehen, was sie will! Ich muss mich erst mal setzen und hoffen, dass mein Körper sich nicht doch noch für das Fiasko entscheidet.

»Okay, ist auch nicht mein Favorit«, sagt sie. »Aber wie wäre das hier? Oder das rote? Vielleicht aber auch das schwarze. Emily, ich kann mich nicht entscheiden, jetzt hilf mir doch mal.«

»Das rote!«, sage ich und schließe genervt meine Augen.

»Ich glaube, ich nehme das schwarze!«, entscheidet sie sich und bringt die anderen zurück zum Kleiderschrank.

Normalerweise bin ich für sie die langweilige Musikerin. Ich habe keine Ahnung, warum sie mir überhaupt geschrieben hat. Und sie hat keine Ahnung, wie sehr mein Puls noch immer bebt.

»Weißt du, am Anfang hatte ich ja überhaupt keine Lust, mit herzukommen, aber ich glaube, das könnten diesmal ziemlich gute Wochen werden! Letztes Jahr war David Mallow jedenfalls noch nicht hier.«

Im Anschluss muss ich ihr auch noch beim Reißverschluss helfen. *Weil du zugestimmt hast, mit ihr ein Zimmer zu teilen – das hast du nun davon, Emily!* Dann geht sie ins Bad und trägt ihr Make-up auf.

»Willst du nicht auch endlich mal anfangen, dich zu schminken?«, ruft sie mir zu.

»Nein danke«, entgegne ich vom Sessel aus. So langsam beruhigt sich mein Körper.

»Aber so wirst du nie einen Kerl dazu bringen, sich für dich zu interessieren. Welcher Typ steht schon auf Augen ohne Lidschatten oder einen Mund ohne Lippenstift?«

Mom hat auch nie Make-up aufgetragen. Gut, bei großen Feiern, aber ansonsten nicht. Und wenn, dann war es immer ein natürlicher Look.

Es dauert nicht lange, da klopfen schon Janice und Jim an unsere Tür. »Seid ihr bereit? Wollen wir runtergehen?«, fragt er.

»Nein, noch nicht«, schreit Sarah aus dem Badezimmer.

Ich belasse es bei Jeans und dem auf Bauchnabelhöhe zusammengeknoteten Shirt.

Nach fünf Minuten ist sie endlich so weit. Ihre Optik passt so gar nicht zu ihrem Alter. Aber gut, ihre Sache. Jim lobt sie. Einen kleinen Kuss auf die Stirn, wie Dad es immer bei mir machte, würde es bei ihnen jedoch nie geben.

Schon beim Betreten des Speisesaals strömt mir der Duft der warmen Speisen entgegen. Vereinzelt sitzen schon einige Gäste an den Tischen. Draußen haben deutlich mehr Platz genommen. Jim hat den Stammtisch auf der Terrasse für die gesamten zwei Wochen reserviert. Von hier aus können wir die perfekte Abendsonne genießen, da haben sie nicht zu viel versprochen.

»Ihr könnt euch gern etwas vom Buffet holen!«, meint Jim, der mit seiner Frau zunächst ein Glas Sekt trinken will.

Das lasse ich mir nicht zweimal sagen und mache mich gemeinsam mit Sarah auf den Weg. Inmitten des riesigen Speisesaals mit grob geschlagenen Steinwänden steht das Buffet. Um genau zu sein, haben sie eine Fläche unserer Suite vollgestellt. Wie soll man sich da entscheiden können?

Von jedem etwas.

Am Ende ist mein Teller randvoll mit zehn verschiedenen Speisen. Als wir zurück an unserem Tisch sind und ich ein »Na, da hat aber jemand Hunger« kassiert habe, kommt die Bedienung zum Tisch und nimmt unsere Getränkebestellung auf. Gleichzeitig empfiehlt sie uns einige anstehende Highlights, inklusive der Sommergala, die in vierzehn Tagen stattfindet.

»Die Gala ist jedes Jahr ein echtes Spektakel«, schwärmt Jim, als sie wieder weg ist.

Nach einer halben Stunde ist mein Bauch so vollgestopft, dass ich mich kaum noch bewegen kann. Aber ein kleines Dessert geht immer, vor allem nach dem Stress mit Sarah. Auf halbem Weg spaziert ein mir bekanntes Gesicht quer durch den Saal zum Bartresen. Alex. In einer schicken Kelluniform. Sarah und Janice rufen mir noch hinterher, dass ich ihnen auch eine Portion mitbringen soll.

»Hey«, sage ich zu ihm, als er gerade eine Cocktail-Bestellung beim Barkeeper aufgibt.

»Hey. Du schon wieder«, scherzt er.

Na, darauf muss ich einsteigen. »Ja, ich warte auf mein Dessert. Gibt es etwa keine Tischlieferung? Mousse au Chocolat wäre toll.«

»Oh, ich glaube, da hast du schlechte Karten«, sagt er mit Blick zum Buffet.

Waas? Vorhin war doch noch genügend da!

»Das geht immer ratzfatz. Aber in der Küche steht mit viel Glück noch Reserve. Ich muss nur noch schnell Cocktails nach oben bringen, dann gehe ich mal nachsehen.«

»*Das* würdest du tun?«

»Ja klar. Ich bringe es dir dann. Wo sitzt ihr?«

»Draußen auf der Terrasse. Dreimal bitte.«

»Weißt du was? Ich frage Lisa, ob sie meine Cocktail-Lieferung übernehmen kann. Dann bringe ich es euch sofort«, schlägt er vor und wirkt fast schon euphorisch. Ich weiß auch, weshalb. Sarah. Seine Augen leuchten förmlich. Und meine Äußerung von vorhin ist der Auslöser dafür.

»Auf dem Buffettisch gab es keine Mousse au Chocolat mehr, aber wir bekommen die Reserve aus der Küche. Direkt zum Tisch. Von Alex.« Ich fixiere meine Cousine, aber in ihrem Gesicht tut sich rein gar nichts. Wahrscheinlich hat sie sogar seinen Namen vergessen.

Nach zwei Minuten betritt er die Terrasse mitsamt Tablett und gefüllten Dessertgläsern. Natürlich reicht er ihr das erste. Sie schenkt ihm keinerlei Aufmerksamkeit, nicht mal ein Augenkontakt kommt zustande. Er tut mir total leid.

»Dankeschön«, sage ich stellvertretend. Das Einzige, was ich in dieser Sekunde tun kann. Hoffentlich bekommt er sie schnell aus dem Kopf.

»Gern!«, erwidert er und lächelt ihrem geneigten Kopf noch für mehrere Sekunden entgegen, bevor er zu einem anderen Tisch gerufen wird.

Die Deckenlautsprecher schalten von gediegener Jazz-Auswahl zu einer älteren Männerstimme: »Meine Damen und Herren. Ich wünsche Ihnen einen wunderschönen guten Abend hier im Mallowland-Resort!«

»Das ist Mr. Mallow, der Hotelbesitzer«, erklärt mir Jim leise.

»Viele von Ihnen sind jedes Jahr hier bei uns, und das ist uns eine ganz besondere Freude! Wir als Familie Mallow geben unser Bestes, Ihnen Jahr für Jahr ein tolles Urlaubsprogramm zu bieten, und wir freuen uns, wenn Sie sich bei uns wohlfühlen. Unsere große Sommergala wird in genau zwei Wochen stattfinden. Es wird fantastische Livemusik und Künstler der Extraklasse zu erleben geben, und natürlich schwingen wir alle auch wieder das Tanzbein. Um Ihnen eine Kostprobe zu kredenzen, wird unsere Band die nächsten Abende in unserem Hotelsaal für Sie spielen. Passend dazu ist immer eine Auswahl unserer Profitänzer zu bewundern. Übrigens können Sie zu sämtlichen Tanzstilen auch unsere beliebten Tanzkurse an der Rezeption buchen. Achtung, die sind bekanntlich sehr schnell vergriffen! Sie werden sehen, wie viel Spaß es macht, die Füße wie in den guten alten Zeiten über den Tanzboden fliegen zu lassen, und das zu feiner Musik aus aller Welt. Aufgepasst, meine Damen und Herren, jetzt wird es heiß ...«

Auf einmal erlischt die Stimme, und laute Musik erklingt. Hört sich nach karibischen Rhythmen an. Trommelschläge, Rasseln und Trompeten versetzen mich gedanklich sofort ans Meer. Dann erscheinen zwei Personen auf der unbestuhlten Fläche vor dem Buffet. Ich kann ein schwarzes Kleid mit gold-roten Rüschen erkennen. Sie beginnen sich zu bewegen. Keine Ahnung, welcher Tanzstil das ist, aber es sieht sehr exotisch aus. Alle Gäste von der Terrasse stehen auf und gesellen sich zu den anderen in den Saal. Leider ist meine Sicht durch die vielen Leute vor uns eingeschränkt, doch ich sehe sie zumindest facettenhaft über das Parkett wirbeln. Als sich mir eine Lücke auftut, schlüpfe ich weiter nach vorn.

Oh! Jetzt, da ich die beiden Gesichter betrachten kann, stockt mir der Atem. Es sind die beiden vom Pavillon! Die freundliche Blondine und der arrogante Typ mit dem Handtuch. Ich glaube es nicht! Trotz seiner Anwesenheit kann ich meine Augen nicht von ihnen abwenden. Dieser Hüftschwung! Wow! Sie tanzen so körperbetont und irgendwie auch ziemlich erotisch. Er lässt sie mit der Hand rausdrehen und holt sie sogleich mit Schwung in seine Arme zurück. Als sie sich kurz zurücklehnt, streicht er ihr zärtlich vom Hals bis zum Bauchnabel. Ihre Bewegungen wirken bis ins kleinste Detail einstudiert und kontrolliert.

Doch dann bricht die Musik ruckartig ab, und der Hotelchef ist wieder zu hören: »Habe ich zu viel versprochen, meine Damen und Herren?«

Er klingt fast schon hysterisch. Die beiden drehen sich noch einmal und zeigen eine Abschlusspose.

»Unglaublich!«, schreit einer der Gäste und applaudiert frenetisch, während alle anderen um mich herum mit einsteigen.

»Noch mehr gibt es ab 21 Uhr in unserem wunderschönen Hotelsaal! Wir freuen uns, wenn Sie auch dabei sind!«, meint der Hotelchef.

Der Applaus hält an. Ich spüre, wie sich jede Zelle meines Körpers bewegen will. Und das, obwohl mein Magen bis zum Anschlag gefüllt ist. Der Tanz hat etwas in mir ausgelöst. Diese Lust, dieses Gefühl, dieses Verlangen nach mehr. Noch nie habe ich zwei Menschen derart tanzen sehen.

»Wisst ihr, welcher Tanz das war?«, frage ich.

»Salsa«, antwortet Jim wie aus der Pistole geschossen. Wie sehr er strahlt. »Ist für mich schon immer einer der schwersten Tänze gewesen. Das sah jetzt vielleicht leicht aus, bedarf aber sehr vielen Trainings, sehr viel. Ich habe ja gedacht, dass ich meine Tochter eventuell überreden kann, mit mir einen kleinen Tanzkurs zu belegen. Also etwas ganz

Einfaches. Vielleicht Merengue, der ist leicht! Sie bringen uns so ziemlich alles bei, egal was wir lernen wollen.«

Sarahs Blick bei dieser Anspielung verrät schon alles. Da braucht er gar nicht mehr weiterzureden. Und auch meine Tante scheint ihr Gesicht lesen zu können. »Ich glaube, da hast du genauso schlechte Karten wie bei mir«, sagt sie.

Ich würde mich ja am liebsten sofort anbieten, aber das geht ja bekanntlich nicht. Und mit einer anderen Frau dürfte er niemals tanzen, da würde Janice zur Furie werden. Ich kann nun aber erstmals richtig gut nachvollziehen, warum er so gern tanzt. Das sah wahnsinnig gut aus! Als wären sie über den Boden geschwebt.

»Vielleicht kannst du ja mit einer Tanzlehrerin üben«, muntere ich ihn auf.

»Das habe ich die letzten Jahre schon immer getan. Ich glaube, ich bin bereits alle Tänze durch.« Er überspielt es mit einem Lachen.

Bis um neun ist noch etwas Zeit. Die drei wollen Cocktails bestellen. Ich hingegen will nur mehr von diesem bebenden Gefühl erleben! Auch wenn er mich als *kleines Mädchen* abgestempelt hat, möchte ich ihn am liebsten sofort wieder tanzen sehen.

KAPITEL 4

»Was ziehst denn du für ein Gesicht? Du bist doch nach den Auftritten immer happy?«, fragt Peter, als Dannie mit getrübtem Ausdruck zur Tür reinkommt. »Gibt's ein Problem?«

»Kann man so sagen«, entgegnet Dannie kurz und bündig.

»Schlimm?«

Er überwindet die zehn Meter zur Holzbühne und setzt sich auf deren Kante zu seinen beiden Kollegen.

»Der Musical-Job.«

»Das Dirty Dancing*-Musical?«, erinnert sich Carry.*

»Ist wohl doch nicht so fix, wie ich dachte.«

»Echt jetzt?« Seine Tanzpartnerin ist schockiert. Eigentlich war doch alles in Sack und Tüten?

»Ja ... Ich habe eben mit diesem Jake gesprochen. Der, der mich letztens beim Auftritt angesprochen hat. Jetzt meinte er auf einmal, ich müsse ein Video einreichen. Es sind wohl noch andere Tänzer in der Auswahl. Ich muss 'ne komplett neue Choreo machen. Bis in zwei Wochen.«

»Hä? Wieso sagt der das denn jetzt erst? Das ist doch schon locker zwei Monate her!«, reagiert Peter.

»Ja! Und er hatte dir die Rolle doch zugesichert!«, schiebt Carry hinterher.

»Tja, eigentlich schon, aber was ist das schon wert ...«, schnaubt Dannie.

Nach kurzer Überlegung fällt Peter etwas ein: »Okay. Dann machst du halt ein Video von unserer Choreo bei der Sommergala. Die ist doch in zwei Wochen.«

»Geht nicht. Die Idioten wollen 'ne spezielle Choreo mit Mambo und Co. Aber ohne Posen aus dem Film.«

»Das ist ein Problem«, fasst Carry zusammen. »Bis zur Gala sind alle von uns durchgängig beschäftigt.«

»Ich ja auch. Abends im Hotel, der Club, die Tanzstunden und dann noch die Choreo für die Gala«, nörgelt Dannie.

»Und eine andere Tänzerin?«, wirft Peter ein.

Dannie muss erneut schnauben. »So spontan? Auf die Schnelle? Komm schon. Und falls es doch eine gibt, wird die zu viel Kohle wollen. Und ich gebe dafür garantiert nichts mehr aus!«

»Was ist mit Lisa?«, äußert Carry.

Peter muss es direkt verneinen: »Sie ist doch für die Revue gebucht, die ganzen nächsten Wochen.« Er hängt noch ein »Sorry, Bro« dran.

»Das sind acht Riesen, jeden verdammten Monat! Ich musste andere Jobs absagen deswegen. Man kann niemandem mehr trauen, solange man nichts schriftlich hat. Ein Handschlag bedeutet einen Scheiß bei diesen Wichsern! Die machen sich null Gedanken, wie man seine Miete auftreiben soll. Einfach null!« Nach kurzer Pause, in der er alle Optionen abgewogen hat, redet er weiter: »Scheiße, ich frage ihn morgen noch mal, ob die Nummer bei der Gala nicht doch ausreicht.«

Anschließend legt Carry ihre Hand auf seine Schulter. »Die wären echt dumm, wenn sie dich nicht nehmen würden. Du bist der beste Tänzer, den ich kenne.« Sie wendet sich kurz Peter zu: »Sorry, Pete.«

Der lächelt nur. »Sehe ich auch so, Dannie!« Dann sieht er auf sein Handy. »Wo bleiben die denn?«

»Wird Zeit, dass sie aufkreuzen«, sagt Dannie, der sich unbedingt ablenken muss.

»Eben. In einer Stunde müssen wir im Ballsaal sein.«

KAPITEL 5

Sie haben einen echt schön beleuchteten Tresen hier in der kleinen Bar, die Speisesaal und Ballsaal miteinander verbindet. Die Flügeltür des Saals steht für uns und die anderen Gäste weit offen. Ein Mann im Anzug begrüßt uns. Zahlreiche Kronleuchter strahlen an den Decken. Alles wirkt so edel. Selbst die Stühle haben goldene Lehnen. Der Prunk erschlägt mich förmlich. Überall stehen runde Tische mit schneeweißen Decken. Jeder fasst vier Personen, und nahezu alle davon sind bereits besetzt. Das erklärt auch, warum der Speisesaal sich schnell leerte, die Leute wollten schlichtweg die besten Plätze ergattern. Am Ende des Saals befindet sich eine gigantische Bühne, bedeckt mit Deko und Instrumenten. Die zehn Meter davor wurden freigehalten. Eine Tanzfläche, wie Jim erzählt hat.

Ich hoffe so sehr, dass gleich wieder getanzt wird. Die Vorfreude in mir fährt schon hoch. Aber noch muss ich mich gedulden. Wir nehmen einen der freien Tische und warten darauf, dass die Show beginnt. Ein gigantisches Gemälde ziert die Bühnenwand. Strand, See, Bäume und die Aufschrift *Mallowland*. Kurz darauf betritt ein dunkelhäutiger großer Mann im weinroten Anzug die Bühne, gefolgt von acht weiteren Männern, die allesamt Anzüge tragen. Ein Grauhaariger mit dickem Bauch stapft hinterher. Er stellt sich direkt vor das Mikro, während sich die anderen zurückhalten.

»Meine sehr verehrten Damen und Herren, ich freue mich, dass wir uns heute Abend sehen. Neben mir steht einer der großartigsten Musiker, Mr. Edin Rise und seine glorreiche Band, die seit Anbeginn ihre Musik in unserem Mallowland zum Besten geben ... Ich freue mich auch ganz besonders über die neuen Gesichter, denen wir schöne Sommerwochen bescheren dürfen. Mr. Edin Rise und seine großartigen Musiker werden heute Abend die größten Hits der Sechziger für Sie spielen und schon morgen Abend die besten Stücke der bunten Siebziger. Lassen Sie sich von ihnen musikalisch in die Vergangenheit entführen, und nutzen Sie auch gern unsere Tanzfläche. Falls Ihr Partner sich nicht trauen sollte: Später stoßen unsere Profitänzer hinzu, um mit Ihnen zu tanzen. Mein Name ist Frank Mallow, und ich wünsche Ihnen viel Vergnügen!«, erklärt er mit teilweise überschwänglichen Gesten und atmet anschließend für einige Sekunden den Applaus ein, bevor er die Bühne wieder verlässt und die Band zu spielen beginnt.

Die Tänzer werden tatsächlich noch einmal auftreten. Ich habe das Gefühl, Jim freut sich mindestens genauso darauf wie ich. Sarah hingegen wippt mit ihren Füßen ganz schnell auf und ab. Man sieht ihr an, dass sie am liebsten fliehen möchte. Sie hasst Musik von früher. Und der alkoholfreie Cocktail scheint es für sie auch nicht erträglicher zu machen. Aber sie ist ganz klar die große Ausnahme im Saal. Mein schweifender Blick fängt nur glückliche Gesichter ein. Selbst Janice fühlt sich offensichtlich wohl. Jim schiebt seine Schultern mit dem Beat abwechselnd nach oben, was ich direkt aufgreife. Die Fläche vor der Bühne wird minütlich voller. Und dann wird ein Song gespielt, zu dem sich alle Menschen ein wenig eigenartig bewegen. Die Füße rutschen, und sie gehen leicht in die Knie.

»Twist«, offenbart mir Jim.

Es dauert nicht mehr lang, da wendet sich Sarah ihren Eltern zu: »Ist es schlimm, wenn ich mich hochlege? Mir geht's nicht so gut, wahrscheinlich das viele Essen.«

»Klar, mach ruhig!«, antwortet Janice.

Der Sohn von Mr. Mallow ist nirgends zu sehen. Wahrscheinlich bräuchte sie dann überhaupt keine Ausrede.

»Gib Bescheid, wenn du Hilfe brauchst!«, meint Jim.

Und schon ist sie weg. Ich bewundere weiter die grau- und weißhaarigen Menschen, die das Parkett beleben. Wie zuckersüß sie aussehen. Doch dann vibriert plötzlich mein Handy. Jim und Janice sehen zur Bühne. Meine Chance!

Lizzy hat geschrieben. Oh Mann, wie konnte ich meine beste Freundin vergessen? Wir waren doch für halb neun verabredet.

Zeit?, schreibt sie.

»Ich gehe mir mal kurz die Beine vertreten«, lüge ich die zwei an und gebe mein Bestes, schnell nach draußen zu gelangen. Ich kann kaum erwarten, ihr von der Szene am Pavillon zu erzählen.

Kaum am Ohr redet sie drauf los: »Hey, na, du Urlauberin! Wie geht's dir? Wie ist es so?«

»Lizzy, du wirst nicht glauben, was mir heute passiert ist.«

»Schieß los!«, sagt sie gespannt.

Während ich ihr im Detail berichte, gehe ich runter zum großen Holzpavillon, wo die Lampions bunt erstrahlen. »... und als ich fertig war, standen da auf einmal drei junge Leute in Joggingklamotten. Sie haben gesagt, dass es ihnen gefallen hat.«

»Na, sag ich doch immer. Du musst nur ein bisschen mehr Selbstvertrauen haben!«

»Das war echt crazy. Ich habe erfahren, dass sie Tänzer sind. Der eine hat mich erst mal als kleines Mädchen abgestempelt. So richtig schräg.«

»Und hast du dir seine Telefonnummer geben lassen?«, wirft sie ein.

»Sehr witzig. Die waren dann auch schnell weg. Ich wusste gar nicht, wie ich mit der Situation umgehen soll. Jedenfalls habe ich sie vorhin im Speisesaal wiedergesehen. Da haben sie getanzt. Das war echt genial! Ich habe noch niemanden so tanzen sehen. Und gleich kommen sie noch mal in den großen Ballsaal.«

»Oh, da schwärmt ja jemand schon. Sah der Typ denn wenigstens gut aus, der dich *kleines Mädchen* genannt hat?«

Wie sie das noch mal betont. Als wäre die Bezeichnung ein Flirtversuch gewesen. »Na ja. Er hatte auf jeden Fall eine Menge Muskeln. Was für einen Tänzer natürlich logisch ist.«

»Ach, du wirst deinen heißen Typen schon wiedertreffen. Guck mal, bei Justin und mir war es ja genauso.«

»Ihr habt euch in der Schule kennengelernt ...«

»Ja, aber irgendwie war es trotzdem Schicksal ... Komm schon, lass das!«

»Was soll ich lassen?«

»Justin liegt gerade neben mir und versucht, mich rumzukriegen.«

Echt jetzt? »Okay, dann machen wir für heute Schluss. Wir hören uns morgen wieder, ja?«

»Alles klar, Süße! Viel Spaß dir!«

Sie kichert, und ich lege auf, bevor ich noch etwas anderes höre.

Als ich zurückkehre, steht der nächste Cocktail schon bereit. Die kommende halbe Stunde erzählen mir Jim und Janice von früheren Zeiten mit der Steinbühne draußen auf der Wiese. Doch mitten in den Schwärmereien stürmen plötzlich viele Tänzer in den Saal und mischen alles kräftig auf. Der Kerl mit dem Bandana ist unter ihnen. Doch diese Carry und der große Typ fehlen. Bei jedem Song sehe ich mich um, aber sie stoßen nicht zur Gruppe hinzu. Warum sind sie nicht mit dabei? Und warum, in Gottes Namen, stört mich das so sehr?

KAPITEL 6

Meine verschlafenen Augen öffnen sich. Acht Uhr. Eigentlich viel zu früh, wenn man mal bedenkt, dass ich doch ausschlafen wollte. Aber wie soll das mit diesen Albträumen funktionieren?

Jim und Janice sind garantiert schon seit mindestens einer Stunde wach. Da kann ich ja mit ihnen zusammen frühstücken gehen. Und Sarah wird vor zehn oder elf Uhr nicht aufstehen, womit uns ihre Morgenmuffellaune erspart bleibt. Auf dem Weg ins Bad schaue ich noch mal auf mein Handy. Lizzy hat mir eine kurze Nachricht geschickt: *Viel Spaß mit dem heißen Typen – trau dich!*

Na toll! Hätte ich ihr bloß nichts von diesem Kerl erzählt. Sie will mich schon seit Jahren mit allen möglichen Typen verkuppeln. Nachdem ich meine Tablette geschluckt habe, geht's für mich jedenfalls runter zur Terrasse des Speisesaals, wo ich meinen Onkel und meine Tante, wie schon erwartet, am großflächig gedeckten Tisch antreffe.

»Guten Morgen, Emily!«

Jim ist wieder richtig gut gelaunt. Janice hingegen trägt ihre große schwarze Sonnenbrille, was bedeutet, sie ist erst nach zwei Tassen Kaffee ansprechbar, eben ganz Typ Sarah. Nachdem ich mir mein Frühstücksei und eine Portion Obst vom Buffet geholt habe, betritt Alex den Saal. Er schaut kurz rüber, und wir winken uns zu. *Sie ist Langschläferin,* möchte ich ihm zurufen, aber er scheint ohnehin beschäftigt zu sein.

Mein Blick fällt in der nächsten halben Stunde immer wieder zu den Bäumen. Dem Wald. Sofort nach dem Essen führt mich mein Weg genau dorthin. Auf dem Pfad stelle ich mir permanent die Frage, was ich wohl sagen würde, wenn die drei mir jetzt begegneten. Diesmal habe ich keine Gitarre dabei, die mir Halt gibt. Doch ich bleibe allein. Kleine Holzstückchen bedecken den Weg zwischen den Bungalows. Sonnenstrahlen kämpfen sich vereinzelt durch die Baumwipfel. Was für eine tolle Kulisse! Und was für ein unvergleichlicher Duft!

Die Hütten besitzen allesamt zwei Frontfenster mit Gardinen. Auf einigen Fensterbänkchen stehen leere Flaschen, auch auf den Treppenstufen. Und vor allen Türen Schuhe. Handtücher hängen über den Holzgeländern. Auch wenn alles danach aussieht, dass die Bungalows bewohnt sind, ist absolut niemand zu sehen. Hinter den letzten beiden mündet der Waldweg in eine noch viel größere Holzhütte. Auf einen Schlag setzt laute Musik in ihrem Inneren ein. Ich verharre kurz, schreite dann aber ganz langsam die Treppe hinauf, denn zwei Meter neben der Tür gibt es auch hier ein Fenster. Einen Blick kann ich doch riskieren. Ich gebe mein Bestes, wirklich nur ein Auge über das Holz hinauszuschieben.

Es gibt eine Bühne? Soweit ich es erkennen kann, sind darauf alle Tänzer versammelt. Das Sonnenlicht trifft ausgerechnet auf die Fensterscheibe. Das und der dünne Gardinenstoff machen es mir nicht leicht, jemanden zu erkennen. Doch ich kann sehen, dass sie vollkommen synchron tanzen. Ich glaube, eine von ihnen ist diese Carry.

Auf einmal höre ich von hinten ein Knacksen. Ich springe erschreckt auf.

»Hey!«, sagt er trocken und verzieht dabei keine Miene.

Meine Hand wandert zu meinem Herz, das aber Gott sei Dank weiterschlägt. Es ist der schwarzhaarige Kerl. Waren seine Schultern auch gestern schon so breit? Die Gesichtszüge sind aus der Nähe noch markanter, seine Wangen fallen unter den Knochen leicht ein. Ein Grübchen am Kinn. Und die Kieferknochen ragen dezent heraus. So, als würde er gerade seine Zähne aufeinanderpressen. Die Haare sitzen makellos. Und diese Augen. Blau ... grell leuchtend. Checke ich ihn gerade ab? Shit!

»Du hast mich erschreckt!«, sage ich trotzig und etwas vorwurfsvoll, um dieses aufkeimende Schamgefühl zu unterdrücken. Ein extrem gut riechender Parfümduft dringt in meine Nase.

Er blickt mich total unbeeindruckt an. »Spionierst du hier etwa rum?«, fragt er und lässt seinen Zeigefinger zur linken Augenbraue hinaufwandern. Mir fällt auf, dass von ihr ein kleiner Teil fehlt. Sie hat kein spitzes Ende, sondern beginnt erst ein Stück weiter mittig. *Emily, seine Frage!* Mist! Er bringt mich völlig aus dem Konzept! »Ähm ... nein ...«, stottere ich vor mich hin. Ich habe keine Ahnung, was ich noch sagen könnte!

»Du kannst auch drinnen zusehen«, sagt er anschließend.

Wie? Bevor ich auch nur an eine Antwort denken kann, geht er auch schon an mir vorbei ins Gebäude. Er lässt die Tür sperrangelweit offen. Die Musik erlischt. Alle Tänzer klatschen.

»Der Stargast ist endlich zurück!«, lacht die blonde Carry.

»Die CD lag unterm Bett«, erklärt er und wedelt damit.

»Du hast jemanden mitgebracht?«, fragt auf einmal der Junge, der heute wieder ein Bandana trägt.

Er sieht mich geradewegs an und lenkt mit seiner Ansprache sämtliche Augen auf mich. Oh Mann, wie peinlich ist das denn bitte?!

»Sie stand draußen und hat euch beobachtet«

Was habe ich? Ich meine, ja, das habe ich, aber seine Aussage klingt wieder so abfällig wie gestern am Pavillon.

»Du bist doch die Musikerin!«, sagt Carry.

Am liebsten würde ich jetzt sagen, dass ich keine richtige Musikerin bin, aber ich habe gar keine Zeit, etwas zu erwidern, denn Carry redet bereits weiter: »Eigentlich dürftest du das gar nicht sehen. Weißt du, was wir hier machen?«

Ich schüttele nur leicht mit dem Kopf, und die Erklärung folgt sogleich.

»Wir bereiten den Tanzpart für die Sommergala vor. Wie heißt du?«

»Emily«, entgegne ich kleinlaut. Immer noch sind alle Blicke auf mich gerichtet.

»Emily, ich bin Carry. Peter und Dannie kennst du ja bereits.« Anschließend stellt sie mir noch die ganzen anderen Tänzer vor, doch die Namen ziehen an mir vorbei. »Lisa, Max, Robin, Liam, Antonio, Victoria, Lucia ...« Nach Dannie habe ich nichts mehr abgespeichert, auch wenn mir jeder von ihnen freundlich entgegenlächelt. *So* heißt er also: Dannie.

»Willst du zusehen? Wir haben die letzten Tage die Choreo für den Abschlusstanz der Galashow entwickelt und tanzen sie gleich zum ersten Mal durch. Ein erstes Feedback kann nicht schaden.«

Ist das ein Scherz? Natürlich will ich! Ich nicke langsam.

»Mr. Mallow bringt uns um, wenn er davon Wind bekommt«, meint Peter.

»Ach was. So haben wir schon mal eine erste Bestätigung. Du wirst es doch niemandem verraten, oder, Emily?«

»Nein«, sage ich wie aus der Pistole geschossen.

»Dannie, was meinst du?«, fragt sie ihn anschließend.

Ist er etwa so was wie der Chef der Gruppe?

»Von mir aus«, murmelt er gleichgültig, während er sich seine Schuhe zuschnürt.

Carry läuft geradewegs auf mich zu. »Okay. Also ... wie du vielleicht schon weißt, ist das Ziel der Galashow, dass die älteren Leute in ihre Kindheit oder Jugend zurückversetzt werden. Es geht um die lateinamerikanischen Tänze, die immer mehr in Vergessenheit geraten. Das ist auch der Grund, warum viele der Gäste jedes Jahr wieder hier Urlaub machen. Und unser persönliches Ziel ist, dass jeder nach der Show einfach nur noch tanzen will. Dafür machen wir das alles«, erklärt sie mir, während sich die anderen Tänzer alle noch mal dehnen oder miteinander reden. »Setz dich einfach da drüben hin.« Sie meint einen von der Sonne beleuchteten Stuhl neben der Eingangstür, genau vor dem Fenster. Liebend gern, denn so kann ich mich wenigstens für einen Moment umdrehen und den Blicken entfliehen!

»Gut, Leute, kann losgehen«, sagt dieser Dannie, der die Musikanlage links auf der Bühne bedient. Alle positionieren sich daraufhin und legen pünktlich mit dem ersten Ton los.

Von der ersten Sekunde an habe ich Gänsehaut. Diese Bewegungen. So schnell, so gleitend, so präzise ausgeführt. Mit jeder Sekunde öffnet sich mein Mund ein Stück weiter. Sie sind alle im Einklang. Okay, der Song ist nicht wirklich der Knaller. Carry sagte was von Abschlusstanz. Dafür gäbe es wesentlich bessere Tracks. Aber das ist aktuell nebensächlich. Die Bewegungen übernehmen meinen Puls wie ein Erdbeben.

Wenig später tanzen nur noch Carry und Dannie. Es haut mich einmal mehr um. Ihre Energie ist einfach nur unglaublich! Sie strömt von meinen Zehen bis ganz nach oben in die Haarspitzen. Meine Füße fühlen sich an, als wollten sie mich hinaufdrücken, raus aus dem Stuhl. Sie sind einsatzbereit. Wie gern ich doch mittanzen würde! Ihretwegen. Dannie und Carry sind eindeutig die besten Tänzer der Gruppe. Wie sie zusammen harmonieren, so leidenschaftlich und gleichzeitig mit einem Funken Verletzlichkeit. Ich stelle mir vor, an ihrer Stelle zu sein. Nie hätte ich gedacht, dass Tanzen so viel Gefühl ausstrahlen könnte. Ich könnte ihren Schritten stundenlang folgen. Und dabei weiß ich noch nicht mal, was es ist, das mich an all dem so sehr bewegt.

Irgendwann steigen die anderen wieder mit ein. Und als es gerade am schönsten ist und ich nach weiteren Minuten giere, folgt schon die Abschlusspose.

»Sehr gut!«, sagen Dannie und Carry zu den anderen Tänzern, die laut klatschen und sich freuen.

Ich merke erst nach einigen Sekunden, dass auch meine Hände applaudieren.

Im Anschluss schwirren alle auseinander, verteilen sich um ihre Sporttaschen und greifen zu Wasserflaschen. Sie haben offensichtlich das Interesse an mir verloren, was ich nur gutheißen kann.

»Und? Was sagst du?«, fragt mich Carry, als sie wieder auf mich zukommt.

»Ihr seid wirklich super!« *Eine maßlose Untertreibung, Emily!* Sie wirkt etwas außer Atem, aber auch echt happy.

»War das erste Mal, dass wir es so komplett getanzt haben. Noch nicht perfekt, aber wir arbeiten dran.«

»Das war schon sehr perfekt!«, betone ich.

»Aber? Was stört dich?«, fragt Dannie, der plötzlich hinter Carry auftaucht.

Was? Wieso?

»Ich kann es dir ansehen«, legt er nach.

Ein bisschen unheimlich ist mir das jetzt schon. Ja, maximal der Song, aber man kann meinem Gesicht vor lauter Begeisterung ganz bestimmt nicht ansehen, dass ich ihn nicht so passend finde.

»Dannie«, maßregelt Carry ihn.

»Sag schon ... Kritik ist gut«, spricht er mich wieder direkt an.

Seine blauen Augen durchstrahlen mich förmlich, ich kann gar nicht hinsehen. Aber auch nicht wegsehen. Und was soll ich jetzt sagen? *Du machst dich nur lächerlich, Emily! Sie werden einen guten Grund dafür haben, dieses Lied zu verwenden.*

»Na ja, es ist ein guter Song«, rutscht mir auf einmal raus.

Nun schaltet sich auch Carry interessiert ein: »Aaaber?«

»Es gäbe vielleicht noch bessere Optionen für einen Abschlusssong ...«, sage ich und werde mit jedem Wort leiser, bis ich letztendlich ganz verstumme.

Habe ich das eben wirklich ausgesprochen? Warum kann ich nicht einfach meine Klappe halten? Sie tanzen so genial, dass es mich wegbläst, und ich kritisiere sie wegen der Musik. Dabei sollte ich eigentlich froh sein, dass ich ihnen überhaupt zusehen durfte! Wie blöd bin ich eigentlich? Sie sehen mich zurecht mit entgeisterten Blicken an, als würden sie genau das aussprechen wollen.

Ich sollte verschwinden!

Doch dann überrascht mich Carry aufs Neue, als sie klare Worte an Dannie richtet: »Siehst du. Wenn sogar sie es sagt ...«

»Gut, dann nehmen wir was anderes!«, reagiert er und trinkt einen Schluck aus seiner Flasche.

Echt jetzt? Nur weil ich das angesprochen habe?

Von hinten streckt Peter, der Bandana-Junge, seinen Kopf über die Schultern der beiden. »Du weißt aber schon, dass Mr. Mallow die Songs vorgibt und wir sie nehmen *müssen*? Der wird durchdrehen, wenn wir für seine Gala einfach einen anderen festlegen.«

»Stimmt, das könnte Krach geben«, gibt Carry zu bedenken.

»Er muss es ja nicht erfahren«, entgegnet Dannie.

Er sagt das so, als könnte er tatsächlich bestimmen, was gemacht wird. Und als wäre ihm Stress mit Mr. Mallow recht egal.

»Hast du denn eine Idee, welchen anderen Song wir nehmen können?«, fragt Carry ihn.

»Was Modernes. Nicht so eingestaubt.«

Er trifft den Nagel auf den Kopf. Auch wenn viele ältere Menschen da sein werden – wenn das das große Finale werden soll, muss man einen Song nehmen, der die Menschen überrascht und zusammen mit ihrem Tanz umhaut. Außerdem sollte es ein Song mit Botschaft sein. Wenn sie alle gemeinsam tanzen, passt ein Song über eine Jugendliebe eher weniger.

Peter bleibt skeptisch: »Wir sollten den Mallow echt nicht übergehen. Und wenn wir ihm irgendeinen anderen Song vorschlagen, sagt er gleich wieder: ›Kenn ich, will ich nicht!‹ Das wisst ihr doch.«

Dannie scheint nachzudenken. Und dann sieht er mich direkt an. So einnehmend, dass es mich einschüchtert. Doch was er dann sagt, schüchtert mich weitaus mehr ein: »Du bist doch Musikerin. Kannst du uns nicht einfach einen Song schreiben?«

»Das wiederum wäre ziemlich geil«, stimmt Peter euphorisch zu. »Wenn es ein unbekannter Song ist, der auch noch von einem Hotelgast stammt, sollte es definitiv keinen Ärger geben.«

»Leute, es ist ihr Urlaub«, grätscht Carry ein. »Wir können sie doch nicht für uns arbeiten lassen!«

Als hätte Dannie sie gar nicht gehört, wendet er sich mir wieder mit diesem leicht rotzigen Tonfall zu: »Machst du es?«

Freundlichkeit sucht man bei ihm anscheinend vergebens. Aber diese blauen Augen überstreichen alles. Ich verliere mich in ihnen, und noch bevor mein Gehirn die Frage verarbeitet hat, verlässt ein gehauchtes »Ja« meinen Mund.

Dannie wendet sich Carry zu: »Damit hätten wir die Sache geklärt! Lass sie mal machen. Und wenn ihr Song scheiße ist, bleiben wir einfach bei dem hier.«

Seine rücksichtslosen Worte lassen mich nachdenken. Das hätte ich vielleicht vorher schon mal machen sollen! Worauf habe ich mich da gerade eingelassen?

»Gut, aber dann müsstest du ihn in spätestens zwei Tagen fertig haben, weil wir ja unsere Choreo anpassen müssen. Schaffst du das denn?«, fragt Carry mich.

Ach herrje. Und schon wieder seine blauen Augen. Sie drängen mich ja förmlich. Geistesgegenwärtig nicke ich.

»Also«, meint Dannie und läuft mit seiner Flasche zu den anderen.

Zwei Tage. Achtundvierzig Stunden! Und er muss auch noch produziert werden. Aber vor allem muss er eines: genial sein! Immerhin ist er der Abschlusssong für das Programm einer Jubiläumsshow. Innerlich sacke ich fast zusammen, versuche aber, mir nichts anmerken zu lassen. *Selbst schuld, Emily!*

Carry wirft mir ein Lächeln entgegen und ruft in den Raum: »Machen wir dann mit der ersten Nummer weiter? Da waren wir mit der Choreo gestern noch nicht ganz durch.«

Für mich ist es Zeit zu gehen, das spüre ich. »Ich muss dann mal wieder«, sage ich, hauptsächlich zu Carry.

»Alles klar. Ich bin schon echt gespannt, Emily!«, erwidert sie.

»Oh ja, ich auch!«, fügt Peter hinzu.

»Tschau!«, sage ich nur noch und sehe zu, dass ich Land gewinne.

Die achtundvierzig Stunden laufen bereits.

KAPITEL 7

Mein Kopf fühlt sich schwer an. Trauen sie mir das wirklich zu? Einen passenden Song zu schreiben? Es müsste ja einer sein, der langsam beginnt und dann richtig abgeht. Zwei Tage. Na toll! Das schaffe ich nie, niemals! Okay, ich habe auch schon Texte in einer Stunde fertig gehabt, aber ich brauche ja zunächst die passende Melodie. Und dann müsste ich Onkel Thomas anrufen und ihn darum bitten, den Song in kürzester Zeit zu produzieren. Ich kann ja froh sein, dass ich ihn überhaupt habe. Sonst könnte ich lediglich eine Akustikversion liefern. Hat mein Song Dannie gestern etwa so gut gefallen? Ich meine, sonst würde er mich doch nicht fragen, oder?

Als ich an der Vorderseite des Hotels ankomme, laufen Janice und Jim gerade in Badekleidung zum Strandabschnitt. Ich brauche jetzt unbedingt Gesellschaft, sonst komme ich gar nicht mehr klar! Als ich unten bin, haben sie schon ihre Liegen bezogen. »Hallo, ihr zwei.«

»Hey, Em, wo warst du denn?«, entgegnet Jim mit seiner altmodischen braunen Sonnenbrille, die Janice ihm verpasst hat.

»Ich habe nur ein bisschen frische Luft gebraucht. Ist doch echt schön mit der Sonne.« Mit den beiden kann ich einfach nicht über Musik sprechen, so sehr es in dieser Sekunde auch aus mir raussprudeln möchte.

»Creme dich doch ein und leg dich mit her«, meint Janice und liefert mir damit die perfekte Vorlage für meine Song-Ausrede.

»Würde ich gern, aber ich muss einen Song schreiben, für den ich eine Idee habe.« *Schön wär's!* Hätte ich doch nur schon eine!

»Ach, du immer mit deiner Musik. Entspann dich doch auch mal. Dafür sind wir im Urlaub!«, erwidert sie.

»Sarah war vorhin übrigens nicht mehr im Bett«, meint Jim.

Wirklich? Schwer vorstellbar.

»Ja, sie ist beim Tennistraining, schon seit über einer Stunde. Schau, da vorn.« Er zeigt zum Tennisplatz. »Ich war nach dem Frühstück schon bei ihr! Sie stellt sich zwar noch etwas ungeschickt an, macht aber bereits Fortschritte, sagt ihr Tennislehrer.«

Ich sehe eine Person mit Basecap und Tennisschläger. Und das soll tatsächlich Sarah sein? Normalerweise undenkbar. Sport und Sonne. Doch hinter ihr steht der Juniorchef und führt ihren Arm. Das ist echt verrückt!

»Ich schau mir mal kurz an, wie sie sich so schlägt«, sage ich zu den beiden und stehe schon wenig später am hohen Käfigzaun.

Mallow junior hat eine Hand an ihrer Hüfte, die andere umfasst die Hand mit dem Schläger. Sie sieht ihn verstrahlt an und kichert. So kommt sie mir definitiv nicht wie die Sarah vor, die ich seit vielen Jahren kenne.

»Na, wie läuft's?«, rufe ich, als sie mich entdeckt.

»Gut, er zeigt mir gerade, wie man Tennis spielt.«

Ach! Seltsam ... und das auf dem Tennisplatz ... Aber amüsiert ist ein Teil von mir bei diesem Anblick doch irgendwie. Mit diesem Polohemd und seinen mit Gel zugekleisterten Haaren wirkt er echt wie eine Ken-Puppe. Es ist genau der Typ Mann, den Sarah anziehend findet.

»Das ist meine Cousine Emily«, höre ich sie leise erklären.

»Willst du auch lernen, wie man spielt?«, fragt er mich.

Sarah schreitet sofort ein: »Oh nein, sie darf keinen Sport machen. Sie nimmt Tabletten.«

Aber natürlich ist sie weniger um meine Gesundheit besorgt, als darum, den Platz mit einer weiteren weiblichen Person teilen zu müssen.

Mallow junior fokussiert sich wieder voll und ganz auf sie. »Das heißt dann wohl längeres Einzeltraining für dich, oder?«, sagt er. Sie kichern im Einklang.

Vielleicht wären Jim und Janice sogar froh, wenn die beiden zusammenkämen. Bei Janice bin ich mir da ziemlich sicher. Ein reicher Junggeselle würde ihr sehr zusagen. Und so, wie er sie umschlingt, ist er nicht abgeneigt. Die Szene war zumindest ein kleiner Schritt raus aus meinem Gedankental rund um das Lied, das noch nicht existiert.

Die folgenden Stunden habe ich voll und ganz dem Versuch gewidmet, eine passende Melodie zu finden. Einige Ideen kamen mir zwar, allerdings blieb nichts davon hängen. Ich habe immer wieder an die 48 Stunden gedacht, die im Raum stehen. Spätestens Mittwoch muss die große Klappe präsentieren, was sie draufhat. An den Text brauche ich noch nicht mal denken, solange die Akkorde fehlen.

Im großen Ballsaal begrüßt Mr. Mallow wieder alle Gäste höchstpersönlich und erzählt, dass die Band morgen die Musik der Achtziger spielt. An den Tagen darauf sind dann Aufführungen verschiedener Künstler dran, die einen kleinen Vorgeschmack auf die Sommergala bieten sollen. »Doch keine Sorge, meine Damen und Herren. Unsere Liveband wird parallel in unseren neu gebauten Pavillon vor dem Hotel umziehen, wo alle Tanzwütigen allabendlich nach Herzenslust im Sonnenuntergang die Hüften schwingen können. Natürlich werden auch unsere Tänzer mit von der Partie sein. Und es wird rings um den Pavillon genügend Sitzgelegenheiten für Verschnaufpausen geben. Aber wie ich Sie kenne, werden Sie diese wohl nicht in Anspruch nehmen müssen.« Er lacht. »Ach ja, und wer noch keinen Tanzkurs für die nächsten Wochen gebucht hat, sollte dies schnell nachholen, es sind nämlich nur noch wenige Plätze verfügbar!«

Dieser verschmitzte Unterton. Der Mann weiß genau, wie er seine Gäste um den Finger wickelt. Die Band beginnt zu spielen, und Jim bekommt es tatsächlich hin, Sarah auf die Tanzfläche zu schieben. Der Tag war schon so abgefahren, da schockt mich überhaupt nichts mehr! Jim versucht, ihr Tanzschritte zu zeigen, gibt es aber schnell wieder auf. Er dreht sie zwischendurch einige Male, und den Rest des Liedes halten sie sich an den Händen und bewegen sich frei voneinander. Sie teilen sich das Parkett mit sehr vielen anderen, es tanzen sogar wieder einige Kinder mit ihren Großeltern.

»Der ist ein bisschen zu lahm«, sagt Jim, als sie sich bei der anschließenden Ballade wieder setzen. »Spätestens, wenn die Tänzer kommen, wird es wieder flotter.«

Wenn die Tänzer kommen, wird es nicht nur flott werden. Der gesamte Saal wird kopfstehen. Ich frage mich, ob Dannie und Carry diesmal dabei sein werden. Warum ist das die einzige Frage, die ich mir stelle? Wahrscheinlich weil mein Kopf versucht, sich von der Song-Problematik abzulenken. Es macht mich echt kirre. Ich bin so unruhig wie lange nicht.

Sarahs Laune schnellt noch weiter in die Höhe, als Mr. Mallows Sohn plötzlich an unserem Tisch erscheint. Sie rutscht nervös hin und her, während er Small Talk mit ihren Eltern betreibt. Er kündigt an, später zurückzukommen, was Sarahs Augen endgültig glühen lässt. Nach sechs weiteren Liedern stimmt der Sänger der Band einen Popsong an. Und dann ist es so weit. Zwei Tänzer rauschen im Eiltempo an unserem Tisch vorbei zur Bühne. Sie ist blond und er schwarzhaarig. Die tanzenden Pärchen weichen schlagartig zum Rand der Tanzfläche und genießen die Show der Profis. Es macht den Eindruck, als würde kein einziger Schritt, keine noch so klitzekleine Bewegung anders ablaufen als gewollt. Jeder Hüftschwung, jede Drehung – es ist einfach nur *überwältigend*! Wieder wippen meine Beine mit. Ich weiß, ich werde nie tanzen, aber für diesen einen Moment geben mir diese zwei Personen das Gefühl, ich könnte jederzeit aufspringen und mich wie sie bewegen. Sämtliche Zellen meines Körpers fahren Achterbahn. Sollten sich Dannie und Carry jedes Mal so fühlen, wenn sie tanzen, muss es der absolut beste Job der Welt sein. Nein, kein Job. Eine Leidenschaft! Eine Passion! Beim Singen empfinde ich ja genauso. Sobald ein Song fertig ist und ich feststelle, dass er etwas ausdrückt, was ich schon immer sagen wollte, ist da dieses perfekte Gefühl.

Dannie und Carry gehen mitten im Song auseinander und heizen die Meute an. Danach wenden sie sich den sitzenden Hotelgästen zu. Auch wir sitzen noch. Das ändert sich allerdings prompt. Die Kopfstimme des Sängers ist unfassbar gut, wie die berühmte Kirsche auf der Torte. Mein Herz stoppt, als Dannie mich wie aus heiterem Himmel ansieht. Es kommt mir vor, als würden wir minutenlang Blickkontakt halten, dabei war es sicher nur eine einzige Sekunde. Oh, mein Gott. Nein! Er tanzt auf unseren Tisch zu. Wir sitzen in der zweiten Reihe, durch die versetzt stehenden Tische hat er freie Bahn. Er stoppt immer wieder kurz ab und dreht sich dabei mit fließenden Bewegungen. Zwischendrin tanzt er ältere Damen an. Bis er schlussendlich vor mir steht.

Er streckt Arm und Hand aus. »Würdest du mit mir tanzen?«

Trotz der lauten Musik höre ich die Frage glasklar. Ich muss schlucken. Carry holt zeitgleich einen Mann auf die Tanzfläche.

Janice durchkreuzt mein Sichtfeld. »Sie tanzt nicht!«, macht sie ihm klar.

Er ist … schockiert. Ja, das trifft es. Er weiß überhaupt nicht, was los ist, sieht nur die Frau mit der schulterlangen rot gefärbten Föhnfrisur, die ein Verbot ausspricht. Wie soll ich denn jetzt reagieren? Auf einmal erhebt sich Sarah und greift nach seiner Hand. Sie geht mit ihm zur Tanzfläche. Es läuft vor mir ab wie ein schlechter Film. Sarah tanzt den kompletten Song über mit ihm. Und ich muss zusehen. Es ist ja nicht so, dass ich Ja gesagt hätte, ich weiß, dass es nicht geht. Ich will mich nie wieder so fühlen wie auf dem Volleyballfeld. Aber allein die Vorstellung, dass ich jetzt an ihrer Stelle sein könnte, lässt mich irgendwie ... eifersüchtig werden. In solchen Situationen hasse ich mich dafür, nicht wie andere, nicht *normal* zu sein. Bevor Sarah zurückkehrt, wird auch noch Jim zum Tanzen aufgefordert – von Carry. Sie zwinkert mir kurz zu.

Am Ende sitze ich also ganz allein mit Janice am Tisch. Die Einzige in diesem Raum, die das Tanzen hasst. Wie kann sie nur? Sie ist gesund und weiß es nicht zu schätzen. Ich denke, sie hat einfach nur Angst, sich zu blamieren. Dabei würde sie hier niemand schief ansehen. Sie legt viel zu viel Wert darauf, was andere über sie denken könnten. Alle sind gut drauf und der Großteil mindestens so steif in der Hüfte wie sie. Egal. Ich muss es Dannie erklären und nutze die nächsten Lieder, um mir passende Worte zurechtzulegen. Eigentlich verbringe ich den gesamten restlichen Tanzabend damit. Als dieser schließlich beendet wird, laufen Carry und Dannie den Mittelgang entlang, wo sie noch von zahlreichen Hotelgästen mit Lob überschüttet werden. Ich lasse ihnen diesen verdienten Moment und laufe erst hinterher, als ihnen wirklich kein Gast mehr im Weg steht. Sie sind ganz schön schnell unterwegs, Carry springt auch immer mal vor Freude in die Höhe. Sie umschlingt ihn, gibt ihm sogar einen Kuss auf die Wange. Sind sie ein Paar?

Auf dem Weg zum weißen Pavillon will ich sie rufen, doch Dannie fängt plötzlich an zu singen. Wahnsinnig gut zu singen. »Your the one, that I want ...« Carry fügt ein »Uh, uh, uh« hinzu. Da es eher wie ein kleines spaßiges Schauspiel wirkt, bin ich mir mit meiner Vermutung zwar noch nicht sicher, aber eines weiß ich nun: Dannie kann definitiv singen! Ich frage mich, was er eigentlich nicht kann. Er hat so gute Laune. Ich beschließe, ihn mit meinem unsinnigen Kleinkram heute nicht mehr zu belästigen. Ohne mich zu bemerken, schlendern sie zum Waldpfad. Und das *kleine Mädchen*, dem das Tanzen nicht erlaubt ist, bleibt an der Hauswand zurück.

Seine Stimme verfolgt mich bis ins Bett. Wie viel sechs gesungene Worte bewirken können. Nach dem Telefonat mit Lizzy, als ich so verträumt daliege, kommt mir eine Idee. Wobei *Idee* echt untertrieben ist. Es fühlt sich eher an, als würde der Blitz einschlagen und die gesamte Galaxie sich neu anordnen. Ich weiß, welcher Song passen würde! Einer, der melodisch schon steht. Ich müsste nur noch den Text schreiben und ihn einsingen! Es lässt mich nicht mehr los. Ich spiele es komplett im Kopf durch. Diese mitreißende Vorstellung treibt mir ein nicht enden wollendes Grinsen ins Gesicht. Und genau damit schlafe ich schließlich ein.

KAPITEL 8

Mit dem Augenaufschlag kehrt der Gedanke an das Lied zurück. Wie im Rausch verlaufen die nächsten dreißig Minuten im Badezimmer. Ein solches Hochgefühl gab es in meinem Leben für einen langen Zeitraum nicht mehr. Es ist, als wäre ich beflügelt. Beim Frühstück sehen mich die anderen völlig perplex an.

»Du strahlst ja wie ein Atomkraftwerk!«, bringt mir Sarah entgegen, und ich erkenne sofort, dass ihre eigene Laune nicht gerade berauschend ist.

Kein Kommentar dieser Erde könnte dazu führen, dass sich an meiner Stimmungslage etwas ändert. Die Sonne umarmt die Terrasse. Und das Stillsitzen ist eine Qual. Meinen Joghurt mit den Obststückchen verschlinge ich in Rekordzeit. Danach stehe ich ruckartig auf.

»Ich muss los. Ein Song will fertig werden.«

Ich bin in Gedanken längst zwischen den Bäumen. Im Weggehen antworte ich Jim mit einem beiläufigen »Mal schauen!« auf die Frage, ob ich denn später mit zum Strand komme. Ich laufe auf direktem Weg zu James an die Rezeption und frage ihn nach einem USB-Stick. Er selbst hat zwar keinen, ruft jedoch Alex an, der schon kurz darauf zu uns stößt.

»Bin ich der Retter in der Not oder bin ich der Retter in der Not?«, sagt er und streckt mir den Stick entgegen.

»Oh, auf jeden Fall beides! Du kannst dir nicht vorstellen, wie sehr du mir damit hilfst!« Fast wäre mir ein »Ich weiß, leider bin ich nicht Sarah ...« rausgerutscht.

Nach einem »Danke!« setze ich mich mit meinem Mac auf das Sofa neben der Eingangstür und ziehe das Instrumental auf den USB-Stick. Meinen Laptop gebe ich James zur Verwahrung. Und schon geht's los. Jetzt muss ich nur noch rausfinden, in welchem Bungalow Dannie oder Carry wohnen. Hinten angekommen, entdecke ich einen, bei dem die Tür einen Spalt offen steht. Als ich die Treppenstufe hochgehe, höre ich, wie drinnen jemand redet. Ich zucke zurück. Durch das Fenster kann ich Dannie erkennen. Er scheint zu telefonieren.

»Ich kann nichts machen? Keine andere Möglichkeit?« Er klingt leicht aggressiv. *»Was, wenn ich vorbeikomme und vortanze?«*

Ich sehe, wie er mit seiner Faust einen Schlag gegen den Schrank andeutet.

»Wieso sagst du dann zuerst, dass ich alles schon sicher habe?«

Er ist nun noch ungezügelter. Die Frage klingt wie ein Vorwurf. Eine kurze Pause entsteht. Ich sehe mich um. Das ist mir echt unangenehm. Ich sollte schnell umkehren. Unpassender könnte der Moment nicht sein.

»Schon gut, ich versuche, was hinzukriegen«, sagt er beschwichtigend.

Ich will gerade einen Schritt zurücksetzen, da feuert er das Handy gegen die Wand. Ich schrecke zusammen.

»So eine dämliche Scheiße!«, flucht er.

Seine Hände verkrampfen über dem Kopf, dann rutschen sie sein Gesicht herunter. Ich starte einen erneuten Anlauf mit dem geplanten Rückzug, doch meine Bewegung ist so reflexartig und unkontrolliert, dass ich das Holzgeländer hinter mir völlig vergesse und dagegenstoße. Ausgerechnet an dieser Stelle steht ein Blumentopf aus Keramik. Besser gesagt: stand. Er knallt geradewegs zu Boden und zerbricht in einzelne Scherben. Meine Schultern ziehen sich nach oben. Vorsichtig nehme ich eine Holzstufe nach der anderen.

»Was machst du hier?«

Mist! Ich drehe mich langsam um. »Ich wollte dir eigentlich nur meinen Song vorspielen ...«

»Deinen *Song*?«

Ich fürchte mich vor jedem einzelnen Wort. »Ja, es ist zwar nur ein Instrumental mit ein paar angedachten Textstellen, aber ...« Er hört gar nicht zu, dreht sich stattdessen um, schnappt sich seine schwarzen Sportschuhe und hastet an mir vorbei in Richtung Tanzhütte. Ich sollte mich für den zerstörten Topf entschuldigen, aber ich bekomme keinen Ton heraus. Er lässt mich einfach an der Treppe stehen, als wäre ich Luft. Hoffentlich denkt er nicht, ich hätte ihn belauscht. Ich meine, ja, das habe ich, aber das war nicht beabsichtigt.

Nach einigen Metern dreht er sich wie aus heiterem Himmel um. »Kommst du?«, fragt er patzig.

Was?

»Du kannst ihn den anderen vorspielen. Dann siehst du, was sie sagen.« Kaum ausgesprochen, läuft er auch schon weiter.

Okay. Bevor ich ihm folge, hebe ich noch die gelbe Blume aus dem zerbrochenen Untertopf auf und stelle sie zurück auf das Holzgeländer. »Es tut mir echt leid wegen des Blumentopfes! Ich mache die Scherben später auch weg«, sage ich, als ich ihn oben vor der Tür warten sehe. Er reagiert erst gar nicht. Der Anruf scheint ihn offensichtlich noch zu belasten. Seine Hand bleibt auf der Klinke liegen.

Ich entscheide mich, ihn auf den Song anzusprechen, solange wir noch allein sind: »Ich habe dich gestern am kleinen Pavillon singen hören und wollte dich fragen, ob du vielleicht den männlichen Part in meinem Song übernehmen würdest?«

Stille übernimmt die Waldluft.

»Ich singe nicht«, erwidert er schließlich leidenschaftslos und drückt die Klinke runter.

»Aber du singst richtig gut.« Er friert wieder ein. Ja, es war nur eine Zeile, doch die genügte, um das festzustellen! Seine Reaktion lässt auf sich warten, deshalb lege ich noch einmal nach: »Der Song bedeutet mir wirklich viel, ich habe ihn mit meinem Dad komponiert. Es ist ein Duett. Ich glaube, du wärst perfekt für den männlichen Gesangspart!« Als ich es ausspreche, kehrt das Wahnsinnsgefühl zurück.

»Tanzen ist das, was ich mache. Nur tanzen, nichts weiter. Ich habe nie gesungen«, entgegnet er, verharrt jedoch weiter an der Tür.

»Aber du hast wirklich Talent! Ich hatte früher sogar Angst, vor meiner besten Freundin zu singen. Weißt du, was meine Mutter immer gesagt hat? Sie sagte, manche Dinge im Leben muss man sich einfach trauen!«

Er starrt mich mit seinen blauen Augen an, als wollte er mir den Hals zuschnüren. Anschließend zieht er die Tür auf. Es war genau dieser Gedanke an das Duett, der mich motiviert hat. Aber wenn er absolut nicht will ... Was soll's, dann singe ich den Song eben allein. Carry und Peter sind die Ersten, die ich erblicke. Nur eine weitere Person ist im Raum.

»Und? Wie lief es?«, will Carry von Dannie wissen.

»Frag nicht. Dieser Drecksack wollte mir nicht mal zuhören!«, motzt er und setzt sich, um die Schuhe anzuziehen.

»Worum geht's denn?«, fragt die Tänzerin hinter Peter.

»Dannie hatte die Hauptrolle in einem *Dirty Dancing*-Musical zugesichert bekommen. Eigentlich war alles schon gebongt, aber jetzt wollen sie ein Video, dass die Verantwortlichen noch mal überzeugen soll. Es muss ein Paartanz mit spezieller Choreo werden. Unser Abschlusstanz passt da nicht ...«

Dannie brodelt unverständliche Worte vor sich hin.

»Das ist ja Mist!«, entgegnet die Tänzerin.

Mich geht es nichts an, aber am liebsten würde ich ihm sagen, dass es mir leidtut.

»Du hast sie ja schon wieder mitgebracht?«, äußert Peter, als er mich bemerkt.

»Sie ist bei mir aufgekreuzt, hat den Song dabei.«

Sehr sympathisch!

»Hey, Emily! Das ging aber schnell!«, äußert Carry.

»Na ja, es ist zwar vorerst nur ein Instrumental ...«

Dannie unterbricht mich genervt: »Gib ihnen doch einfach den Stick!«

»Eigentlich dachte ich, das war nur ein Spaß mit dem neuen Abschlusssong«, äußert die andere Tänzerin.

Lisa. Stimmt, das war ihr Name, ich erinnere mich.

»Emily ist Musikerin. Sie spielt wirklich gut Gitarre und singt fantastisch!«, meint Carry zu ihr.

»Ah. Cool.«

Es fühlt sich echt merkwürdig an, Musikerin genannt zu werden.

Carry hält ihre Hand auf. »Soll ich ihn mal in die Anlage stecken?«

Ich händige ihn ihr etwas zögernd aus, denn auf einmal fühlt es sich gar nicht mehr richtig an. Mein Dad und ich haben enorm viel Herzblut in den Song gesteckt. Er bedeutet mir *alles*! Es wäre ein heftiger Schlag ins Gesicht, wenn sie ihn kritisieren würden. Und obwohl ich weiß, dass es eine tolle Melodie ist, habe ich Angst, dass genau das eintreten könnte. Nur einzelne Textzeilen wurden von mir eingesungen. So zum Beispiel in der ersten Strophe. Oh mein Gott, der Song startet schon. Meine Muskeln verkrampfen. Alle hören andächtig zu. Und ich beiße mir auf meine Unterlippe. Keiner sagt etwas. Der Song geht in dieser Version knapp drei Minuten. Drei Minuten, in denen sich die Anspannung in mir so stark aufbauscht, bis ich fast explodiere. Sie sind nicht nur fabelhafte Tänzer, sondern auch fabelhafte Pokerfaces. Es ist wie bei einem echt spannenden Buch, bei dem man auf das Ende hinfiebert. Ich bange um ein Happy End. Die letzten Sekunden des Demos stehen an. Dann klingt es ganz langsam aus. Schweigen.

»Wow!« Carry durchschneidet die stille Unsicherheit. »Das klingt echt toll, Emily!«

»Wirklich?«, hauche ich skeptisch.

»Ja, finde ich auch!«, meint Peter und ich sehe ihnen an, dass sie es ernst meinen.

Lisa meldet sich zu Wort: »Aber ich glaube nicht, dass es zu unserer Choreo passen würde. Wir müssten alles umstellen, die Zeit haben wir gar nicht. Das ist eher ein Paartanz, wo dann zum Schluss vielleicht noch mal alle zusammenkommen. Also ganz anders als in unserer Choreo.«

Da ist es also. Das berühmte *Aber*, das mein Glücksgefühl in Luft auflöst. Dannie sagt rein gar nichts. Gerade von ihm wollte ich doch ein Feedback haben. Er wirkt starr. Bestimmt gefällt es ihm nicht.

»Was ist eigentlich mit *ihr*, Dannie?«, fragt Peter auf einmal.

»Was soll mit *ihr* sein?«, hakt dieser nach.

»Wie lange bist du noch im Hotel?«, will Peter von mir wissen.

»Zwei Wochen«, sage ich widerwillig. Aber ich verstehe kein Wort.

»Also bist du an dem Sonntag der Gala noch hier?«

»Ja.« Worauf will er hinaus?

Sein Blick schwenkt zurück zu Dannie. »Du könntest doch mit ihr eine Choreo ausarbeiten. Das wäre perfekt. Ihr beide macht den Abschlusstanz. Mit ihrem Song. Wir nehmen alles mit der Kamera auf, und schon hast du ein Castingvideo!«

Was sagt er da?

»Aber du weißt doch gar nicht, ob sie tanzen kann ... oder will«, zweifelt Lisa.

Oder darf!

»Wieso? Dannie könnte ihr alles beibringen, Lisa. Wenn *er* das nicht schafft, wer dann.«

»Wieso denn ich?«, hauche ich.

»Weil alle Tänzerinnen aus der Crew für Produktionen gebucht sind und sich schon genügend Choreos draufschaffen müssen«, erklärt Peter. »Und du hast eine perfekte Figur, und es ist außerdem noch dein Song.«

»Aber es ist ihr Urlaub, Peter«, nimmt mich Carry ein weiteres Mal in Schutz.

Ich muss diesen Punkt schnell aufgreifen und untermauern, damit sich das Thema in Luft auflöst.

»Sie tanzt nicht. Ihre Mutter verbietet es ihr«, äußert Dannie mit Nachdruck.

Meine Mutter? Er spielt auf Janice und diese peinliche Situation gestern Abend an. »Sie ist nicht meine Mutter, sondern meine Tante«, stelle ich klar.

»Du lässt dir das Tanzen von deiner *Tante* verbieten?«

Peter ist zurecht verwirrt und ja, so, wie es klingt, mag es ziemlich lächerlich rüberkommen. Sie will mich ja eigentlich nur beschützen, beziehungsweise verhindern, dass es noch mal zu einer solchen Situation wie vor einigen Wochen kommt und sie um mein Leben bangen müssen.

»Jetzt setzt sie mal nicht so unter Druck, Leute!« Erneut ist es Carry, die die dramatische Situation fürsorglich auffängt. Sie holt den USB-Stick, legt ihn in meine Hand zurück und schließt sie behutsam. »Du kannst es dir ja mal überlegen. Jetzt kommen nämlich schon die anderen, wir müssen für die Gala trainieren.«

Tatsächlich öffnet sich in genau diesem Moment die Tür.

Wie betrunken laufe ich nach draußen. Der Nadelduft lässt mich zwar noch nicht wieder klar denken, doch zumindest bin ich im Freien und kann das Erlebte verarbeiten. Carry. Ihre Worte eben klangen, als würde sie es mir zutrauen. Wieso passiert mir das nur? Am liebsten ... Urplötzlich packt mich von hinten eine Hand an der linken Schulter.

Dannie!

»Hör zu. Normalerweise würde ich das jetzt nicht tun. Aber vielleicht könnte es ja doch was werden ... also, wenn du dich darauf einlässt und mit mir tanzt.«

Der Kloß in meinem Hals verhärtet sich. Aber ich muss etwas sagen. Ich muss ihm erklären, wieso das nicht geht. »Ich würde ja gern, aber ...« Ich unterbreche mich selbst, um die Worte in meinem Kopf neu zu sortieren. Doch dazu komme ich nicht, denn er scheint den Satz für sich selbst schon beendet zu haben.

»Lässt du dir immer alles verbieten?« Resignation und Verbitterung schwingen in seinem Vorwurf deutlich mit.

So sieht er mich. Die Schwache, das *kleine Mädchen.* Daran hat sich nichts geändert. Und dabei hätte ich ihm fast von den Medikamenten erzählt. Diesmal hält mich seine große, starke Hand nicht vom Fortlaufen ab.

Fünf Meter.

Zehn Meter.

Doch keiner der Schritte bringt Erleichterung mit sich.

Und dann höre ich seine Stimme hinter mir schreien. »Wie war das? Manche Dinge im Leben muss man sich einfach trauen?«

KAPITEL 9

Was für ein gigantisches Gefühlschaos! Eigentlich hatte ich wirklich keinerlei Erwartungen an diesen Urlaub. Keine! Und dann so was. Ich weiß echt nicht mehr, was ich denken soll. *Lizzy!* Ich brauche jetzt meine beste Freundin.

Ein Freizeichen, dann noch eins. Über jedes könnte ich mich aktuell aufregen.

»Hi, Em. Wie geht's?«

Endlich!

»Das weiß ich selbst nicht so genau. Ich hatte dir doch von dem Tänzer erzählt.«

»Ja, genau. Der, der auch noch singen kann. Richtig?«

»Richtig. Na ja, mir kam letzte Nacht eine Idee. Der Song, den ich mit Dad gemacht habe: *Genau dafür leben wir.* Ich dachte, ich kann ihn vielleicht mit ihm zusammen aufnehmen, und dann verwenden sie ihn für ihren Auftritt bei der Abschlussgala hier im Hotel, wenn sie tanzen.«

»Das ist eine richtig coole Idee. Und hat er zugesagt?«

»Nein. Also ... eigentlich schon. Am Ende. Er hat mir eine Bedingung gestellt. Es ist eine Art Deal.«

»Und der wäre? Sollst du mit ihm ins Bett gehen?«

»Quatsch! Ich soll mit ihm tanzen. Den Abschlusstanz. Zu meinem Song.«

Lizzy lacht auf. »Wieso das denn?«

»Er muss ein Castingvideo für ein *Dirty Dancing*-Musical aufnehmen. Und dafür braucht er eine Tanzpartnerin. Niemand sonst kann ihm helfen.«

»Aber du hast ihm doch hoffentlich gleich gesagt, dass das unmöglich ist.«

»Na ja … ich wollte es ihm sagen, aber …«

»Em!«

»Er ist halt kein einfacher Typ«, stammele ich.

»Schatzi, kein Typ ist einfach. Na ja, bis auf Justin.«

»Ja, aber auf der anderen Seite durchdringt er einen so mit seinen blauen Augen, und er singt wahnsinnig gut. Ich würde es wirklich toll finden, wenn er den Song mit mir aufnimmt.«

»Em! Bist du durchgeknallt? Hast du vergessen, was passiert ist, als du … Das ist erst ein paar Wochen her! Muss ich dich an den Krankenhausaufenthalt erinnern?«

»Aber Dr. Andrews meinte doch, dass ich mit einer erhöhten Dosis des neuen Medikaments Sport machen könnte.«

»Ja, ein bisschen entspannt schwimmen vielleicht, aber doch nicht tanzen! Und außerdem hast du ein Verbot von deiner Tante. Sie will so was garantiert nicht noch mal durchmachen – und ich auch nicht, Em! Das könnte dich umbringen!«

Stille übernimmt die Telefonleitung. Sie sagt die Wahrheit. Nichts als die Wahrheit. »Ja, du hast recht«, stimme ich schließlich zu.

»Siehst du. Dafür bin ich da! Schatzi, ich will dich nicht abwürgen, aber du weißt, ich habe diesen Ferienjob.«

»Ja, alles klar. Ich wünsche dir viel Spaß!«

»Bis später!«, meint sie und legt auf.

Habe ich mir jetzt eine andere Reaktion von ihr erhofft? Sie kann keine andere Meinung haben. Niemand würde angesichts der Umstände gutheißen, was ich mir insgeheim wünsche.

Vor dem Hoteleingang treffe ich auf den Juniorchef. Er scheint gerade vom Tennistraining zu kommen, jedenfalls hängt eine Tasche in Form eines Tennisschlägers über seiner Schulter.

»Hey«, sagt er.

»Hallo.«

Ich will reingehen, doch anscheinend möchte er das nicht zulassen: »Ich hätte dir wirklich gern gezeigt, wie man Tennis spielt.«

Ich drehe mich um. Aus reiner Höflichkeit, denn eigentlich will ich mich jetzt mit niemandem unterhalten.

»Ich kann leider nicht. Wie Sarah schon sagte: Ich muss Tabletten nehmen.« Ich klinge bestimmt etwas patzig, aber er wird's verkraften.

»Ja, ich weiß. Sehr schade. Sarah ist nicht die geborene Tennisspielerin. Sie gibt ihr Bestes, aber wahrscheinlich würdest du es um Längen besser machen.«

Flirtet er gerade mit mir? Völlig falscher Zeitpunkt! Wobei ... kein Zeitpunkt wäre passend dafür!

»Aber vielleicht könnten wir ja mal zusammen mit dem Boot rausfahren.«

Das ist jetzt nicht sein Ernst?

»Es ist ein schnelles Boot, du wirst es lieben. Gern heute Abend im Sonnenuntergang, wenn du magst.«

Im Sonnenuntergang? So einer ist er also! Denkt er, weil er der Sohn des Chefs ist, kann er alle haben?

»Ich muss erst mit meiner Tante und meinen Onkel reden«, antworte ich ihm, um wegzukommen.

»Oh. Okay«, stottert er noch, während ich zum Aufzug laufe.

Unfassbar! Ich gehe jede Wette ein, dass er eine solche Antwort nicht erwartet hat! Wahrscheinlich stimmen alle immer direkt zu und springen in sein Boot.

Die Hand hindert den Aufzug am Schließen. »Wollen wir dann einfach morgen noch mal sprechen oder soll ich bei dir im Zimmer vorbeikommen?«

»Ich teile mir ein Zimmer mit Sarah«, sage ich, um ihm einen klaren Wink mit dem Zaunpfahl zu geben.

Und den scheint er auch empfangen zu haben, jedenfalls rudert er nun etwas zurück: »Ach, wir werden uns schon über den Weg laufen, schließlich wohnen wir ja im selben Haus.«

Danach verschwindet er. Ich finde einfach keine Worte für diesen Typen!

Kaum in der Suite angekommen, klopft es schon an der Tür. Für einen kurzen Moment überlege ich, einfach so zu tun, als wäre ich nicht da, doch dann ruft der unangekündigte Gast. Es ist James, nicht der Juniorchef. Na, bei ihm mach ich gern auf!

»Hallo, Fräulein Emily. Dürfte ich dich im Auftrag von Mr. Mallow etwas fragen?«, beginnt er.

Mir schaudert kurz. »Der junge Mallow?« Hat er James jetzt wirklich vorgeschickt? Das wäre erbärmlich.

»Mr. Mallow senior«, stellt er klar.

»Oh ... ja, natürlich.« Aber was könnte der von mir wollen?

»Es geht um die große Sommergala. Wäre es in Ordnung für Sie, wenn Mr. Mallow das Kleid auswählt, das Sie beim Auftritt tragen?«

Wie bitte? Beim Auftritt? Hat Dannie etwa ...?

»Ich tanze nicht mit«, sage ich und bringe James damit zum Lachen. Bis er schließlich stutzt.

»Du begleitest doch die Band als zusätzliche Musikerin mit deiner Gitarre? Das sagte man mir so.«

Bitte? Die Band begleiten?

»Nein. Das muss ein Missverständnis sein.«

»Oh, das tut mir leid, da ist wohl offenbar eine Information bei mir durcheinandergeraten.«

»Kein Problem, James!«

Ich bringe ihm genau das Lächeln entgegen, das er mir stets schenkt. Dann schließe ich die Tür. Anscheinend rutsche ich von einer komischen Situation in die nächste. Aber egal. Ich brauche jetzt erst mal Musik!

KAPITEL 10

Alle klatschen miteinander ab.

»Und genau da müssen wir heute Nachmittag ansetzen!«, meint Carry begeistert.

Ein paar der Tänzer verlassen das Gebäude. Carry geht derweil zu Dannie, der sich sein sandfarbenes Handtuch um den Hals legt. Sie muss ihn auf Emily ansprechen: »Hast du sie vorhin noch mal gefragt? Ich hatte das Gefühl, wir haben alle geredet und geredet, aber eigentlich sah sie so aus, als wollte sie nur von dir gefragt werden.«

Dannies Gesichtsmuskeln verhärten sich bei dem Thema. »Ich hab ihr einen Deal vorgeschlagen ...«

»Deal?«

»Sie wollte ihren Song mit mir als Duett aufnehmen. Ich habe gesagt, dass ich es mache, wenn sie mittanzt.«

»Was hat sie gesagt?«

Seine unverändert eingefrorene Mimik verrät ihr die Antwort zwar bereits, doch Dannie fühlt sich zurückgeworfen. Zu dem Moment, als sie ihn zwischen den Hütten stehen gelassen hat. Und genau das bringt die Wut zurück. Die einschneidende Wut, die er beim Tanzen in Energie umwandeln konnte. Nun jedoch zeigt sie sich mit voller Härte und ohne Ventil. »Die ist nur eine dieser verwöhnten Gören, die sich von zu Hause alles vorschreiben lassen!«

»Und nun? Wirst du nach einer Tänzerin suchen?«

»Zwecklos. Hab ich gestern schon. Weißt du, was die haben wollen? Ist ja nicht nur die Gage. Anreise kommt auch noch drauf. Die zwei, die Zeit hätten, wohnen drei Bundesstaaten

entfernt. Ich werde denen die Kohle garantiert nicht in den Arsch schieben, nur damit ich ein Video kriege, das am Ende vielleicht nichts nützt.«

»Ach, Dannie. Ich würde dir wirklich gern helfen. Aber dann müsste ich meinen Vertrag bei der Show nächste Woche auflösen. Die Vertragsstrafe wäre echt riesig und die Folgeaufträge … Na ja, du weißt schon«, seufzt sie mitfühlend und geprägt vom schlechten Gewissen.

»Die würden dich nie wieder buchen … Ich schicke ihnen einfach das Video mit uns allen. Und wenn sie es nicht wollen, haben sie Pech«, resigniert Dannie.

»Eine der Kellnerinnen willst du nicht fragen?«

»Und dann? Während ihrer Arbeitszeit proben? Wenn der Mallow das mitbekommt, kann ich einpacken.«

»Aber dafür könntest du doch nichts. Dann wäre sie selbst schuld.«

»Ein Sündenbock muss immer her!«

»Das ist echt dumm. Ich höre mich später noch mal um, versprochen!« Sie umarmt ihn. »Kopf hoch! Das wird alles!«

Ein gequältes »Danke!« verlässt seinem Mund und klingt, als würde er diesem Vorhaben schon jetzt einen weiteren Misserfolg prophezeien.

KAPITEL 11

Jemand tippt mir auf die Schulter und lässt mich zusammenfahren. Meine Lider schnellen nach oben. *Sarah!* »Boah, Sarah!«, stoße ich aus.

»Hast du etwa geschlafen?«, fragt sie mich und läuft durch den Wohnraum zu ihrem Zimmer.

»Nein, ich wollte nur ein bisschen entspannen.«

»Oh, das habe ich auch getan. Die Massage war wieder gran-di-os!« Sie stellt sich vor ihr Bett und lässt sich mit ausgebreiteten Armen auf die Matratze fallen. »Ich war heute Morgen schon wieder Tennis spielen. Mein Unterarm zieht zwar etwas, aber nach der Massage ist es schon viel besser. David hat mich zu einer Bootsfahrt im Sonnenuntergang eingeladen. Mit seinem neuen Motorboot.«

»Wirklich?« *Dieser Typ ist einfach nur ...*

»Ja, er sagt, es ist enorm schnell und meine Haare werden von der Luft nach hinten geworfen, während wir den ganzen See rauf- und runterfahren. Das wird so schön!«

»Kann ich mir gut vorstellen«, kommentiere ich und denke mir meinen Teil.

»David sieht aber auch echt verdammt gut aus! Der Tänzer von gestern Abend war zwar auch heiß, aber David ist noch mal eine Nummer drüber. Außerdem hat er mit seinem Alter schon viel erreicht! Er will das Hotel später mal übernehmen und dann noch einen viel größeren Tennisplatz bauen und Motorboote kaufen – zum Wasserskifahren. Ist das nicht krass? Er will auch viel mehr Leute einstellen, die dann für ihn arbeiten. Echt tolle Ideen hat er«, erzählt sie verträumt.

Von ihrem ganzen Gerede ist bei mir eigentlich nur *Tänzer* hängen geblieben. Und das wirft mich sofort zurück in mein Gedankenmeer. Ich würde ihm unglaublich gern helfen wollen. Das Bild, als er mit Carry tanzte, hat sich in mein Gedächtnis eingebrannt. Was, wenn *ich* seine Tanzpartnerin wäre? Ich gehe zu der Falttür, die in Sarahs Reich führt, und lehne mich daran an.

»Sarah, wie fühlt sich das an? Zu tanzen, meine ich.«

Sie stützt sich auf und blickt verwirrt drein. »Wie sich Tanzen anfühlt?«

»Ja, was empfindet man dabei?«

»Hä? Wie meinst du das? Man tanzt halt. Warum willst du es überhaupt wissen? Du machst es dir damit doch nur selbst schwer. Ich meine, du wirst so was niemals machen können …«

Ihre letzten Worte sind wie eine riesige Stahlkugel, die gnadenlos auf das Bild zuschwingt, das mir eben noch Kraft schenkte. Die Kugel wirkt derart brachial, dass jene Vorstellung von mir und meinem Tanzpartner innerhalb eines Wimpernschlags zerschmettert wird. Stillschweigend gehe ich in mein Zimmer. Ich fühle mich so schwach. So verletzlich. Ja, sie hat mir nichts Neues erzählt. Doch es schmerzt einfach unglaublich. Gerade jetzt, wo ich den magischen Duft des Tanzens schnuppern konnte. Sarah trägt keine Schuld. Verletzt habe ich mich selbst, indem ich diese bittersüße Vorstellung überhaupt erst zugelassen habe.

Es ist kein normales Klopfen gegen die Tür, eher ein aufdringliches Hämmern, das nicht zu stoppen ist. Ich folge ihm.

»Mom!«, stöhne ich. »Du bist doch …«

»Hallo, mein Engel!«, sagt sie und umarmt mich.

Ich kann mein Glück kaum fassen. Tränen rinnen meine Wangen runter. Sie greift nach meiner Hand und führt mich zum Fahrstuhl. Wir fahren nach unten. James begrüßt uns breit lächelnd und neigt seinen Oberkörper einmal kurz nach vorn, als würde er sich verbeugen. Meine Mom muss mich nicht hinter sich herziehen, ich laufe ganz automatisch. Wir passieren ein paar Gäste, doch ich bin so auf meine Mutter fixiert, dass ich ihre Gesichter gar nicht wahrnehme. Sie führt mich zum großen Holzpavillon.

»Mom, was machen wir jetzt?«

»Wirst du gleich sehen, mein Engel«, antwortet sie mir in ihrer gewohnt liebenswerten Art.

Wir gehen die drei Stufen hinauf und befinden uns sogleich auf der leeren Tanzfläche. Sie gehört ganz allein uns. In der einen Ecke befindet sich ich eine Musikanlage. Wie von Geisterhand erklingt daraus Musik. Es ist unser Song. Der Song, den Mom, Dad und ich immer im Auto hörten. Der Song, der uns aufbaute, wenn wir mal wieder gute Laune einatmen mussten, weil ich dieses und jenes nicht machen durfte, wie es die anderen Kinder problemlos konnten. So viele schöne Momente verbinde ich mit diesem Lied. Wir haben uns alle an die Hand genommen und solange gegrinst, bis das Gefühl unsere Körper vollständig durchströmte. Es funktionierte jedes einzelne Mal.

Forever and for always wurde zu unserem Glückstherapeuten. Mom umarmt mich. Ihr Geruch weckt Kindheitserinnerungen. Meine Hände lege ich von unten auf ihren Rücken, ich presse mich förmlich an sie. Das habe ich so sehr vermisst. Ihre Haare. Ihre wunderschönen dunkelbraunen Haare, die sie mir vererbt hat. Sie trägt sie offen, sodass sie ihre volle glänzende Pracht entfalten können und einen Kontrast zu dem hellen Holz bilden. Dann beginnt sie, langsam mit den Füßen zur Musik zu tippeln. Ich ebenfalls. Eng umschlungen drehen wir uns im Kreis. Wir tanzen zum Song von Shania. In diesem Moment schwöre ich mir: Ich lasse dich nie wieder los! Ich umarme dich für immer und ewig!

»Em! Aufwachen!«

Meine Augen beugen sich dem Willen des Rüttlers. Noch ein wenig verschwommen sehe ich Sarah über mich gebeugt. Sie hat ihre Hand auf meine Schulter gelegt und hört erst jetzt mit der Wackelei auf.

»Kommst du mit zum Mittagessen? Die anderen sind schon runtergegangen.«

War das alles etwa nur ein Traum? Ich sehe mich um. Ich bin zurück in unserer Suite. Wie lange habe ich wohl geschlafen?

»Hast du mich verstanden? Es gibt Mittagessen«, äußert sie erneut, als würde sie mit einem alten Menschen sprechen, dessen Hörgerät nicht richtig eingestellt ist.

»Ja, ja!«, sage ich. »Wie spät ist es?«

»Gleich halb eins!«, entgegnet sie.

Am liebsten würde ich direkt zurück in den Traum springen, aus dem sie mich gerissen hat.

»Ich komme gleich!«

»Na hoffentlich. Sonst kriege *ich* den Ärger von Mom ab!«

Ich reibe mir die Augen. Allein das scheint Sarahs Geduld offensichtlich überzustrapazieren.

»Bist du endlich fertig? Ich habe Hunger!«, klagt sie.

»Guten Appetit, die Damen!«, wünscht uns James, als wir an der Rezeption vorbei in den Speisesaal gehen.

Ich frage mich immer noch, wie er auf die Idee kam, ich würde in der Hotelband mitspielen. Das ist doch echt absurd. Oder habe ich das auch nur geträumt?

Diesmal essen wir drinnen. Die Hitze der Mittagssonne ist aktuell zu stark für den Kreislauf von Janice. Es ist total ungewohnt, aber wir wechseln allesamt kein Wort miteinander. Mir kommt das allerdings recht, so kann ich langsam wach werden. Trotzdem wundert es mich etwas. Haben sie sich gestritten? Das kommt häufig vor, wenn *sie* mal wieder ihre fünf Minuten hat. Oder besser gesagt: ihre fünf Stunden.

Als Janice fertig gegessen hat, offenbart sie mir den wahren Grund: »Emily. Wir machen uns ein wenig Sorgen, weil du den ganzen Tag irgendwo herumschwirrst. Wir wissen nicht, was du draußen so treibst.«

Was ich draußen treibe? Ich weiß gar nicht, wie ich reagieren soll. »Ich bin immer nur spazieren. Es ist eine schöne Gegend.«

»Genau das macht mir ...«, sie gerät ins Stocken. »... *uns* Sorgen! Bei diesen Temperaturen. Was, wenn die Dosis mal nicht ausreicht? Ich habe keine Lust, dass wir wieder mit dir ins Krankenhaus müssen!«, sagt sie, und zwar übertrieben ernst.

Sie hat keine *Lust*? Glaubt sie, dass es mir anders geht? Außerdem war das damals eine ganz andere Situation. Ja, es war mein Fehler. Ich habe mit den anderen zusammen Volleyball gespielt, obwohl ich das nicht durfte. Und die Quittung kam sofort. Es war meine eigene Schuld. Mir war alles egal. Aber das ist es jetzt nicht mehr. Und außerdem hat mein Doc mir diese neuen Tabletten gegeben und uns versichert, dass selbst sportliche Aktivitäten damit unproblematisch wären. Und auf die verzichte ich. Ich meine, das mache ich mein ganzes Leben schon. Und sie hat sogar mit mir zusammen die Tablettenboxen für den gesamten Sommer gefüllt. Warum sollte sie also besorgt sein? Ich erwarte jede Sekunde ein Schmunzeln. Dass sie den Scherz enthüllt. Doch für Janice ist Ironie ein Fremdwort und ihr eindringlicher Blick eine klare Drohung.

»Wir glauben, dass du dich deinem Talent, der Musik, widmen solltest ...«, untermauert sie diese.

Jim versteckt seine Augen vor mir. Ich glaube kaum, dass er ihre Ansicht teilt. Und überhaupt: Was heißt denn bitteschön *widmen*? Ausschließlich? Rund um die Uhr? Damit mir ja nichts zustößt? Keine Bewegung mehr, und wenn, dann zählt nur der Weg zum Esstisch? Versteht sie das unter *widmen*?

»Wir haben dich für die Sommergala als Teil der Band angemeldet. Du kannst die Männer als zusätzliches Bandmitglied mit deiner Gitarre unterstützen. Mr. Mallow sagt, das bekommst du locker hin bis zur Gala. Er möchte dich morgen früh der Band vorstellen.«

Es fühlt sich wie ein Pflock an, den sie mir in den Schädel rammt. Deswegen kam James also zu mir. Es war ganz und gar kein Missverständnis. Ich fixiere Jim, doch er weicht meinem Blick weiterhin aus. Soll das eine Art Kinderbetreuung für mich werden? Wieso bestimmt sie das einfach? Sie fragt mich ja nicht mal, ob ich überhaupt will!

Anschließend stupst sie ihren Mann an, woraufhin er ein deutliches Fake-Lächeln aufsetzt.

»Das ist doch toll, oder? Das erste Mal auf einer Bühne und dann auch noch mit so großartigen Musikern.« Ihm bleibt der Bissen fast im Hals stecken. Genau wie mir.

Noch bevor ich etwas sage, legt Janice mit ihrer Farce nach: »Kümmere dich lieber um dein Hobby, ganz ohne Risiko. Dann haben wir alle keine Sorgen und können den Urlaub genießen!«

Eine unsichtbare Kraft lässt mich aufstehen und weggehen. So, als hätte etwas die Kontrolle über mich ergriffen. Und das ist gut, denn dadurch verlässt nichts von dem, was ich nur zu gern loswerden möchte, meinen Mund.

»Em! Setz dich bitte wieder hin!«, ruft Janice mir in den Rücken, doch eine Sekunde später biege ich um die Ecke.

Warum hat er denn keinen Arsch in der Hose und sagt, was er wirklich denkt? Aber natürlich fällt Jim lieber *mir* in den Rücken als seiner ach so geschätzten Frau. Das Szenario kenne ich bereits. In mir staut sich so unglaublich viel Wut an. Ich muss an die frische Luft! Weit weg von ihnen!

Draußen entdecke ich jemanden im Holzpavillon. Es ist jedoch nicht meine Mom, sondern Lisa, die Tänzerin. Sie gibt einem Pärchen Unterricht. Mehrere Ventilatoren an den Geländern und der Schatten des Holzdachs helfen ihr dabei. Ich sehe sofort, wie viel Spaß sie haben. Das Pärchen lacht in einer Tour. Sie genießen es, miteinander zu tanzen. Wie aus heiterem Himmel schießt mir ein Gedanke durch den Kopf. Das ist es, was ich machen sollte! Ich will nicht die ganze Zeit einsam mit meiner Gitarre herumsitzen und möchte auch nicht Teil einer Band werden. Und ich will es schon gar nicht für Janice machen! Nicht für Jim oder sonst wen. Ich will mir nichts mehr vorschreiben lassen! Ich will nur eines: tanzen!

KAPITEL 12

Ich glaube, ich habe mich seit Jahren nicht mehr so schnell bewegt wie jetzt gerade. Ich bin mir sicher, dass Janice ein großes Fass aufmachen würde, wenn sie etwas mitbekäme. Aber es ist mir echt egal! Ich muss ihm sagen, dass ich es durchziehen will! Keine Ahnung, ob ich das durchstehe. Die Bühne, das Publikum und dann auch noch eine Kamera, die alles aufnimmt. Ich bin dabei nicht in meinem Element. Bekommen wir das in der Kürze der Zeit überhaupt hin?

Genug der Zweifel! Wenn Dannie nicht wäre, würde ich wahrscheinlich in einer Stunde zu ihr gehen und mich dafür entschuldigen, dass ich aufgestanden und verschwunden bin. Doch vieles in mir hat sich verändert.

Wie wird er wohl reagieren, wenn ich gleich an seine Tür klopfe? Die Scherben muss ich auch noch entsorgen, das habe ich total vergessen. Die kleinen Holzstückchen unter meinen Schuhen ermutigen mich. Und ebenso die Melodie des Songs. *Freiheit!* Genau das soll der Song ausdrücken. Das hier ist meine persönliche Freiheit! Mein Lächeln kehrt zurück. Schritt für Schritt steigert sich meine Freude, leider aber auch die Anspannung und Aufregung. Er könnte mittlerweile schon eine andere gefunden haben oder er reagiert abweisend, weil ich ihn ebenso abweisend stehen ließ. Gegenüber seines Bungalows rauchen zwei der Tänzer auf der Terrasse. Scheinbar ist die Probe also beendet.

Blitzmerker, Emily! Würde Lisa sonst Tanzunterricht geben?

»Ist Dannie in seinem Bungalow?«, frage ich die zwei starrenden Kerle.

»Ja, er müsste eigentlich da sein«, meint der eine von ihnen. Der andere mustert mich nur.

Also gehe ich wieder die Holztreppe hinauf. Die Scherben sind verschwunden. Rockmusik ist zu hören. Ich klopfe zaghaft an. Keine Reaktion. Dann ein zweites Mal, diesmal kraftvoller.

»Ja ... gleich«, raunt es von drinnen.

Wenn er jetzt schon so genervt ist ... Mach ich dann hier das Richtige?

Nach etwa zehn Sekunden geht die Musik aus und die Tür wird aufgerissen. Als er mich erblickt, zieht er beide Augenbrauen skeptisch nach oben. Sein Gesichtsausdruck ist einladend wie immer. Ich blicke hinab. Kurze Sporthose und Schweiß. Hinter ihm auf dem Boden liegt eine Matte. Mir wird erst jetzt bewusst, dass ich keine Ahnung habe, wie ich es ihm eigentlich sagen soll. Nun, wo ich auch noch direkt vor ihm stehe, kommt es mir vor, als wäre mein Wortschatz schlagartig blockiert. Das Einzige, was mir entweicht, ist ein vor Selbstbewusstsein zitterndes »Ich bin dabei«.

»Wie?« Er wischt sich die Schweißperlen von der Stirn.

»Ich will mit dir tanzen. Zu meinem Song. Damit du dein Bewerbungsvideo bekommst.«

Sein Gesicht verharrt in einer zweifelhaften Pose. Er scheint nicht zu verstehen, was ich von ihm will.

»Und im Gegenzug nehmen wir gemeinsam den Song auf«, schiebe ich nach.

Okay, das kam jetzt sicherlich so rüber, als würde ich nur an meinen eigenen Vorteil denken und es nicht aus freien Stücken machen wollen. Mist. Noch immer sind seine Augenbrauen hochgezogen und zusammengerückt.

»Okay«, meint er schließlich und bringt sie zurück in Normalposition.

Okay? Mehr hat er nicht zu sagen? Keine Freude? Kein Dankeschön?

»Wann kannst du loslegen?«

»Sofort«, sage ich wie aus der Pistole geschossen.

»Gut, dann in einer Stunde in der Trainingshütte.«

Auch wenn ich die ganze Zeit hoffte, dass er so etwas sagen würde, bin ich doch ein wenig überrumpelt von der Spontanität. »Alles klar«, hauche ich.

»Und vergiss die Sportkleidung nicht!«, meint er, nachdem er mich einmal von oben bis unten gescannt hat.

Danach knallt er die Tür zu, und die Musik startet wieder.

Sportkleidung? Wo soll ich denn bitte Sportkleidung herbekommen? Ich habe zwar kurze Jeans dabei – wie die, die ich gerade trage. Und auch normale Shirts, aber doch keine Sportbekleidung. Die hatte ich noch nie an. Mir bleibt eine Stunde!

Zurück am Hotel treffe ich auf Alex.

Mir kommt eine Idee. »Alex, ich bräuchte mal deine Hilfe!«

»Wouh. Das muss ja ziemlich wichtig sein«, meint er.

»Oh ja. Das ist es! Ich brauche Sportkleidung, aber ich habe keine mitgenommen. Hast du irgendeinen Tipp, wie ich innerhalb einer Dreiviertelstunde welche auftreiben kann?«

Er überlegt kurz. »Eine Dreiviertelstunde? Das nächste Shoppingcenter ist nur etwa zehn Minuten mit dem Auto entfernt.«

Okay, mal kurz nachdenken. Zwanzig Minuten Fahrt, etwa fünfzehn Minuten, um die Sachen auszusuchen und zu bezahlen, und noch mal zehn für alles drumherum. Aber ich habe kein Auto, und mein Onkel wird mich wohl kaum hinbringen.

»Soll ich dich fahren?«, fragt er plötzlich, als hätte er meine Gedanken gelesen.

»Würdest du das tun?«

»Klar. Ich habe jetzt eh bis zum Abendessen Pause.«

Mein Retter! »Das wäre großartig!«

»Ich bringe nur schnell die Schale in die Küche und hole meinen Autoschlüssel aus dem Personalraum, dann können wir los.«

Meine Mundwinkel biegen sich nach oben, als er losläuft. Unglaublich, dass ich jemanden wie ihn hier kennengelernt habe. Keiner der Jungs aus meiner Highschool war auch nur im Ansatz so freundlich. Er kennt mich ja nicht mal richtig, und es geht auch nicht um Sarah. Trotzdem hilft er mir. Minute für Minute blicke ich auf mein Handy, während ich in der Lobby auf ihn warte. Als er zurück ist, schwingt er den Autoschlüssel am Zeigefinger umher.

»Bereit für einen Ausflug?«

»Jawohl!«, sage ich und springe auf.

Während wir zum Parkplatz gehen, sehe ich mich um, ob Sarah oder ihre Eltern nicht vielleicht zufällig in der Nähe sind, aber nein, glücklicherweise nicht.

»Es ist nur eine alte Klapperkiste, sorry«, meint Alex zu mir und öffnet seinen zentralverriegelten hellblauen Kleinwagen.

»Alles gut. Ich kümmere mich nicht so um Autos«, erwidere ich.

Der Wagen ist ziemlich aufgeheizt, weshalb wir beide zunächst die Fenster runterkurbeln. Es gibt keine Klimaanlage, aber das werde ich bei nur zehn Minuten Fahrzeit schon überleben.

»Dann mal los!«, sagt er und startet den Motor.

Während wir vom Parkplatz rollen, werfe ich einen Blick auf mein Handy. Noch dreiundvierzig Minuten. Das sollten wir gerade so schaffen. Er hat mich mit dieser Stunde ganz schön unter Druck gesetzt. Okay, wahrscheinlich dachte er, sie zieht sich um, kann noch mal auf die Toilette gehen und kommt dann zurück. Pustekuchen!

Alex fragt mich, was ich vorhabe. Er hilft mir, ich kann es also nicht vor ihm verheimlichen oder ihn anlügen.

»Du musst mir versprechen, es niemandem zu erzählen, nicht mal Sarah, okay?«

»Nein, mache ich nicht.« Er kreuzt die Finger.

»Ich will tanzen«, sage ich. Ich glaube, er hört, wie die Nervosität mitschwingt.

»Ah, eine Tanzstunde?«

»Ja. Also, um genau zu sein: mehrere.«

»Super. Ich habe das auch schon mal probiert, aber die Tänzerin meinte, dass meine Hüfte aus Beton besteht und ich jeden Tag vor dem Spiegel üben muss, bevor ich wiederkommen darf. Ich hab's ein paar Tage probiert, hat aber nichts gebracht. Und dann hab ich's gelassen. Wenn jemand ein hoffnungsloser Fall ist, dann ich.«

Damit macht er mir echt ein bisschen Angst. Ist meine Hüfte vielleicht auch steif? Wie werde *ich* mich anstellen? Bisher habe ich darüber nicht nachgedacht. Eigentlich war ich der Meinung, dass jeder tanzen kann.

»Hat es dir denn keinen Spaß gemacht?«, hinterfrage ich.

»Doch, doch. Aber genau das hat sie aufgeregt. Ich bin eher ein guter Roboter-Tänzer. Na ja, ich glaube, am Ende war es ihr peinlich, dass ihre Kollegen mitbekommen haben, wie wenig Fortschritte ich gemacht habe. Wieso darf eigentlich niemand erfahren, dass du tanzt?«

Ich greife instinktiv zu einer Notlüge: »Ich will meinen Onkel zum Abschlussabend überraschen und ihn nach der Show zum Tanzen auffordern.«

»Oh, nice! Ich sage nichts, keine Sorge. Dein Geheimnis ist bei mir safe!«

»Sie dürfen nichts von dem Training mitbekommen. Ich trainiere deswegen extra in der Holzhütte der Tänzer. Damit sie mich nicht sehen«, baue ich die Lüge aus.

»Ah ... verstehe. Guter Plan!«

»Meine erste Stunde wurde mir jetzt ganz spontan zugeteilt. Daher habe ich nicht mehr viel Zeit.«

Es fühlt sich richtig schlimm an, ihm nicht die Wahrheit zu erzählen. Wahrscheinlich würde er diese ebenso für sich behalten. Egal, jetzt kann ich eh nicht mehr zurückrudern. So verhindere ich zumindest, dass er sich um meine Gesundheit sorgt. Die Tablette! Ich muss vor dem Tanzen noch eine zusätzliche nehmen, das darf ich auf keinen Fall vergessen! Vor dem Sport, sagte der Arzt, bevor Janice ihn unterbrach und klarstellte, dass es keine Experimente geben würde.

Nach ein paar weiteren Minuten nehmen wir die Abfahrt zur nahe gelegenen Kleinstadt. Gleich am Ortseingang befindet sich das große Kaufhaus mit einem noch größeren Parkplatz. Alex fährt so nah wie möglich an den Eingang heran.

»Wir müssen einmal die Rolltreppe hoch, dann sind wir auch schon bei den Sportläden.«

So schnell wie möglich geht es nach oben. Unglaublich, wie groß das Kaufhaus ist. Doch zum Bewundern bleibt keine Zeit. Die Auswahl im Store einer großen Kette macht es mir nicht leicht. Wertvolle Minuten vergehen, bevor ich in der richtigen Abteilung lande. Und dann merke ich, dass mein Portemonnaie im Hotelzimmer liegt. Glücklicherweise steckt in meiner Handyhülle immer ein Fünfziger, der hoffentlich ausreicht.

Was zieht man denn eigentlich zum Tanzen an? Ich sehe Outfits für Läufer, Fußballsachen, ja sogar Kleidung für Wassersportler. Und schließlich springen mir die sportlichen Oberteile aus der *Sale*-Abteilung ins Auge. Sie haben breite Träger und könnten auch als Freizeitkleidung durchgehen. 15 Dollar. Ich schnappe mir eins in meiner Größe. Zeit zum Anprobieren ist nicht!

»Schau mal. Wie wär's hiermit?«, sagt Alex zwei Reihen entfernt und präsentiert mir schwarze Shorts aus einem offensichtlich sehr engen Stoff.

»Sieht gut aus! Wie teuer?«, frage ich und gehe zu ihm.

»Warte ... auf zehn runtergesetzt!«

Perfekt! Als würde meine Mom mir ins Ohr flüstern, kommt mir plötzlich der Einfall, dass es gar nicht so unklug wäre, gleich jeweils zwei Shorts und Tops zu nehmen. Schließlich muss ja auch alles gewaschen werden.

»Jetzt nur noch Schuhe, oder?«, fragt Alex.

Schuhe? Daran habe ich bisher überhaupt nicht gedacht, aber klar, ich brauche Sportschuhe. »Dann muss ich die aber zurückhängen«, sage ich.

»Was, warum?«

»Ich habe mein Portemonnaie im Hotel vergessen und nur fünfzig Dollar in bar dabei.«

»Kein Ding. Ich bezahle den Einkauf, und du gibst mir das Geld dann die Tage zurück.«

Wow! Ich bin sprachlos! Und natürlich nehme ich es in meiner Not dankend an. »Das wäre so toll«, entgegne ich demütig.

»Du hast aber nicht mehr viel Zeit, und Schuhe anzuprobieren dauert bei euch Mädels ja bekanntlich 'ne Weile.«

Bei mir geht es eigentlich immer fix. Ich sehe Schuhe, und bin meist nach dem ersten Versuch fertig. Ein Blick auf die Uhr. Es bleiben noch fünfundzwanzig Minuten, und ich muss ja auch noch zahlen! Das wird richtig eng! Ein schwarzes Paar würde mein Outfit komplettieren. Ich bleibe bei einer günstigen Marke mit weißen Sohlen hängen. Zwanzig Dollar sind als Preis ausgezeichnet. Das wäre super, dann muss Alex nicht so viel drauflegen. Ich probiere sie schnell an, und sie passen auf Anhieb!

Ein Glück: Es steht niemand an der Kasse an.

Zurück im Wagen frage ich Alex, ob er Dannie kennt.

»Der Tänzer? Ist *er* dein Tanzlehrer?«

Ich bejahe und freue mich über seine Reaktion: »Dann hast du den absolut Richtigen erwischt! Er ist der beste Tänzer von allen, die im Hotel auftreten! Charakterlich zwar etwas speziell, aber ehrgeizig und professionell!«

Etwas speziell … ist mir noch gar nicht aufgefallen. »Meinst du, er wird sauer sein, wenn es ein paar Minuten später wird?«, hake ich nach.

»Nein, ich glaube nicht.«

Und wenn doch? Das wäre ein echt mieser Start!

KAPITEL 13

»Sie macht es!«, sagt Dannie zu Carry, als diese ihm die Tür öffnet.

»Ernsthaft? Das ist großartig!«, reagiert sie begeistert.

Dannie geht geradewegs auf einen Stuhl zu und setzt sich hin. Dann nimmt er einen ihrer kleinen rosafarbenen Massagebälle und wirft ihn immerzu in die Luft, um ihn anschließend wieder aufzufangen. »Irgendwas scheint sie umgestimmt zu haben.«

»Ich habe ihr Gesicht bei unserer Probe beobachtet. Da war ein Funkeln in den Augen. Ich glaube, sie wollte es schon die ganze Zeit. Vielleicht hat sie einfach nur etwas Zeit gebraucht, um darüber nachzudenken. Immerhin haben wir sie ganz schön überrumpelt.«

»Aber nun muss ich mit ihr singen.«

»Stimmt, ja, der Song. Aber der wird gut, Dannie. Allein die Melodie ist ja schon klasse, da werdet ihr was ...«

»Ich habe aber noch nie gesungen«, unterbricht er sie.

»Vielleicht nichts aufgenommen, aber deine Stimme ist der Hammer. Du musst doch bei der Show auch nicht live singen. Wenn mal ein Ton danebengeht, kann man das am PC richten. Wie wollt ihr eigentlich den Gesang aufnehmen? Will sie mit dir in ein richtiges Tonstudio fahren?«

»Keine Ahnung. Viel wichtiger ist, dass ich nur zwölf Tage habe, um ihr alles draufzuschaffen. Vielleicht hat sie ’nen Stock im Arsch. Ich seh’s schon kommen! Und die Scheißchoreo muss ich mir auch erst mal überlegen!«

»Dannie. Wenn es einer schafft, dann du. Wir unterstützen dich, so gut wir können. Bis Montag kannst du auf jeden Fall auf mich zählen! Danach kann Lisa ihr ja unter die Arme greifen. Und wenn ich dann nächsten Samstag wieder zurückkomme, helfe ich ihr bei der Kleiderauswahl.« Dannie wirft ihr ein zaghaftes Lächeln zu, bevor sie weiterspricht: »Du hast mir auch schon so oft geholfen. Guck mal, die Revue habe ich auch nur durch dich bekommen. Und übrigens glaube ich nicht, dass sie nicht tanzen kann. Ich hab's im Gefühl. Und irgendwie ist es doch Schicksal. Du brauchst eine Tanzpartnerin und darfst keinen der Songs aus dem Film verwenden. Und ganz plötzlich kommt ein Mädchen mit einem Lied um die Ecke, für das sie deine Hilfe braucht. Das muss Schicksal sein!«

Ihre Euphorie kann Dannie so gar nicht teilen. »Na, wenn du meinst.«

KAPITEL 14

»Tausend Dank, Alex! Und das Geld bekommst du, so schnell es geht, zurück!«

»Mach dir keine Sorgen! Beeil dich lieber, damit du auch wirklich pünktlich zum Training kommst!«, meint Alex lachend.

Ich gehe hoch und nehme schnell die Tablette. Ich darf mich nur nicht direkt zu viel bewegen, damit ich die vom Arzt angegebenen dreißig Minuten vor der sportlichen Betätigung einhalten kann. Aber das wird schon irgendwie funktionieren. Beim nächsten Mal nehme ich sie zur richtigen Zeit. Auf der Hälfte des Waldpfads sind noch zwei Minuten übrig. Ich beschließe, mich hier schon umzuziehen. Die Shorts sitzen verdammt straff, aber das muss wohl so sein. Sie gehen mir bis knapp unter den Bauchnabel.

»Hey, da bist du ja. Dannie ist schon in der Trainingshütte.«

Carry!

»Ich musste mich nur noch schnell umziehen«, sage ich und rupfe das Preisschild vom Top.

»Du siehst echt heiß aus in den Klamotten, Kleine!«

Ich sehe kurz an mir hinab. Na ja ...

»Hast du auch Schuhe dabei?«, fragt sie mich.

»Ja.« Ich deute auf den Beutel.

»Und einen Haargummi?«

»Nein«, entgegne ich.

»Okay, ich hole dir einen«, sagt sie, und wir gehen los.

Während ich vor ihrem Bungalow warte, wechsele ich die Schuhe.

»Wow! Das perfekte Sportoutfit! Und so natürlich. Ganz ohne Make-up«, lobt sie mich, als sie wieder neben mir steht und alles sitzt.

Sonderlich viel Make-up nutzt sie selbst auch nicht. Ein seichter Lippenstift, Lidschatten und betonte Wimpern. Sie wirkt jedenfalls wesentlich natürlicher als Sarah manchmal.

»Dann los. Auf zu Dannie!«

Als sie die Tür zur Tanzhütte öffnet, habe ich das Gefühl, als würde die Aufregung jede einzelne Zelle in mir auseinanderreißen. Dannie steht auf der Bühne. Für einen Sekundenbruchteil überlege ich umzudrehen, doch dafür ist es nun wohl eindeutig zu spät.

Trotz meiner Nervosität bemerke ich, wie er mich von Kopf bis Fuß mustert. Er trägt selbst nur ein stinknormales weißes Shirt und eine schwarze Hose. Da muss ich mich also nicht verstecken. Oder doch?

Mit einem »Dann können wir ja loslegen, oder?« durchkreuzt Carry das peinliche Schweigen.

Also wird sie hierbleiben? Das wäre echt mega! Dannie schreitet weiter auf mich zu. Er greift meinen Arm, zum Glück nicht zu forsch, und führt mich zur Mitte des Raums. »Wir fangen erst mal mit den Grundschritten an. Unser erster Tanz ist Mambo«, sagt er.

Denkt er etwa, ich hätte den Film noch nie gesehen?

»Mambo wird heutzutage häufig als Salsa auf zwei bezeichnet. Salsa ist ein Überbegriff für viele verschiedene Stile, und der New York Mambo ist einer davon. Die Wurzeln der Mambo-Rhythmen liegen in Kuba, und in New York mixten die Lateinamerikaner sie mit Jazzmusik zum Mambo«, fügt Carry erklärend hinzu.

Dann übernimmt er wieder: »Zuerst die Basics. Die sind einfach. Es gibt drei Komponenten. Schnell, schnell, lang.«

Plötzlich ist er anders. Weniger mies gelaunt. Gut, er lächelt nicht, aber wahrscheinlich kann er das auch gar nicht.

»Und die werden dann jeweils wiederholt. Die Frau geht vor, der Mann zurück. Dann umgekehrt. Der Mann startet mit dem rechten Fuß, du also mit dem linken. Wir legen immer bei zwei los. Die Eins bleibt auf der Stelle. Wir zählen also: eins, zwei, drei, vier. Und zwei ist dein Start.«

Seine Oberarme. Der Brustmuskel. Alles so definiert.

»Für dich heißt das, du setzt mit deinem linken Fuß immer erst einen schnellen Schritt nach vorn. Sag mal, hörst du mir überhaupt zu?«

Was? Ähm. »Ich ... natürlich.«

»Na, das fängt ja großartig an! Also noch mal!«

Nach der Wiederholung seiner Anleitung kehrt er mir den Rücken zu und führt mir meinen Part vor. Carry sitzt derweil auf dem umgedrehten Stuhl an der Wand und beobachtet alles.

»Eins, zwei, drei, vier. *Zwei* ist dein erster Schritt, verstanden?«

Ja, ich erinnere mich!

»Zuerst ein Schritt mit links, dann das Gewicht auf den rechten Fuß verlagern, und danach geht dein linker Fuß wieder zurück in die Ausgangslage. Im Anschluss nach hinten. Das ist eigentlich genau dasselbe, nur mit den anderen Füßen. Also zuerst den rechten zurück, danach ein Tap auf der Stelle mit dem linken, und dann wieder mit dem linken Fuß zurück.«

Während er es mir vorführt, schaue ich ihm ganz genau auf die Füße. Ja, diesmal wirklich!

»Eins, zwei, drei, vier ... eins, zwei, drei, vier«, zählt er endlos fort.

Das sieht jetzt vielleicht einfach aus, aber er macht das ja auch wahrscheinlich zum hunderttausendsten Mal. Und ich zum allerersten. Oh Mann, hoffentlich stelle ich mich nicht zu dusselig an.

»Du bist dran.«

Ich hab's befürchtet! Alles klar. Ganz langsam. Immer auf zwei. Wie waren die Schritte gleich? Links vor, Gewichtsverlagerung auf rechts, links zurück. Rechts nach hinten, Gewicht auf links verlagern, rechts zurück? Okay, das dürfte ich verstanden haben, zumindest theoretisch. Ich führe es langsam vor ihm aus und merke, wie verkrampft ich bin. Es ist mir echt unangenehm! Genau solche Situationen vermeide ich ja immer, bevor sie überhaupt entstehen können – darin bin ich ein Meister!

Carry begutachtet mich fast wie eine Sportlehrerin, im Gegensatz zu Dannie ermutigt sie mich jedoch mit einem warmen Lächeln, was mein Schamgefühl etwas mindert.

»Du musst deine Schritte fühlen und locker in deiner Hüfte werden! Es geht um das Gefühl. Nur um das Fühlen, nicht um die Technik«, sagt er und stellt sich hinter mich.

Und auf einmal spüre ich seine großen Hände an meiner Hüfte. Dadurch verkrampfe ich noch mehr. Bei jedem Schritt führt er mich. Wobei ... führen ist wohl etwas harmlos ausgedrückt, es ist eher ein Drücken. Ich gebe mir wirklich alle Mühe, in die von ihm gewünschten Bewegungen reinzukommen, was mir aber zunächst nicht wirklich gelingt. Seine Hände kleben förmlich an mir und leiten mich weiter an. Die ersten Schweißperlen wandern über mein Gesicht, Nacken und Arme. Es ist anstrengender, als ich dachte! Die halbe Stunde ist mittlerweile aber längst rum.

»Konzentriere dich!«, ermahnt er mich mit strengem Blick.

Ist ja gut! Er drückt fester zu, hat mich voll und ganz unter Kontrolle. Und plötzlich beginnt Carry mit einem kontinuierlichen Klatschen – wie eine Nähmaschine gibt sie den Takt vor.

»Schau nicht sie an, guck nach vorn!«, fordert er.

Ich unterlasse es abrupt, denn ich will wirklich nichts falsch machen. Immerhin geht es hier um echt viel für ihn. Sein Unterton gibt das ausdrucksvoll wieder.

»Ich wusste, dass sie es lernen wird«, flüstert Carry Dannie ins Ohr, als sie um uns herumgeht.

Meint sie damit etwa, dass es langsam besser wird? Dass ich kein Stock und für das Tanzen geeignet bin? Oder sagt sie das nur, um mich zu motivieren?

Dannie erwidert nichts. Wieder und wieder positioniert er mich neu, bringt mich zurück in den Rhythmus, gibt mir die Anweisung, die Augen zu schließen und die Bewegungen zu fühlen. Doch das Ergebnis, sobald er loslässt, ist immer gleich: Ich komme raus. Dabei sind das nur die Grundschritte! *Nur die Grundschritte, Emily!* Ich glaube, ich tanze Schritt für Schritt auf meine persönliche Verzweiflung zu. Doch der Ehrgeiz packt mich. Genau wie in den Gitarrenstunden. So oft habe ich die Akkorde anfangs nicht greifen können. Meine Finger brannten, und ich habe mich Dutzende Male vergriffen. Aufgegeben habe ich aber nie. Ich will endlich etwas Nettes aus seinem Mund hören! Genau dafür strenge ich mich an!

»Sie macht Fortschritte. Das wird schon!«, meint Carry irgendwann.

War er vorher etwa derart skeptisch, dass sie ihm gut zureden muss? Ich bin noch nicht mal bei einem Prozent angelangt, das sieht sogar ein Blinder. Aber sie scheint wirkliches Potenzial in meinen holpernden Schritten zu sehen. *Mist, schon wieder aus dem Takt geraten. Ja, ich weiß, Dannie!* Ich muss an Mom denken, denn sie war einfach nur eine brillante Balletttänzerin, hätte es sicher auch beruflich machen können. Irgendwas von diesem Talent muss sie mir doch vererbt haben! Ich konzentriere mich von Minute zu Minute stärker auf die Schritte, denke bald an nichts anderes mehr. Und wie sich herausstellt, ist das der richtige Weg. Zuerst zähle ich noch die fehlerfreien Durchgänge. Einmal Grundschritt, dann wieder von vorn. Bis zum nächsten Fehler. Doch schlussendlich wird es immer besser. Wir machen das eine Stunde, vielleicht auch noch länger. Ich verliere das Zeitgefühl. Und ja, es macht mir bald sogar Spaß! Meine Beine werden jedoch stetig schwerer. Egal. Ich tanze. Der Spezialfall, wie die Ärzte mich immer nannten, macht Sport. Und von einem Anfall ist nichts zu spüren. Es funktioniert! Der Medizin sei Dank. Irgendwann führt er mich weiter und lässt mich los.

Schließlich gelingt es mir vollkommen ohne Hilfe, ich beende sogar das Mitzählen.

»Stopp mal kurz«, sagt er auf einmal.

Ich bleibe wie abgeschaltet stehen, obwohl meine Beine die Bewegungen fortsetzen wollen. *Was ist denn?*

»Jetzt kommt die Körper- und Armhaltung hinzu.«

Die Haltung? Er rückt so nah an mich heran, dass ich das Gefühl habe, er könnte meinen Schweiß riechen, was mir kurzzeitig echt Angst macht. Dann schiebt er meinen linken Arm nach oben und winkelt meinen Unterarm leicht an. Während er nun von hinten um mich herumgeht und meinen rechten Arm anhebt, senkt sich der andere schon wieder. Er korrigiert sofort.

»Spannung!«

Danach winkelt er den rechten Arm an. Verstehe, dort berühren sich dann unsere Hände.

»Keine Spaghetti-Arme, richtig?«, rutscht mir raus.

Carry kichert, doch Dannie wölbt mahnend seine unvollständige Augenbraue. Er versteht also keinen Spaß. *Überraschung!*

»Es ist erst mal nur eine Trockenübung, aber das hilft uns, deinem Gehirn verständlich zu machen, wo sich später die Arme zu befinden haben«, erklärt Carry und stellt sich neben mich. »Jetzt den Oberkörper strecken. Bauch rein, Brust raus.« Eine Hand legt sie dabei auf meinen Bauch. Sie ist wärmer und behutsamer als seine.

»Kopf hoch!«, befiehlt Dannie und schiebt mein Kinn mit zwei Fingern nach oben.

Ich spüre Carrys Hand auf meinen Rücken. Wouh, das ist ganz schön viel auf einmal. Diese Position werde ich garantiert nicht lang halten können.

»So ... Und jetzt die Schritte noch mal mit Haltung«, sagt Dannie.

Ich versuche es, doch schon nach ein paar Sekunden erhalte ich die nächste Rüge. Also zurück in die Ausgangsposition. Und noch einmal alle Schritte. Es fühlt sich zunächst wieder ziemlich holprig an, aber nach kurzer Zeit bin ich drin.

»Sehr gut. Reicht so weit«, äußert er, nachdem ich alles unzählige Male wiederholt habe.

Sicher? Dann spricht er sich flüsternd mit Carry ab. Verschnaufpause!

»Kennst du den Song *La Cucaracha*?«, fragt mich Carry anschließend mit einem Grinsen auf den Lippen.

Ich weiß nicht, was das jetzt mit dem Tanz zu tun hat, aber das wird sie mir sicher gleich verraten. »Ja klar.«

»Cucarachas sind Seitwärtsschritte. Genau wie die Grundschritte, halt nur seitwärts. Mit viel Gewicht auf dem Fuß, als würdest du eine Küchenschabe zertreten. Also: Seitwärtsschritt, Fuß belasten, zurück auf den anderen Fuß und schließen«, erklärt sie und zeigt es dabei.

Für sie mag das easy sein, kein Problem. Für mich hingegen schon. Es ist ein gewaltiges Problem! All diese Schritte ... Klar klingt es nur nach Wiederholung um Wiederholung. Erst vor, dann zurück. Zur Seite, dann zurück. Und immer auf zwei. Aber das ist ja nur der Anfang, es sind lediglich die Grundschritte! Wer weiß, was da noch alles hinzukommt. Mir graut es jetzt schon davor. *Okay! Konzentration!* Die Cucarachas verlangen meine komplette Aufmerksamkeit. Er tanzt sie mir vor. Bei ihm sieht alles so schwebend aus. Dann passt er seine Geschwindigkeit an, sodass wir die Schritte synchron machen können.

Carry bleibt zum Glück erst mal hinter mir. »Sehr gut«, sagt sie. »Ist nicht schwer, oder?«

»Nein«, erwidere ich überrascht und happy.

Dannie stoppt und sieht mir zu. Unsere Blicke treffen sich, während ich weitermache. Sein Zeigefinger streift einmal über die Braue. Was genau bedeutet das eigentlich?

»Und jetzt machen wir sie gemeinsam, oder?«, frage ich ihn, als wir eine Pause einlegen.

»Lass es uns dir erst mal zeigen«, sagt Carry, und sie legen los.

Ich frage mich echt, ob die zwei zusammen sind. Auf jeden Fall machen ihre Berührungen den Eindruck. Und zwar noch mehr als nach dem gemeinsamen Auftritt im Hotel. Ihr Tanz ist fließend wie eine klare Melodie. »Spaß musst du haben und einfach locker sein«, kommentiert sie dabei.

»Sieh hin. Der Abstand zwischen uns ist wichtig«, äußert Dannie.

Ich weiß, jeder hat seinen Tanzbereich, komplettiere ich still. Ist abgespeichert! Kurz darauf gehen sie wieder auseinander. Dannie winkt mich heran. Er strahlt eine nicht von der Hand zu weisende Arroganz aus.

»Du legst deine linke Hand ganz locker hier auf meinen Oberarm. Meine rechte Hand ist hinten an deinem Schulterblatt. Und jetzt deine andere Hand in meine legen.«

Gut, das wäre erledigt!

»Denk an den Abstand, wenn wir tanzen.«

Na, wenn's weiter nichts ist! Schnell und langsam, Tap auf der Stelle, zählen, abrollen, Kopf hoch, gerade Haltung, Schultern runter, Brust raus, Arme anwinkeln. Mein Gehirn ist mit Anweisungen überladen. Und dann auch noch sein muskulöser Körper und diese stahlblauen Augen. Von der gecutteten Braue gar nicht erst zu sprechen. *Em! Konzentrier dich!*

Eine gefühlte Ewigkeit später sind wir dann durch. Und ich wortwörtlich.

»Hat doch gut geklappt für den ersten Tag«, kommentiert Carry mit einem ehrlichen, warmen Strahlen.

Dannie begibt sich wortlos und demotiviert zu seiner Tasche.

»Was hast du?«, fragt sie ihn skeptisch.

Er setzt seine Flasche ab und schluckt hörbar. »Ich glaube nicht, dass sie es packt.«

Was? Seine Worte sind schmerzhafte Stiche mitten in mein Herz. Sieht er nicht, dass ich noch da bin? Wieso sagt er so was, nachdem ich gerade ein gutes Gefühl hatte? Ich meine, ich war vielleicht schlecht, aber das kann er doch auch anders ausdrücken. Oder es ihr wenigstens erst sagen, wenn ich weg bin.

Carry geht auf ihn zu. »Aber natürlich schafft sie es! Dannie. Für den ersten Tag und eine Anfängerin war sie großartig!«

Sie sehen sich sekundenlang in die Augen. Dann dreht er sich zu mir. »Gut. Also morgen um neun.«

Carry kommt sofort auf mich zu. »Am besten wäre es, wenn du alles, so oft es geht, für dich übst. Immer wieder, bis du die Grundschritte praktisch im Schlaf tanzen kannst. Es muss sich in deinen Kopf einbrennen, und dann wird alles gut, glaub mir!«

Für den Moment helfen ihre ermutigenden Worte über den Schmerz hinweg, den er mir mit seinen brachialen Worten zugefügt hat.

Ich greife meine Tüte und verlasse die Tanzhütte mit einem geschluchzten »Bis morgen«. Das Lächeln fällt mir echt schwer. Als die Tür hinter mir zufällt, höre ich noch, wie sie etwas an ihn richtet: »Warum sagst du so was? Sie hat sich total angestrengt!« Sie ist ungewohnt vorwurfsvoll. Und ich weiß jetzt schon, dass mich diese Frage noch lange umtreiben wird.

KAPITEL 15

Sarah hat den Schlüssel, also hämmere ich ein paar Mal gegen die Tür und warte, ob ich etwas höre. Zwei, drei, vier. Bitte sei da! Ich bin so verdammt fertig! Mein ganzer Körper ist schlapp, und ich brauche unbedingt eine Dusche. Wenn das die nächsten Tage so weitergeht, dann Prost Mahlzeit! Falls es überhaupt weitergeht.

Zunächst einmal geht die Tür auf.

»Ach du bist's«, sagt meine Cousine leicht enttäuscht und klettert mitsamt Handy ins Bett.

Na ja, wenigstens hat sie keine Fragen zu meinem verschwitzten Outfit gestellt. Ich gehe auf direktem Weg ins Bad.

»Du hast dir vorhin ganz schön was geleistet. Du solltest dir überlegen, wie du dich bei Mom entschuldigst. Die Nummer war echt creepy ...«

Ich knalle die Badtür zu, um jede weitere Silbe auszusperren.

Für etwa zwanzig Minuten lasse ich das heiße Nass an mir heruntergleiten und versuche dabei, Dannie sowie seine Äußerungen aus meinem Kopf zu verbannen, was mir jedoch nicht so recht gelingen will. Und zu allem Überfluss werde ich Janice irgendwie besänftigen müssen und dabei trotzdem meinen Standpunkt vertreten. Etwas wie »Tut mir leid, aber ich spiele nicht bei der Sommergala«, »Ihr müsst eurem Freund leider sagen, dass ich es mir anders überlegt habe« oder »Ich tanze lieber bei der Show mit, anstatt Gitarre zu spielen«. Ich weiß doch auch nicht. Aber ich muss es schnellstens aus der Welt schaffen.

Als meine Haare geföhnt sind, fühle ich mich für das Aufeinandertreffen gewappnet.

»Wo sind sie?«, frage ich Sarah, die immer noch scrollend herumliegt.

»Beim Minigolfen.«

Minigolf? Hier auf dem Grundstück?

»Und wo ist das?«

»Da musst du mit dem Boot fahren«, sagt sie. »Du könntest David fragen, ob er dich hinbringt. Oder du wartest einfach, zum Abendessen sind sie zurück.«

Warten? Kommt nicht infrage! »Wo ist das denn genau?«

»Woher soll ich das wissen? David will sie gegen halb sieben wieder abholen. Du kannst ja mit ihm mitfahren. Ich habe jetzt noch eine Massage.« Im selben Moment steckt sie ihr Handy ein und verlässt die Suite.

Alles klar, dann bleibt mir wohl wirklich nichts anderes übrig, als mit David zu reden. Kurz darauf stehe ich schon unten an der Rezeption, wo ich von James erfahre, dass die Fahrt mit dem Boot tatsächlich die einzige Option ist, um zur Minigolfanlage mitten im Wald zu gelangen. Er erzählt mir, dass David momentan Tennisunterricht gibt, der jedoch in spätestens zehn Minuten endet.

Die Sonne erleuchtet das gesamte Areal, also sind zehn Minuten nun wirklich kein Problem. David steht im Tenniskäfig wieder ziemlich nah am Rücken einer Dame, die allerdings um einiges älter ist. Ihre Hand führt er ebenso lasziv wie Sarahs. Es bereitet mir daher eine große Freude, ihn zu unterbrechen. »David«, rufe ich.

Er schreckt auf, lässt abrupt von ihr ab und kommt auf mich zu. »Hallo, Emily. Was kann ich für dich tun?« Wie triumphal er wirkt. Als wäre allein der Fakt, dass ich ihn angesprochen habe, schon ein Sieg. Am liebsten würde ich

»Verschwinden!« sagen, doch so sehr er mich auch anekelt, ich muss schnellstens mit Janice sprechen.

»Könntest du mich zum Minigolfplatz bringen?«

»Ah! Klar! Mach ich! Ich muss deine Verwandten eh wieder abholen. Willst du denn auch Minigolf spielen? Wenn du es noch nie gemacht hast, kann ich dir ein paar Tricks und Kniffe zeigen.«

Das könnte ihm so passen! »Nein.«

»Oh. Okay. Also ich bin in etwa zehn Minuten fertig. Wartest du am See?«

»Ja.« So kann ich noch ein bisschen zum Strand gehen. Eine Liege mit Sonnenschirm ist frei.

Nachdem ich ein paar Panoramafotos für Lizzy gemacht habe, steht er auch schon neben mir. Mitsamt Schlüssel und einem furchtbar penetranten Parfüm, das er garantiert eben erst aufgetragen hat.

»Ging schneller. Sie wollte ein wenig früher aufhören. Um vor dem Abendessen noch duschen zu können.«

Mhm. Schon klar! »Dann können wir los?«

»Klar. Mein Boot steht an der Hecke da hinten.«

»Warum nutzt ihr die Bühne eigentlich nicht?«, frage ich ihn auf dem Weg dorthin, bevor er noch einen nervigen Spruch raushauen kann.

»Ach, das ist doch altbacken. Braucht kein Mensch mehr, wenn man einen hochmodernen Saal hat. Die meisten Gäste sind eh schon halb tot. Die wollen nicht draußen im Rasen hocken. Wenn ich später das Hotel übernehme, handle ich die Stadt aber als Eigentümer so weit runter, dass ich das Grundstück für einen Schleuderpreis abgreifen kann. Und dann reiße ich den Betonklotz ab und baue eine Außenpoolanlage. Natürlich schön beheizt und mit Whirlpools. Was denkst du, wie das die ganzen jungen Leute anlocken wird. Dann bekommt hier alles ’ne Verjüngungskur. Aber aktuell wollen die noch zu viel für die paar Meter.«

Ihn scheint die Vergangenheit hier überhaupt nicht zu interessieren. Sein Vater wird wohl genauso denken. Diese Hecke sagt ja schon alles.

Am Boot angekommen will er mir seine Hand reichen, aber ich verzichte nur zu gern und klettere selbstständig an Bord.

»Schön festhalten«, sagt er und fährt mit einem kräftigen Ruck los, der mich unvermeidbar nach hinten gegen die Lehne drückt.

Der Fahrtwind nimmt meine Haare auf. David sagt etwas, doch ich kann ihn durch das Motorgeräusch ohnehin nicht verstehen. Mein ausgestreckter Daumen muss genügen, während ich zum ersten Mal sehe, wohin der See führt. Eine halbe Minute später sind wir bereits an der anderen Seite angelangt. Große Steine und Wurzelwerk empfangen uns.

»Gleich hinter den ersten Bäumen ist die Minigolfanlage.«

Zwischen ihnen führt ein kleiner Pfad entlang. War ja klar, David folgt mir. Es fühlt sich etwas gespenstisch an und ich stelle mir vor, ich wäre auf Hawaii und die Bäume wären keine Kiefern, sondern Palmen. Dann gäbe es eine winzige Chance, dass ihm eine Kokosnuss auf den Kopf fällt.

Mitten im Wald befindet sich tatsächlich eine idyllische Minigolfanlage. Es sind Dutzende kleine Bahnen, eine verläuft sogar durch einen Baumstamm-Tunnel. Selbst ein WC im Holzlook gibt es hier. Dann entdecke ich meine Verwandten. Wie es aussieht, sind die beiden fast am Ende des Parcours angelangt. Zwei Männer stehen neben ihnen.

»Komm, wir gehen rüber«, sagt David und stapft los.

»Na, bist du auch zum Spielen hier?«, fragt mich plötzlich ein gebrechlicher alter Herr, der wie aus dem Nichts auftaucht und mir einen gehörigen Schrecken einjagt.

»Eigentlich nicht. Meine Tante und mein Onkel spielen dort hinten.«

»Ach so. Aber hast du schon mal minigegolft?«

Minigegolft. Ein niedliches Wort. Ich entscheide mich dazu, kurz stehen zu bleiben, dann kann David schon vorausgehen. Bei dem kleinen dünnen Mann habe ich sofort eine Art Enkelkind-Feeling. Seine Stimme ist so dünn und zittrig, sie klingt fast schon etwas kränklich. Meine Großväter konnte ich beide nie kennenlernen. Lizzys Opa hingegen schon, und er ist echt der Hit. Er macht alles für sie. Die zwei gehen zusammen ins Kino und *sogar* shoppen. Dieser Mann vor mir erinnert mich ein wenig an ihn.

»Nein, noch nie«, antworte ich, bevor er einlocht. »Aber es sieht sehr gut aus, wie Sie spielen!«

»Oh, vielen Dank! Magst du es mal ausprobieren?«

Bei ihm kann ich unmöglich ablehnen. »Sehr gern. Zeigen Sie es mir?«

»Aber natürlich. Weißt du, ich war der Sieger der nationalen Minigolf-Meisterschaften 1963, 1964 und 1965. Danach bin ich abgetreten, um dem Nachwuchs eine Chance zu geben«, meint er mit einem verschmitzten Augenzwinkern.

»Wow, dann müssen Sie der Held für alle gewesen sein!«

Er lacht auf. »Weißt du, damals hat es den Frauen noch sehr imponiert, wenn man Minigolf-Champion war. Heute ist das wohl anders, nicht wahr?« Wieder schmunzelt er.

»Ja, da haben Sie wohl recht.« Ich grinse ihn an und begebe mich mit seinem Schläger in Position. Meine Muskeln schreien nach meinem Bett, aber ich gebe mein Bestes.

»Du musst den Ball einfach nur dort zum Loch pusten.«

Das ist einfacher gesagt als getan, wie ich sogleich feststellen muss. Mein Ball knallt über den Rahmen.

»Kräftiger Schlag!« Er will ihn aufheben gehen, doch ich komme ihm zuvor.

»Der Vulkan macht mir auch immer zu schaffen. Ich spiele schon etliche Jahre hier, und jedes Mal benötige ich mindestens drei Schläge. Früher ging mir das leichter von der Hand, sage ich dir. Aber im Gegensatz zu anderen Anlagen ist hier wenigstens alles mit der Natur verbunden. Sie haben einen kleinen Baumstumpf als Erhöhung genutzt. Und wenn du genau hinsiehst, erkennst du, dass der Vulkan ebenfalls aus Holz ist.«

David ist derweil bei Jim und Janice angekommen. Sie sehen im gleichen Moment zu mir. Wahrscheinlich nutze ich das Gespräch hier tatsächlich zum Hinauszögern. Egal. Ich kann den freundlichen Rentner nicht einfach stehen lassen. Mein nächster Schlag ist zurückhaltender. Der Golfball rollt nur bis zur Hälfte.

»Mr. Mallow junior will offensichtlich mitspielen«, sagt er.

Ich blicke auf. David kommt zu uns. Ich konzentriere mich wieder und hole aus. Auf Anhieb rollt mein Ball ins Loch.

»Himmel! Du bist ein Naturtalent! Weißt du, früher war ich immer mit meiner Frau hier, aber die ist vor zwei Jahren von mir gegangen. Jetzt sieht sie von oben zu.«

»Oh nein. Das tut mir leid«, sage ich seufzend, während dieser nervige Typ hinter uns herumschleicht.

»Weißt du, ich warte eigentlich nur darauf, dass ich sie bald wiedersehe, aber anscheinend will mich der Herrgott noch nicht zu sich holen. Ich möchte dich damit aber nicht behelligen. Bist du denn Gast im Hotel?«

»Ja. Sie auch?«

»Nein. Ich wohne gleich in der Nähe am Waldrand. Weit ab vom Schuss, würde eure Generation wohl sagen«, entgegnet er lachend.

Zeitgleich meldet sich David zu Wort: »Emily, kommst du mit rüber?«

»Geh ruhig«, sagt der sympathische alte Mann zu mir.

»Es war wirklich sehr nett mit Ihnen. Wie ist denn Ihr Name, wenn ich fragen darf?«

»Robert.«

»Alles klar, Robert. Schön, Sie kennengelernt zu haben«, sage ich und reiche ihm meine Hand, was ihn anscheinend überrascht und unglaublich freut.

Auf den nächsten zwanzig Metern lege ich mir hundert verschiedene Satzkombinationen zurecht. Janice würdigt mich wie erwartet keines Blickes. Und Jim redet mit einem der beiden Männer. Der eine im weißen Hemd mit Schweißflecken und dickem Bauch kommt mir irgendwie bekannt vor.

»Hallo«, sage ich zurückhaltend in die Runde.

»Emily, schön, dass du da bist. Na, hast du den Moment von vorhin schon überwunden?«, sagt Jim. Er ist irgendwie aufgedreht. Dann wendet er sich wieder dem Mann zu: »Wir haben ihr nämlich schon gesagt, dass sie bei der Sommergala in deiner Band mitspielen darf.«

»Das ist ja großartig!«, kommentiert David und lächelt mir schleimig entgegen. »Eine tolle Idee, Vater.«

Vater ... natürlich! Ich Trottel hätte es gleich wissen müssen! Was ist nur mit mir los?

»Ein sehr schönes Sommerkleid trägst du, junge Dame!« Er zerdrückt fast meine Hand und grinst dabei selbstgefällig.

Wie der Vater, so der Sohn! Gut, schön ist mein Kleid wirklich. Mom hatte es mir letztes Jahr genäht. Es ist luftig, oben eng mit lockeren Trägern, und unten schön weit. Meine weißen Sneakers passen farblich perfekt zu dem glänzenden Weiß mit seinen goldgelben Notenschlüsseln, die bis zum Saum über den gesamten Stoff verteilt sind.

»Danke!«, entgegne ich.

Aber eben nur, weil ich es als Kompliment für meine Mutter ansehe. Und jetzt muss ich die Gelegenheit beim Schopfe packen. Ich werde ihm für die Chance danken und klar heraus sagen, dass ich einfach noch nicht bereit für einen Auftritt bin. Doch noch bevor ich meinen Plan in die Tat umsetzen kann, spricht der Hotelchef weiter: »Ich habe gehört, du willst am *New York Music College* studieren?«

Wahrscheinlich haben Janice und Jim schon jedes Detail von mir preisgegeben. »Ja, so ist es«, antworte ich schnell, um endlich zum Punkt zu kommen.

Doch dann setzt er wieder an: »Weißt du, Emily ... der Direktor deines neuen Colleges ist ein guter alter Freund von mir, und ich habe ihn heute Morgen extra deinetwegen zur Sommergala eingeladen. Er wird der Einladung nachkommen und freut sich schon sehr darauf, dich spielen zu sehen.«

Der Direktor von meinem College wird aus New York anreisen? Ende des Monats werden dort unzählige Menschen ihr Studium beginnen, und er will ausgerechnet *mich* vorher hören? Alle starren mich an. Doch dann geht Janice zur letzten Bahn des Parcours und schlägt ab. Sie ist erfolgreich, was die Aufmerksamkeit etwas splittet.

»Ist das nicht großartig, Em?«, freut sich Jim.

»Ja, ist es«, hauche ich. *Nein, eigentlich überhaupt nicht! Ich will nämlich nicht in der Band spielen! Ich will einfach nicht!* Ich muss die Stimme meines Unterbewusstseins besänftigen. Es ist schließlich der Direktor. Ich kann also unmöglich absagen, fühlt es sich auch noch so heuchlerisch an.

»Sie ist sprachlos, Frank«, meldet sich Janice aus dem Hintergrund zu Wort. »Wenn du gesehen hättest, wie sie vorhin reagiert hat, als sie von der Ehre erfuhr, mit deinen Musikern spielen zu dürfen ... Da musste sie erst einmal den Raum verlassen, um ihr Glück fassen zu können.« Dann lacht sie auf.

Mr. Mallow greift es prompt auf und stimmt mit ein: »Das ist doch nur verständlich, Janice. Als mein Vater mir damals die erste Immobilie überschrieb, wusste ich auch nicht, wohin mit meiner Begeisterung.«

Das Traurige daran ist: Janice macht den Anschein, als wäre sie ernsthaft von ihren eigenen Worten überzeugt.

»Du kannst gern schon heute Abend mit der Band sprechen. Sie treten ab zwanzig Uhr im Pavillon vor dem Hotel auf. Sie wissen schon Bescheid, und ihr könnt euch über die Probezeiten unterhalten«, sagt Mr. Mallow zu mir.

Langsam, aber sicher wird mir klar, dass ich ohnehin keine Wahl mehr habe. Wie soll ich meinen Standpunkt jetzt noch verteidigen? Was würde der Direktor von mir halten? Vermutlich hat er seinen Urlaub hier im Resort schon geplant. Ich würde ihn enttäuschen, bevor ich offiziell Studentin bin. Und dann würde ich auch Mom und Dad enttäuschen. Spielen kann ich nur dank ihnen. Und ich wurde quasi nur dank ihnen am College angenommen. Nein, das muss klappen! Lieber enttäusche ich mich selbst. Aber wie soll ich tanzen, den Song mit Dannie schreiben und nebenbei auch noch die Lieder der Band einstudieren?

Jim kommt rüber und flüstert mir ins Ohr: »Willst du dich nicht bei Mr. Mallow bedanken?«

»Ach was, ihr seid unsere treuesten Gäste, da hilft man doch sehr gern. Wisst ihr noch, als wir damals das erste Mal hier gegolft haben? Ihr habt mich plattgemacht! Ich musste das Jahr danach einen Trainer engagieren, um es mit euch aufnehmen zu können.«

»Oh ja. Und dann hast du *uns* plattgemacht.« Mr. Mallow lacht und versucht ebenfalls sein Glück an der letzten Bahn.

»Ich wusste gar nicht, dass du so gut Gitarre spielen kannst, dass mein Vater dir einen Platz in der Band gibt«, sagt David zu mir. »Sarah meinte zwar, dass du Musik studieren willst, aber mir war nicht klar ... na ja ... Auf jeden Fall freue ich mich für dich!«

»Danke«, entgegne ich unaufrichtig.

»Ich wollte auch mal ein Musikinstrument spielen, aber über die Flöte in der Schule kam ich nicht hinaus.«

»Na ja, dafür hast du sicher auch genug anderes zu tun. Tennis, Boot fahren ...« Ich gebe mein Bestes, den Zynismus in Grenzen zu halten. Die Spitze geht ins Leere.

»Ja. Und man darf die ganze Buchhaltung für das Hotel nicht vergessen. Momentan darf ich noch nicht allzu viel allein machen. Mir fehlen noch ein paar Semester, bis ich mit dem Wirtschaftsstudium fertig bin, und dann kann ich hier auch eine größere Rolle übernehmen.«

Trotz der heftigen Erschöpfung in meinen Gliedern und Dannies verletzenden Worte ist es nun der Gedanke an die morgigen Tanzstunden, der mich innerlich überleben lässt. Ich werde noch mehr als heute geben, damit ihm keine andere Wahl bleibt, als die Zweifel fallen zu lassen. Wenn ich Lizzy vom Tanzen erzähle, wird sie denken, ich will sie veralbern. Sie muss es einfach verstehen. Es lief gut, keine Probleme, keinerlei Anzeichen. Die Tabletten tun das, was sie versprechen. Das sollte sie beruhigen.

»Und? Bis du schon aufgeregt wegen des Studiums?«, fragt mich David.

Es nimmt kein Ende! Hoffentlich sind die bald fertig und wir können zurück ins Hotel. Hätte ich mich doch gar nicht erst von ihm herbringen lassen.

»Geht so ...«

»Ach, das musst du nicht ...«, beginnt er, aber ich schalte ab. Ich schalte seine Stimme einfach ab!

»Hole in one!« Mr. Mallow reißt die Arme nach oben und lässt sich von allen beklatschen. Auch ich applaudiere anstandshalber. »Wisst ihr was: Lasst uns doch alle gemeinsam essen und danach die Musical-Aufführung im Ballsaal genießen.«

»Ja, wunderbar!«, entgegnet Jim, und selbst Janice weist ihre Mundwinkel an zuzustimmen.

Zurück im Hotel gehen wir direkt in den Speisesaal.

Schon beim Eintreten verteilt sich der Duft des aufgebauten Buffets in alle Winkel meiner Nase. Essen ist das Einzige, was mich aktuell etwas aufbaut. Um nicht neben David sitzen zu müssen, warte ich so lange mit der Auswahl am Buffet, bis Sarah eintrudelt. Und das fällt mir enorm schwer, denn ich kann mich nicht erinnern, schon mal so viel Hunger verspürt zu haben! Tausende Fragen über mich und meine Musik muss ich Mr. Mallow anschließend am Tisch beantworten, bevor mir vollgefuttert fast die Augen zufallen. Wie verlogen ich mir vorkomme, weil ich dableibe und so tue, als würde ich mich wohlfühlen. Der Drang zu verschwinden und sie mit ihrem belanglosen Geplänkel allein zu lassen, wächst von Sekunde zu Sekunde. Vor allem beim Anblick von David, der Sarah ein Kompliment nach dem anderen macht. Ich muss echt aufpassen, dass meine verspeisten Spaghetti nicht wieder hochkommen.

Als Sarah schließlich auf die Toilette geht, spricht David mich laut vor den anderen an: »Emily, soll ich dich eigentlich zum Pavillon begleiten, damit du mit der Band alles absprechen kannst? Sie bereiten sich dort gerade auf ihren Auftritt vor.«

»Das ist eine wunderbare Idee, Sohnemann! Besser jetzt, wenn sie noch nicht mit ihrem Auftritt begonnen haben.«

Na großartig. Danke für mein selbstbestimmtes Leben!

Ein »Okay« hauchend stehe ich auf, um es hinter mich zu bringen. Draußen sehe ich die Bandmitglieder schon im Pavillon herumwuseln.

»Möchtest du morgen vielleicht mit mir rausfahren? Wir können angeln oder auch minigolfen und im Wald spazieren gehen.«

Er ist wie ein sabbernder Hund, der sämtliche Optionen auslotet. Wie kann ich es ihm nur verständlich machen? »David …«, starte ich und muss mich kurz sortieren. »Sarah … Du hast ihr Hoffnungen gemacht. Bitte verletze sie nicht.«

Es kommt nichts zurück. Ich gehe weiter, und er folgt mir wortlos. Einige Musiker spielen ihre Instrumente bereits warm, als ich die Treppe erreiche. David schließt gehetzt zu mir auf, um mit seinem Arm diese lächerliche Eintrittsgeste zu vollführen. Ich habe keine Worte mehr für diesen Kerl.

»Hey, Edin«, begrüßt er den großen Sänger auf der Tanzfläche.

»David. Ich grüße dich!«

»Ich möchte dir gern Emily vorstellen ...«

Edin deutet eine Verneigung an. »Emily. Schön, dich kennenzulernen.«

Aus der Nähe hat dieser Mann noch mehr Charisma als seine Stimme. Diesen strahlend weißen Zähnen kann man schlichtweg nicht entfliehen.

»Sehr gut.« Endlich kann ich wieder jemandem ein ehrliches Lächeln schenken.

»Emily wird euch ja bei der Sommergala begleiten. Sie spielt fantastisch Gitarre.«

Wie unangenehm. Ein Vollprofi steht vor mir. Im Vergleich zu ihm bin ich ein Niemand. Und wie kann David das eigentlich behaupten? Er hat mich nie spielen hören!

»Wunderbar, ich freue mich schon sehr darauf«, entgegnet Edin.

Wenn er lügen sollte, dann macht er das auf jeden Fall sehr charmant. Aber nein, er scheint tatsächlich interessiert, wie seine nächste Frage bestätigt: »Wie lange spielst du schon, Emily?«

»Ich habe mit acht Jahren angefangen«, antworte ich. »Meine Eltern haben viel Wert darauf gelegt, dass ich früh ein Instrument lerne.«

»Fabelhaft! Ich stell dir die anderen vor, Emily«, sagt er.

Während wir zu ihnen gehen, höre ich aus dem Hintergrund eine Stimme rufen: »David!«

Es ist Sarah. Sie leidet mit Sicherheit darunter, dass ich seine Aufmerksamkeit erhalte, und ahnt nicht, wie sehr ich dieses Leid mit ihr teile. David läuft ihr entgegen, und ich atme auf. So kann ich mich ganz in Ruhe der Band widmen. Und das will ich auch, denn Edin stellt mir alle acht Mitglieder vor, die ein Drittel der Fläche für sich und ihre Instrumente einnehmen. Sie empfangen mich alle herzlich. Besonders Oscar, ein Mann, den ich auf etwa siebzig schätze. Er fragt mich über meine musikalischen Vorlieben aus und ist auch sehr interessiert daran, wie ich zur Musik gekommen bin. Wie es der Zufall will, ist er der Gitarrist und freut sich total, Verstärkung zu erhalten, wie er mir sagt.

Verstärkung ... ich weiß ja noch nicht mal, ob ich das *überhaupt* hinbekomme. Über zehn Songs stehen auf der Setlist. Das wird eine wahnsinnige Herausforderung! Sie erklären mir, dass sie immer nachmittags um drei im Ballsaal proben. Zuerst hatte ich ja Sorgen, es könnte mit dem Tanztraining kollidieren, doch wenn wir um neun hinten beginnen, wird es vielleicht funktionieren. Jetzt, wo ich diese netten Musiker getroffen habe, will ich jedenfalls, dass es funktioniert. Ich muss es irgendwie hinkriegen.

»Kommst du, Emily?«, fragt David plötzlich. »Die Show geht gleich los.« Sie warten beide unten auf dem Rasen.

»Ich muss leider los«, sage ich zu den Musikern. Es ist mir ein wenig peinlich, nicht zu bleiben und ihnen zuzuhören. Die ersten Gäste sitzen bereits an den Tischen rings um den Pavillon. Ich verstehe nicht ganz, warum an zwei Orten gleichzeitig Shows stattfinden, aber ich möchte einfach ins Bett. Jetzt brauche ich nur noch eine Ausrede.

Sie haben sich im Ballsaal zwei Tische in der ersten Reihe zusammengeschoben. Mr. Mallow scheint weiterhin die Nähe zu Janice zu genießen. Jim gibt sich cool und trinkt sein Bier. Mr. Mallow heizt sie förmlich an, verspricht ihr immer wieder eine tolle Show. Wenn es nicht gleich losgeht, schlafe ich ein! Sarah beschäftigt sich nur mit David. Die Show beginnt zwar bald, ist jedoch mehr eine Gesangsdarbietung von Musicalsängern, die stimmlich ziemlich zu wünschen übrig lassen. Als sie schließlich tanzen, muss ich fast lachen. Carry und Dannie sind ein Düsenjet gegen diese Heißluftballon-Bewegungen. Was war das bitte für eine Stimmung, als die Profis hier über das Parkett fegten und im Anschluss die Hotelgäste zum Mittanzen animierten!

Unweigerlich kehrt der Moment mit Dannie an unserem Tisch in mein Gedächtnis zurück. Wie er mit seinem maskulinen, durchtrainierten Körper dastand und das unscheinbare Mädchen zum Tanzen aufforderte. Und die Tante mit dem Beschützerwahn verpasste ihm eine eiskalte Abfuhr. Das werde ich nie vergessen! Aber für heute ist es auch erst mal genug mit den ganzen Gedanken. Ich halte es einfach nicht mehr aus und rede mich mit Kopfschmerzen raus.

Im Bett antworte ich noch kurz auf die Nachricht von Lizzy. Meine Fotos vom Gelände hat sie mit *Paradies!* kommentiert.

Bin todmüde. Gute n8 sweety, antworte ich. Den Muskelkater spüre ich jetzt schon. Und trotzdem freue ich mich auf den morgigen Tag, die warmherzige Carry, das Tanzen und ja, irgendwie auch auf *Mr. Gefühlskalt.* Ich werd's ihm zeigen!

KAPITEL 16

Ich bin schon seit mindestens einer halben Stunde wach, konnte einfach nicht mehr einschlafen. Mit dem ersten Augenaufschlag war ich da.

Ich spüre diese Energie durch meinen Körper strömen. Doch ich spüre auch noch etwas anderes. Bei jeder Bewegung schreit mein Körper. Aber ich gebe mein Bestes, den Muskelkater zu verdrängen. Aufzuwachen und mich auf ein spezielles Ereignis des Tages zu freuen – das gab es so lange nicht mehr.

Während des Zähneputzens gehe ich die Grundschritte durch. Ein bisschen affig komme ich mir dabei ja schon vor. Sogar beim Einnehmen meiner Tablette geht es auf zwei los. Wiederholung für Wiederholung. Ich kann das schaffen!

Jim wartet schon am Frühstückstisch. Allerdings ohne seine Frau.

»Guten Morgen! Du strahlst ja richtig, Em. Scheinst dich hier wohlzufühlen, oder?«

»Ja, ich fühle mich heute richtig gut«, lüge ich die Muskelschmerzen weg. »Wo ist denn Janice?«

»Kopfschmerzen. Sie hat sich gleich wieder hingelegt«, entgegnet er und beißt in sein Croissant.

Oh, war wohl anscheinend doch ein bisschen zu viel Alkohol gestern Abend.

»Aber weißt du, Em, der frühe Vogel fängt ja bekanntlich den Wurm. Bleiben mehr von diesen köstlichen Croissants für uns beide.« Er lächelt zufrieden.

Ich bin auch wieder so hungrig! Jim staunt nicht schlecht, als ich vom langen Buffettisch zurückkehre. Irgendwo habe ich mal gehört, dass man mindestens eine Stunde vor dem Sport nichts gegessen haben sollte. Also beeile ich mich dementsprechend.

»Und, was hast du für heute alles geplant?«

»Ach, ich will eigentlich nur an einem Song weiterarbeiten. Und heute Nachmittag bin ich ja bei der Bandprobe.«

»Ah, super. Dann bist du ja richtig ausgelastet.«

Kann man wohl sagen! »Und du?«

»Entspannen. Mal sehen. Am Strand oder wir gehen wieder Minigolf spielen. Vielleicht kann ich ja auch eine spontane Tanzstunde nehmen, wenn deine Tante noch etwas liegen bleiben will.«

Ein paar Minuten später bin ich fertig mit dem Frühstück. Ich musste mich echt zurückhalten. Nicht dass sich mein Bauch am Ende so träge anfühlt wie der Rest meines Körpers. Erst mal gehe ich nach oben, um meine Tablette zu nehmen und die Sportsachen zu holen.

Wieder unten angekommen werde ich von James angesprochen: »Ich habe gehört, dass du nun doch in der Band mitspielen wirst.«

»Entschuldigung, James. Ich wusste noch nichts davon, als Sie mich gestern darauf angesprochen haben. Meine Tante und mein Onkel hatten alles mit Mr. Mallow abgemacht und mich quasi überrascht.«

Die Musiker um Edin machen alles erträglicher, doch dass Janice es einfach so entschieden hat, nervt mich trotzdem noch.

»Ich freue mich schon sehr darauf. Es ist nämlich der einzige Abend, an dem ich frei habe ... Mit einer solch großartigen Band zu spielen fühlt sich sicher grandios an.«

»Ja, ich denke auch, dass es toll wird.« Wenngleich ich natürlich immer noch das riesige Publikum im Hinterkopf habe.

»Dann musst du mir aber unbedingt ein Autogramm geben. Das wird später sicher einmal viel wert sein.«

Ich schmunzle verlegen in mich hinein. Meine Füße schmerzen. Ich kann nicht still auf der Stelle stehen. Unhöflich will ich jedoch auch nicht sein. Offensichtlich ist meine Unruhe nicht zu übersehen, denn er spricht mich direkt darauf an: »Keine Sorge, ich halte dich nicht länger auf. Viel Spaß wünsche ich dir!«

»Vielen Dank, James«, sage ich und mache mich auf den Weg.

Wieder ziehe ich mich im Waldstück um. Gut, dass die Bäume so dicht wachsen. Ich kann die Fenster auf der Hotelrückseite selbst nicht mehr sehen. Ich schlendere an den Bungalows vorbei und frage mich bei Dannies, ob ich nicht einfach klopfen und mich bereit zum Dienst melden sollte. Aber nein, das verkneife ich mir lieber, denn es ist noch Zeit, und außerdem bleiben so die übrigen Blumentöpfe verschont. Lieber warte ich an der Trainingshütte. Links schließt ein kleiner Schuppen an, den ich mir in der Zwischenzeit genauer ansehe. Das Fenster ist verdreckt, man kann kaum hineinsehen.

»Du bist ja schon da«, brummt es plötzlich vorn am Geländer.

Ruckartig drehe ich mich um. »Hey.«

Er stellt seine Tasche ab und schließt auf. »Carry musste zum Training mit so einem reichen Knacker. Da gibt's wohl 'ne Hochzeit, und er will mit seiner Tochter tanzen. Sie wird also nicht dabei sein.«

Hmm. Okay. Aber was mich noch mehr verunsichert: So viel wie eben hat Dannie außerhalb des Trainings bisher nie von sich gegeben. Das lässt Gutes hoffen! Meinen Beutel stelle ich gleich rechts neben der Tür auf dem Stuhl ab und wechsele noch schnell meine Schuhe.

»Heute wird's ein bisschen härter. Aber wir gehen alles erst mal ganz langsam durch, damit du nicht überrannt wirst.«

Langsam wird es unheimlich. Hat er etwa gut geschlafen, dass er auf einmal so verständnisvoll ist? Oder hat Carry ihn gebeten, mir gegenüber ein wenig mehr Verständnis zu zeigen? Oder hat er einfach nur Angst, dass ich vielleicht wieder abspringe, wenn er sich weiterhin so grob und unzugänglich verhält? Wie auch immer. Ich reagiere jedenfalls mit »Super!«, binde meine Haare zusammen und verdränge den Muskelkater. Er wird ihn mir nicht ansehen!

Sein Zeigefinger fliegt zum Augenbrauen-Cut. »Okay. Dann kann es ja losgehen!«

Diesmal beginnen wir direkt gemeinsam. Nie zuvor habe ich vom Tanzen geträumt. Ich weiß auch nicht, warum ich die Schritte schon nach einem Tag und einer Nacht draufhabe. Jedenfalls dachte ich das. Aber jetzt, wo er vor mir steht und mir derart tief in die Augen blickt, komme ich irgendwie aus dem Konzept.

»Kopf hoch.« Eine Berührung folgt. Deutlich sanfter als gestern. »Du musst es fühlen und deine Augen schließen.«

Genau das fällt mir schwer! Und nun kehrt auch noch die Nervosität zurück. Gott sei Dank groove ich mich nach endlosen Wiederholungen langsam ein und fühle mich stetig sicherer. Sein Ausdruck bleibt streng. Aber zumindest habe ich weiterhin das Gefühl, er hätte Geduld mit mir. Und anscheinend ist er auch zufrieden, denn jetzt folgen neue Tanzschritte. Ich schwitze. Meine Beine schmerzen. Aber ich beiße die Zähne zusammen! Genau wie Mom immer beim Ballett.

In der kleinen Trinkpause bietet er mir Wasser an, da ich meine Flasche vergessen habe. Viel Zeit darf ich mir aber nicht lassen. Der konsequente Dannie ist schnell zurück und fordert mich zum Weitermachen auf. Er schwitzt zum Glück ebenfalls. Und doch riecht er gut.

Konzentriere dich, Emily!

»Gut!«, lobt er mich nach einer korrekt ausgeführten Bewegung.

Dass er ein überzeugendes Video abliefern muss, setzt auch mich unter Druck. Ich lege sämtlichen Ehrgeiz in jede Bewegung, alle Power, die ich auftreiben kann.

Falscher Schritt. Mist! Er verdreht die Augen. »Sorry«, seufze ich.

Warte mal. War das etwa gerade ein belustigtes Zucken seines linken Mundwinkels? Weiter geht's. Mit jeder Stunde, die sich anfühlt wie eine Sekunde, entwickle ich nur noch mehr Spaß am Tanzen und kann den Muskelkater erfolgreich in den Hintergrund schieben. Ich glaube schließlich sogar, dass ich meine Sache gar nicht so schlecht mache.

»Weißt du eigentlich, wie spät es ist?«, frage ich ihn in der nächsten Pause, denn mein Handy liegt im Hotel.

»Fast zwei.«

Schon zwei? Okay, ganz ruhig durchatmen. Wenn ich mich jetzt beeile, kann ich noch schnell duschen und dann zur Bandprobe.

»Willst du was essen gehen oder wie? Dann treffen wir uns in einer Stunde wieder hier.«

»Ich kann nicht«, stottere ich nur.

»Wie, du kannst nicht?«

»Ich muss in einer Stunde mit der Band spielen. Meine Tante und mein Onkel haben das mit Mr. Mallow ausgemacht. Ich soll Gitarre spielen bei der Sommergala.«

»Aber wir müssen heute noch weitertrainieren!«

Ich hätte es mir denken können. Was machen wir denn jetzt?

»Mr. Mallow hat den Direktor von meinem College eingeladen. Ich muss also. Irgendwie.«

»Du lässt dich also wieder rumkommandieren?«

Was? »Ich wollte es eigentlich nicht.«

»Aber du machst es ...«

Ja. Er hat absolut recht. Ich lasse mich rumschubsen. Aber aus einem ganz bestimmten Grund. Ich kann die Wut in seinen Augen brodeln sehen.

»Können wir heute Abend weitermachen?«, frage ich ihn zögerlich.

Sein Pff-Laut setzt sich in meinen Ohren fest. Danach dauert es einige Sekunden, bevor er mehr von sich gibt: »Wir haben heute noch Gruppentraining. Keine Ahnung, wie lange wir da brauchen. Aber das ist wichtig. Wir haben nicht mehr viel Zeit, bis Carry Montag wegmuss.«

»Carry muss weg?«

»Auftritte! Was denkst du denn, wie Tänzer ihr Geld verdienen?«, schießt er genervt zurück. »Sie kommt erst nächsten Samstag wieder.«

Ich muss schlucken. Es war doch wirklich kein Angriff von mir. Oh Mann. Jetzt habe ich Gewissensbisse wegen der ganzen Sache. Er hat sich auf mich verlassen, und nun komme ich mit dieser blöden Nachricht. »Gibt es vielleicht noch eine andere Lösung?«, taste ich mich vorsichtig ran. »Ich kann auch gern spät abends mit dir tanzen.« Kann ich eigentlich nicht, aber das spielt keine Rolle. Ich muss ihm einen Kompromiss anbieten.

Wieder vergehen schweigsame Sekunden. Er scheint nachzudenken. »Acht Uhr anfangen und jeden Tag bis zwei. Anders geht's nicht.«

»Klar, gar kein Problem«, entgegne ich sofort. »Von mir aus gern!«

Wenn das so klappt, wäre das großartig! Jetzt bin ich wirklich erleichtert. Ihm gefällt die Lösung zwar nicht zu hundert Prozent, wie sein verstimmtes Gesicht verrät, aber es ist immerhin eine. In dieser Sekunde springt die Tür auf. Innerlich zieht sich mein Magen kurzzeitig zusammen. Zu groß ist die Angst, Janice, Jim oder Sarah könnten reinkommen. Aber Entwarnung: Es ist Carry.

»Hey, Leute, wie läuft's?«

Sie wirkt ganz schön ... mitgenommen.

»Na ja. Sie macht ab heute lieber Musik, als zu tanzen«, mault Dannie und widmet sich störrisch seinem Handy.

Wahrscheinlich habe ich das Nachtreten verdient. Hätte er mir aber gleich gestern gesagt, wie viel Zeit wir für das tägliche Tanztraining benötigen, hätte ich schon etwas planen können. Das ist eine echt blöde Situation! Und es macht die Fortschritte gleich wieder zunichte. Ich kläre Carry auf.

»Und wie lief es bei dir heute?«, frage ich sie anschließend.

»Die Tanzstunden waren die Hölle! Erst mal zwei Stunden fahren, und dann durfte ich mir die ganze Zeit angucken, wie der feine Herr meinte, schon alles draufzuhaben. Ich sag's euch, der ist eine Katastrophe! Er konnte überhaupt nichts, nicht mal im Ansatz.«

Bei der Erinnerung muss sie selbst lachen.

»Na, wenigstens hat er die beste Trainerin im Umkreis abbekommen«, äußere ich.

Bevor ich gehe, muss ich allerdings noch ein Thema ansprechen: »Sag mal, Carry ... könnte ich meine Sportsachen vielleicht bei dir waschen?«

»Wir lassen alles in der Wäschekammer vom Hotel reinigen. Die ist neben dem Aufzug im Personaltrakt, die zweite Tür rechts. Musst nur nach Maria Ausschau halten.«

»Super, dann gehe ich gleich mal zu ihr. Morgen also acht Uhr, Dannie?«

Er sieht immer noch stur auf sein Display. Ein beiläufiges »Mhm!« kommt zurück.

Es fühlt sich tatsächlich wie eine Strafe an, aber ich kann es nun mal nicht ändern. Ich merke dadurch mal wieder, wie sehr ich Harmonie liebe und brauche. Sein enttäuschter Blick nimmt mich aus irgendeinem Grund total mit. Am liebsten würde ich jetzt sofort zu der Band gehen und ihnen absagen. Aber das geht nicht. *Positiv denken, Emily!* Den Haargummi abzustreifen und meine Alltagsklamotten über die verschwitzten Sportsachen zu ziehen ist da weitaus einfacher. Es wird schon alles gut werden. Hoffentlich!

Wäschekammer/M. Lopez steht an der Tür. Ich klopfe zaghaft an.

»Herein«, ruft eine kraftvolle weibliche Stimme mit deutlichem Akzent.

Eine Wasserdampfwolke kommt mir entgegen. Es ist mollig warm. Die Feuchtigkeit in der Luft liegt gefühlt bei hundert Prozent. Ich sehe nur ein breites silbernes Rohr, das aus der Decke ragt, keine Fenster. Und überall hängt Wäsche.

»Immer reinspaziert, immer reinspaziert!«, meint die korpulente Latina am Bügeleisen, das sie in dieser Sekunde abstellt. Sie verschwindet hastig in einen anderen Raum. Ihre Hände sortieren gehetzt den ovalen Kleiderständer mit Anzügen und Kleidern, die in durchsichtige Plastikhüllen eingewickelt sind. Ihr nächstes Versteck ist eine weiße Zwischenwand. Doch kurz darauf kommt sie zurück.

Oh ja, sie scheint wirklich im Stress zu sein!

»Schätzchen, bist du eins der neuen Zimmermädchen?«, fragt sie mich und atmet gleich darauf ausgiebig durch.

»Oh ... nein ... ich bin ...«

»Schon gemerkt! Lass mich raten, du bist eine der neuen Tänzerinnen, richtig?«

Sehe ich etwa wie eine Tänzerin aus? Das fasse ich mal als Kompliment auf. »Ich tanze, ja ...«

Wieder unterbricht sie mich: »Wusst' ich's doch.«

Sie reißt mir meine Oberteile und die Shorts förmlich aus den Händen. Dann läuft sie wieder fort. Ihre breite Hüfte schwenkt von einer Seite zur anderen. Meine Sportsachen ... Ich brauche sie ja morgen.

»Wann kann ich ...?«, beginne ich laut zu fragen.

»Sechs Uhr«, ruft es postwendend aus dem Versteck. »Passt das?«

»Ja«, erwidere ich erleichtert.

Sekunden später kehrt sie mit leeren Händen zurück. Dass sie neugierig ist, beweist die nächste Frage: »Wie gut bist du denn?« Sie verdeutlicht das Interesse mit einem Hüftschwung.

»Oh, ich tanze erst seit Kurzem.« Das *seit gestern* schlucke ich runter.

»Weißt du, meine Familie kommt aus Puerto Rico, da, wo auch dieser Fonsi herkommt.«

Sie stimmt seinen Song an und, wow, hat sie eine Röhre! Sie hört gar nicht mehr auf zu singen und zu tänzeln. Ich hätte wirklich nicht erwartet, dass sie so beweglich ist! Aber es liegt ihr sichtlich im Blut.

»Da staunst du, was?«

Staunen ist kein Wort dafür. Ich bin echt geflasht! Mein Kopf wippt leicht vor und zurück.

»Ich freue mich schon so wahnsinnig auf die Sommergala, wenn die Jungs und Mädels wieder tanzen! Und ich endlich auch mal frei habe und nach ihrer Show mittanzen kann. Das wird toll!«, schwärmt sie und schüttelt sich kurz, als hätte der Gedanke ihr ein Gänsehautkribbeln beschert. »Und du tanzt auch bei der Show, Schätzchen?«

Es ist wirklich absolut crazy, das auszusprechen, aber: »Ja.«

»Und was genau? Darfst du schon aus dem Nähkästchen plaudern?« Ihre Augen funkeln immer stärker.

»Ich tanze den Abschlusstanz.«

Oh Mist! Jetzt habe ich es ausgesprochen! Was ist, wenn sie es weitererzählt? »Aber es darf bitte niemand davon wissen. Also auch nicht, dass ich mittanze.«

»Ich schweige wie ein Grab! Habe ich doch auch, als Dannie sich mit Antonio geschlagen hat«, entgegnet sie.

»Er hat sich mit jemandem geschlagen?«

»Uups. Du bist ja neu dabei. Jetzt haben wir beide ein Geheimnis zu hüten.«

»Wieso haben sie sich denn geschlagen?«

Bin ich zu neugierig? Dannie macht zwar den Eindruck eines harten Kerls, aber in seinem Alter prügelt man sich doch nicht mehr? Da fällt mir ein, dass ich gar nicht weiß, wie alt er überhaupt ist.

»Na ja ... Er ist für die gesamte Tanzgruppe verantwortlich. Und wenn einer aus der Reihe tanzt ...« Sie lacht leise und setzt zum Zwinkern an. »Also wortwörtlich.«

Antonio. Ich kann mich nicht mehr daran erinnern, ob er dabei war, als mir alle Tänzer vorgestellt wurden. Doch die viel wichtigere Frage wäre ja eigentlich, ob mein Tanzpartner gewalttätig ist. Sarah erzählte mir mal, wie Janice ihr früher immer eine Ohrfeige verpasst hat, wenn sie nicht hören wollte. Schon diese Story ließ mich damals erschüttert zurück.

»Ich muss jetzt leider weitermachen, bin gut ausgelastet. Weißt du, ich würde auch so gern einen künstlerischen Beruf ausüben. Aber meine Eltern hätten das nie erlaubt. Na, was soll's. Immerhin darf ich ja nun die Kleidung für großartige Künstler auf Vordermann bringen. Eine wichtige Aufgabe.«

Ich sehe auf mein Handy. Nur noch fünfzehn Minuten bis zur Bandprobe.

»Ich bin übrigens Maria, wie ist dein Name, Kleines?«

Kleines ... eins siebzig – ist das wirklich sooo klein? Ich muss sofort wieder an Dannie und seine Äußerung denken.

»Emily, aber die meisten nennen mich nur Em.«

»Schöner Name, Em! Es hat mich sehr gefreut!«

Endlich kann ich wieder bessere Luft einatmen. Maria bräuchte in der Wäschekammer dringend auch eine Klimaanlage!

Die Musiker sind schon auf der Bühne, und Edin erblickt mich sofort.

»Emily, komm näher, wir beißen doch nicht.«

Auf den zwanzig Metern muss ich mich gedanklich vom wütenden Dannie zu den anstehenden Akkorden durchhangeln, um gleich bei der Sache zu sein. Und dabei fällt es mir auf einmal wie Schuppen von den Augen. Ich habe meine Gitarre gar nicht dabei! Komplett vergessen! Wie verdammt peinlich ist das denn bitte? »Ich müsste noch mal auf mein Zimmer, ich habe meine Gitarre vergessen.«

»Ach was, das musst du nicht. Ich habe noch eine zweite dabei«, sagt Oscar.

Meine Gedanken schwanken noch kurz hin und her. Kann ich wirklich mit einer anderen Gitarre spielen? Dann fehlt ja auch noch das letzte Stück Sicherheit, das Dads Gitarre mir bietet. Doch schon überreicht er mir seine Akustikgitarre. Das warme Lächeln strahlt aus der Mitte des weißen Barts.

»Wir warten nur noch kurz auf Jonas und Kenny, sie müssten aber gleich da sein«, sagt er, nachdem ich auf dem Stuhl neben ihm Platz genommen habe.

Keine einzige Person sitzt im Saal. Das wird bei der Gala anders sein. Wie ich mich kenne, wird meine Aufregung dann explodieren. Ich brauche nur daran zu denken, schon dreht sich alles in mir um. Als ich etwas zur Ruhe komme, höre ich meine müden Beine wieder schreien. Eigentlich schreien sämtliche Muskelstränge in mir. Ich muss mein bestes schauspielerisches Talent aufbieten, um fit rüberzukommen. Edin legt anschließend die Notenblätter auf die Ständer vor uns. »Das sind alle Songs, die wir spielen werden.«

Endlich sehe ich sie. Der größte Teil sagt mir leider nichts. Elvis, Buddy Holly, Celine Dion und Madonna sind mir dank Dads Plattensammlung aber bekannt.

»Wir beginnen mit dem Elvis-Stück«, meint Oscar.

Anschließend stoßen die zwei fehlenden Jungs zur Band. Sie waren länger beim Mittagessen. Essen ist ein gutes Stichwort! Gerade merke ich, dass ich auch das vergessen habe. Einer von ihnen, der Bassist, ist sehr muskulös gebaut. Ich muss bei seinem Anblick unweigerlich an Dannie denken. Immer, wenn ich seine Arme berührte, konnte ich spüren, wie sich seine Muskeln anspannten. Niemals hätte ich gedacht, dass sie so hart werden können.

»Emily?«, fragt mich Edin mit großen Augen. Anscheinend nicht das erste Mal. »Bereit?«

KAPITEL 17

Als ich aufstehe, kann ich das volle Ausmaß der Tage sofort spüren. Jede noch so kleine Bewegung bestraft mich. Selbst mein Bauch bestraft mich. In den Armen ist es allerdings am schlimmsten. Ernsthaft? Auch mein Hintern? Na ja, das Frühstück kann ich mir nach dem üppigen Abendessen sparen, also muss ich auch nicht sitzen. Und es war eine gute Idee, Alex zu fragen, ob er mir am Mittag etwas vorbeibringen könnte, damit ich nicht wieder hungrig Gitarre spielen muss.

Bevor ich das Badezimmer erreiche, geht plötzlich Sarahs Falttür auf.

»Du bist ja schon wach«, sage ich.

Sie blickt mich genervt und total verschlafen an, läuft wie ein Gespenst zum Tisch, nimmt sich die Wasserflasche und kehrt zurück in ihr Gemach. Okay, verstehe. Die Mitternachtsbootsfahrt ging etwas länger. Ich werde heute Abend garantiert die Einzelheiten erfahren. Während ich mir anschließend die Zähne putze, muss ich mir für das gestrige Gespräch mit Jim und Janice innerlich auf die Schulter klopfen. Es lief viel besser, als ich es erwartet hatte. Nun habe ich dank meiner Einzelübungsstunden, die ich neben den Bandproben benötige, meine Ruhe und muss mich nicht mehr ständig bei ihnen blicken lassen. Irgendwie ist aus dem Übel ein nützliches Alibi für das Tanztraining geworden. Toll wäre nur, wenn ich die nächsten Tage immer bei Carry duschen könnte. Ein Duschhandtuch steckt bereits in meinem Gitarrenkoffer, den ich sicherheitshalber ab sofort immer mitnehme. Die Schuhe und Sportsachen finden darin auch noch Platz. Ich bin also perfekt ausgerüstet.

Wenige Minuten später stehe ich im Dampfparadies.

»Emmmmm«, reagiert Maria singend. »Habe mich schon gefragt, wann du kommst. Warte, ich hole dir deine Sachen. Alles fertig. Alles duftet.«

Kurz darauf bringt sie mir den kleinen Stapel. Rosenduft – oh ja!

»Was kostet das Waschen?«

Sie beginnt zu lachen. »Natürlich nichts, Kleines! Für Tänzer ist alles gratis! Ich bin sozusagen Sponsor. Bring einfach immer her, was du hast. Was denkst du, wie viel Bettwäsche ich jeden Tag wasche?«

»Du bist echt eine Powerfrau!«, sage ich.

»Und du bist niedlich«, entgegnet sie verlegen. »Jetzt dreh dich um und geh zum Training, Kleines. Lass dich von der Wäschetante Maria nicht aufhalten.«

Sie umgreift meine Schultern und schiebt mich förmlich hinaus. Anschließend winkt sie mir zu und schließt ihre Tür. Was für eine Frau! Eigentlich wollte ich sie ja noch einmal auf Dannie und den Streit mit diesem Antonio ansprechen. Aber wahrscheinlich hätte ich das eh nicht getan.

Als ich wie im Wahn durch die Bungalowallee auf die Hütte zulaufe, reißt mich seine tiefe Stimme aus den Gedanken. Er lehnt am Türrahmen. Hat er einen Zahnstocher im Mund? Fehlen ja nur noch Cowboyhut und Fransen an seiner Jeans.

»Du hast schon gewartet?« Bin ich etwa zu spät?

»Wir haben noch zehn Minuten. Entspann dich!«, sagt er.

Er kommt relaxed rüber, das ganze Gegenteil vom schlecht gelaunten Rüpel. Die Augenbrauen-Geste begleitet seinen nächsten Satz: »Warum hast du denn deine Gitarre dabei? Wir haben keine Zeit für den Song, das ist dir klar, oder?«

Song? Ah ... *unser* Song. Daran habe ich noch gar nicht wieder gedacht. »Ähm, nein ... Die ist nur zur Tarnung.«

Er schnappt sich seine Tasche mit einer *Wie-auch-immer*-Attitüde und kommt zu mir runter. Bis auf wenige Zentimeter rückt er an mich ran. Die blauen Augen klemmen meine Atmung ab. Was macht er da? Seine freie Hand fährt nach unten, streift fast mein Bein und greift schließlich nach dem Gitarrenkoffer.

»Also, Tarnung für was?«, fragt er und geht voraus.

Warum habe ich das nur erwähnt? Ich kann ihm unmöglich alles erzählen! Nur den Teil, der nicht dazu führen wird, dass er mich gleich wieder rausschmeißt und alles hinwirft. Also gut: »Meine Tante und mein Onkel wollen nicht, dass ich tanze. Und da ich ja nun für die Band eingeplant bin, nehme ich die Gitarre mit.« Mit viel Mühe schlucke ich den Brocken in meinem Hals runter. Wird ihm das genügen?

»Und warum wollen sie nicht, dass du tanzt? Du kannst doch für dich selbst entscheiden«, sagt er und stellt alles ab.

Mit seiner Hartnäckigkeit habe ich fast schon gerechnet.

»Sie sind halt sehr streng«, seufze ich nur und hoffe, er bohrt nicht weiter.

»Dann hoffen wir mal, dass sie nicht auch noch auf die Idee kommen zu spionieren!«

Ich habe nicht spioniert!

»Kommt Carry heute?«

»Sie ist beschäftigt. Mit ihrem Lieblingsschüler.«

Die Ärmste! Ich hatte mich aber echt darauf gefreut, wieder mit *beiden* zu trainieren.

»Was denkst du, was ich schon für Krähen und Kratzbürsten in der Tanzstunde hatte. Sie kann sich glücklich schätzen, dass sie den Job noch on top hat.«

Jetzt, wo er so locker redet, frage ich mich, ob er anfänglich nur wegen der Anspannung so still war. Weil er eben noch nicht wusste, ob ich für sein Vorhaben geeignet bin.

»Weißt du, wie viel der alte Knacker ihr zahlt ... Fast so viel, wie wir hier für die ganzen Gigs im Hotel kriegen. Sie fährt nicht weit und muss sich nicht groß anstrengen. Jackpot, würde ich sagen!«

Ich wechsele meine Schuhe. Und eigentlich dachte ich, er würde das auch tun, immerhin liegen seine Straßenschuhe schon auf dem Boden. Doch was er dann macht, schockiert mich. Er schnallt sich den Gürtel ab und zieht einfach so die Hose runter! Schlagartig blicke ich nach unten. *Schleife binden, Emily! Einfach nur eine Schleife binden!* Sein Hintern in den engen weißen Boxershorts lässt meine Augen zurückschnellen. Spätestens jetzt hätte ich gewusst, dass man Muskeln im Hintern hat. Sein Po ist knackig ... ziemlich knackig.

»Fertig mit Starren?«, fragt er plötzlich.

Ach du Sch... Ich fixiere meine Schnürsenkel. Noch mal schön nachziehen! Nicht dass sie aufgehen! Ich wette, ich laufe rot an. Mein Gesicht glüht jedenfalls!

»Noch nie einen Typen in Unterwäsche gesehen?«, äußert er scheinbar amüsiert.

Aus dem Augenwinkel erkenne ich zwar, dass er die gewölbten Stellen gerade mit dem dunklen Baumwollstoff bedeckt, aber ich schaue garantiert nicht noch einmal hin.

»Doch ... klar«, stammele ich. Ich muss unbedingt das Thema wechseln, bevor ich noch vor lauter Peinlichkeit flüchten muss. »Sind Carry und du eigentlich ...?« Anscheinend geht mir die Frage doch nicht so leicht über die Lippen.

»Zusammen?«, ergänzt er unbeeindruckt. »Nein. Wir sind Freunde. Gibt's nicht so oft in der Branche. Konkurrenz verursacht Neid. Wir sind zu viele Tänzer für zu wenig Jobs, das ist einfach so.«

Hat er sich vielleicht deswegen mit diesem Antonio geprügelt? Wegen eines Jobs? Egal.

»Meinst du, Carry kommt wieder zur gleichen Zeit zurück wie gestern?«, frage ich ihn, als er gerade seine Schuhe zubindet.

»So gegen zwei.«

Perfekt! Dann kann ich sie noch nach der Dusche fragen.

»Ich habe mir übrigens überlegt, dass wir heute Abend gegen neun noch mal zwei Stunden trainieren. Dann sind wir hier auch durch mit unserem Gruppentraining. Passt das?«

Nach den sechs Stunden Tanztraining und der Bandprobe soll ich noch mal tanzen? Und das, obwohl ich in den nächsten Tagen ohnehin zu wenig Schlaf bekomme? Aber was soll ich sagen? Ich habe mich nun mal bereit erklärt, ihm zu helfen. Er kann ja nichts dafür, dass sie mich auch noch in die Band gequatscht haben.

Auf einmal sagt er: »War 'n Witz. Wenn wir bis nächste Woche Samstag immer sechs Stunden trainieren, sollte alles laufen.«

Oha. »Du hast mir echt einen Schrecken eingejagt«, gebe ich zu. Die Mundwinkel still zu halten fällt ihm sichtlich schwer. Mir gefällt es, wenn er gut gelaunt und zu Späßen aufgelegt ist. Auch wenn es auf meine Kosten geht.

»Wollen wir loslegen?«

Er steht bereit. Ich muss die Einladung nur noch annehmen. »Erst mal alles von gestern wiederholen, oder?«, frage ich und stehe ebenfalls auf.

»Ja.«

Vielleicht klang ich eben selbstsicher. Aber sobald ich ihn berühre und in das Blau sehe, ist es mit jedweder Souveränität vorbei. Und dabei ist das schon der dritte Tag!

»Warum bist du so angespannt?«, fragt er auf einmal.

»Bin ich nicht.«

Wie kann er das nur merken? Wären da nicht dieser muskulöse Body und diese blauen Augen, die ich immerzu fixieren soll, wäre alles in bester Ordnung. Er ist doch selbst schuld! Ja, es liegt nicht an mir. Ganz bestimmt nicht! Es liegt an ihm.

Stunde für Stunde vergeht. Heute ist schon viel Choreografie mit inbegriffen. Und das, obwohl ich ja mit den Schritten noch nicht mal komplett warm bin. Selbst bei den Grundschritten verhaspele ich mich ab und an noch. Zwischendurch schiebe ich etwas Panik, Dannie könnte gleich ausrasten, aber er bleibt bis auf ein paar entgeisterte Blicke recht gelassen. Und dabei kann ich mir kaum vorstellen, dass er schon mal eine schlechtere Tanzschülerin hatte. Ein Glück, dass es da wenigstens diese kleinen euphorischen Momente gibt, die mich innerlich immer wieder aufbauen.

Kurz vor zwölf machen wir eine Pause, und mit nicht mal einer Minute Verspätung betritt Alex die Hütte samt gefüllter Plastiktüte.

»Suppe für unsere fleißigen Tänzer!«

»Danke, Alex!«, erwidere ich.

Er ist genauso schnell weg, wie er kam. Und ich kann den Speichelfluss kaum noch zurückhalten.

»Der dritte Becher ist für Carry. Kann sie ja essen, wenn sie wieder da ist«, äußere ich.

Er schielt die vegetarische Nudelsuppe an, als würden irgendwelche Innereien darin schwimmen.

»Was ist?«

»Das ist doch kein Essen«, murrt er.

Hä? »Was isst du denn sonst?«, entgegne ich und sauge eine der langen Nudeln ein.

»So was nicht.«

Letztendlich haut er aber trotzdem rein.

»Echt lieb, dass er uns das Essen hergebracht hat«, sage ich, nachdem wir die Becher geleert haben.

Und dann geht sein Finger wieder zur Augenbraue. Soll ich ihn auf den Cut ansprechen? Für mich ist es kein Tick mehr, eher eine gewohnte Geste, die mir zeigt, dass alles in Ordnung ist. Aber ich kann auch völlig danebenliegen. Ich entscheide mich für eine harmlosere Frage: »Esst ihr sonst immer im Hotel?«

Er prustet abtuend. »Wir müssen in den Bungalows kochen! Wenn wir mal irgendwas dringend brauchen, müssen wir es dem Hotel teuer abkaufen. So läuft das im Mallowland. Hast du das hier bezahlt?«

»Ja.«

»Hättest du nicht tun müssen.«

»Habe ich aber.« Ich lehne mich auf, um meine Haltung zu verdeutlichen.

Sein Handy klingelt. Er steht auf, geht zu seiner Tasche und stellt das Ding laut. »David.«

Mallow?

»Sag mal, bist du unterwegs? Laut Plan hast du gerade keine Tanzstunde und kein Training. Ich stehe vor deinem Bungalow und wollte mit dir reden.«

»Bin in der Trainingshütte. Komm rein!«

»Alles klar!«

Was? Das darf nicht wahr sein! Wenn er mitbekommt, dass ich hier mit Dannie trainiere, dann ... »Er darf nicht sehen, dass ich hier bin und tanze, Dannie! Er würde es direkt den anderen erzählen!« Ich bin so impulsiv und energisch, dass ich ihn fast schon leise anschreie.

»Wenn du jetzt vorn rausgehst, wird er dich sehen.«

Argh! Merkt er nicht, wie wichtig das für mich ist? Beim Blick durchs Fenster kann ich David sehen. Einen Hinterausgang gibt es nicht und somit keinen Fluchtweg! Ich bin aufgeschmissen!

Plötzlich nimmt Dannie meine Hand und zieht mich zur Tür. Er parkt mich genau *dahinter.* Dann öffnet er sie.

»Hey, David!«, sagt er gespielt freundlich.

Mit leicht verdrehtem Hals kann ich seine Kleidung durch den Türschlitz sehen.

»Wollte mal hören, was die Proben machen?«

»Alles super. Wir kommen gut voran.«

Dannie weicht nicht von der Stelle.

»Seid ihr gerade alle drinnen?«

»Nein, ich bin allein.«

Ich merke, wie er David abzuwimmeln versucht und bete, dass es funktioniert!

»Schade. Hab gedacht, ich kann Carry vielleicht um eine Tanzstunde bitten.«

Eine private Tanzstunde mit Carry? Sofort schießen mir Bilder in den Kopf.

»Die ist gerade unterwegs. Privates Training«, meint Dannie trocken.

»Und warum stehen da auf dem Boden Becher rum?«

Shit! Oh Mann, hoffentlich fällt Dannie jetzt eine passende Antwort ein! Immerhin sind es gleich drei.

»Das ... Suppen. Habe ich mir aus der Küche geholt. Ich gehe gerade ein paar Tanzschritte durch, die wir heute proben wollen. Lisa und Antonio kommen gleich noch. Damit sie auch etwas zu essen haben.«

Antonio? In unseren Bechern stecken noch die Löffel. Hoffentlich hakt David deshalb nicht weiter nach.

»Okay. Aber du hast die Suppen doch bezahlt, oder?«

»Selbstverständlich«, entgegnet Dannie.

Eine verflixte Situation folgt der nächsten. Wenn er das jetzt nachprüft ... Alex wird hoffentlich alles bestätigen.

»Sehr gut. Der Zeitplan für die Gala hat sich übrigens noch ein wenig verändert. Ich habe gerade mit meinem Vater gesprochen. Er hat vorgeschlagen, dass wir euch nicht zum Schluss der Show auftreten lassen, sondern am Anfang. Und danach die Band. Die Leute sollen natürlich tanzen, aber ich glaube, es ist besser, wenn die Band nach euch spielt, damit die Leute nicht nur zum DJ und dem Play-back aufs Tanzparkett müssen. Verstehst du? Ihr seid also gleich nach dem Comedian dran.«

»Gut. Alles klar.«

Der unterschwellige Ton in seiner vorgetäuschten Zustimmung ist überdeutlich. Anschließend verschwindet David, und Dannie lässt die Tür hinter sich zuknallen.

»Nach dem Comedian. Vor der Band!«, flucht er zähneknirschend. »Als wären wir eine billige Provinztruppe. So ein verdammter Vollidiot! Wie Affen behandelt der uns!«

Er knetet wütend seine Finger.

»Ein Vollidiot … ja, das ist er«, stimme ich seufzend zu. »Kann er das denn einfach alles ändern?«

»Siehst du doch, dass er kann. Er ist der Boss. Isst du die Suppe noch auf, damit wir weitermachen können?«

Ihn so in Rage zu sehen macht mir ein klein wenig Angst. Ich muss unweigerlich an Antonio denken. Er ist also definitiv ein Tänzer. Ohne eine Bemerkung setze ich mich auf den Boden und löffele meine Suppe aus. Dannie reagiert sich derweil mit Dehnübungen ab und geht schließlich Schrittfolgen durch.

»Essen während des Trainings ist ungünstig«, sagt er nach meinem letzten Löffel.

Ich merke gleich beim Aufstehen, was er meint. Na wenigstens hat er sich selbst einigermaßen abgekühlt, und gnädigerweise lässt er es zunächst ruhig angehen.

Die nächsten Stunden vergehen wie im Flug.

Nur bin ich etwas besorgt, weil Carry einfach nicht auftaucht. Nach dem Training frage ich Dannie, ob er sie anrufen könnte. Ich muss schließlich duschen. Er gibt mir sein Handy, doch es geht nur die Mailbox ran. Mist! Mir rennt die Zeit davon!

»Was willst du denn von ihr?«

»Duschen«, kommentiere ich geistesgegenwärtig. »Also *bei* ihr, nicht mit ihr.«

»Das kannst du auch bei mir«, entgegnet er prompt.

Was? Ich kann doch nicht in seinem Bungalow duschen! Aber ich kann auch nicht auf Carry warten. Und unseren Zimmerschlüssel hat Sarah. *Warum hab ich das nicht gestern schon mit Carry abgesprochen?* »Okay«, hauche ich schließlich notgedrungen.

Und für einen klitzekleinen Moment wird das *Bei* in meinen Gedanken von *mit* abgelöst.

KAPITEL 18

Die Bandprobe läuft ähnlich ab wie gestern. Zuerst wiederholen wir die Songs vom Vortag, und dann studieren wir die nächsten vier Stücke ein. Doch ich muss die ganze Zeit nur an das Gefühl in seinem unabgeschlossenen Badezimmer denken. Er ist draußen auf der Miniterrasse geblieben, wie versprochen. Das Kippfenster vom Badezimmer ist Gott sei Dank viel zu milchig, um durchzusehen, und das Schlüsselloch habe ich mit Toilettenpapier ausgestopft. Es war trotzdem total eigenartig. Als hätte ich ihm nicht komplett vertraut. Als würde ich vermuten, dass er die Tür öffnet und einen Blick riskiert. Und ... ja ... als würde ich genau das wollen. *Du bist einfach durch den Wind, Emily! Das ist alles viel zu viel für dein Hirn!*

Oscar behandelt mich fast schon wie ein kleines Kind, das dem Opa beim Streichen einer Wand helfen will und es nicht ganz so schnell hinbekommt. Er lächelt meine Patzer einfach weg. Hoffentlich merkt er, dass ich mich bemühe. Mein ausgelaugter Körper ist nicht gerade förderlich. Eigentlich wünsche ich mich gerade an den Strand in eine der Liegen. Die Saiten mit Sand tauschen. Aber es geht nicht, ich muss das durchziehen, komme, was wolle. Manchmal denke ich, die Lieder könnten eine Turbozündung vertragen, doch ich werde den Teufel tun und das sagen. Aus dem letzten Mal habe ich gelernt! Außerdem werden viele alte Leute da sein. Und nachdem Dannie und die anderen dran waren, werden diese eh nicht einschlafen können.

Dass ihn die Umstellung des Ablaufplans genervt hat, verstehe ich nur zu gut. Sie planen seit geraumer Zeit eine grandiose Abschlussshow. Und dann kommt David daher und schmeißt alles um, genau wie im Film. Man kann sich in diesem Fall zwar nicht über die Entscheidung hinwegsetzen, doch sie werden es trotzdem rocken und alle begeistern. Hoffentlich kann unser Tanz da mithalten.

Als wir endlich alle Lieder des Tages durchgeprobt haben, hält Edin noch eine Ansprache, die mir Hören und Sehen vergehen lässt: »Am Sonntag werden wir hier nicht zur gewohnten Zeit proben können, da der Saal noch einmal von oben bis unten gesäubert wird. Am Abend sind die Artisten mit ihren Proben beschäftigt. Deswegen beginnen wir Sonntag ausnahmsweise schon um acht Uhr mit der Probe.«

Was? Das fällt ja dann exakt in unsere Trainingszeit! Warum proben wir denn nicht einfach woanders? Schwänzen kann ich die Bandprobe aber auch nicht. Ich muss mit Dannie reden! Am besten sofort nach dem Abendessen.

Jim quetscht mich wieder aus, wie es heute so war. Ich erzähle ihm auch einiges, aber am liebsten würde ich direkt zu Dannie stürmen und ihm von unserem nächsten Problem berichten. Ja, es ist erst in zwei Tagen, aber besser jetzt als später. Schließlich hat er ja selbst erzählt, dass neben den Tanzstunden auch noch ihr Gruppentraining auf dem Plan steht und alles durchgetaktet ist. Wenn es am Nachmittag nicht klappen sollte, dann eventuell am Abend, wie er es im Spaß vorschlug. Sarah verdreht zwar die Augen, als ich vorgebe, noch einmal zur Band zu müssen, aber das bin ich ja gewohnt.

Sobald ich den Waldweg hinter mir habe, sehe ich Carry, Bandana-Peter und Lisa bereits zusammen auf Dannies Terrasse sitzen. Sie halten braune Glasflaschen in den Händen, und Musik läuft im Hintergrund. Carry sieht mich prompt.

»Hey, Emily. Sorry, dass ich heute wieder nicht dabei war, aber dieser Typ wollte noch Extrastunden. Die nächsten zwei Tage bin ich aber mit am Start, versprochen!«

Ich lächele nur und blicke Dannie an. »Kann ich mal mit dir reden?«

Peter fragt mich, ob ich ein Bier haben möchte. »Nein, danke. Ich trinke kein Alkohol«, antworte ich, während sich Dannie erhebt.

Er folgt mir ein Stück weg von den anderen, zusammen mit der Bierflasche, die er mir vielleicht gleich drüberziehen wird. Also gut, ich gebe mir einen Ruck: »Sonntag will die Band von acht bis zwölf proben. Könnten wir vielleicht am Nachmittag trainieren oder am Abend?« *Bitte, sag Ja!*

»Ist nicht dein Ernst?« Der finstere Blick verrät alles. »Du kannst doch nicht einfach das Training verschieben, nur weil es dir so passt.«

»Es tut mir leid. Ich muss aber zu der Bandprobe.«

In seiner Anwesenheit klinge ich eher bettelnd, doch eigentlich gibt es daran nichts zu rütteln. Eine Absage bei der Band würde zu vielen Komplikationen führen.

Er setzt die Flasche an und schluckt augenscheinlich nicht nur Bier herunter. »Gut.« Danach geht er einfach zurück zu den anderen.

»Ich muss am Montag leider schon gegen Mittag abreisen«, meint Carry zu mir. »Lisa wird dir dann aber helfen.«

Lisa winkt mir mit ihren tänzelnden Fingern zu. Ihre rechte Hand liegt auf Peters Oberschenkel. Also optisch gesehen passt sie mit ihren haselnussbraunen Haaren und dem Nasenpiercing sehr gut zu Peter, der eigentlich immer lässig wirkt. Sie sind auch nicht so groß wie die anderen Tänzer und haben beide Tattoos. Ist Dannie tätowiert? Zumindest seine braun gebrannten Arme sind frei von Hautschmuck. Was denke ich eigentlich darüber nach? Viel wichtiger wäre eine gemeinsame Lösung für mein Problem. Wenn er jetzt schon so stur ist, dann werden die Songaufnahmen vielleicht ein Horrortrip! Dass er die anderen nun so leise wie möglich auf die unwichtigsten Dinge anspricht und Augenkontakt zu mir vermeidet, macht er garantiert extra. Aber gut. Wenn ich so unerwünscht bin, kann ich auch wieder gehen. Als ich mich kurz angebunden verabschiedet habe, fliegt mir plötzlich ein »Ich überlege mir was« hinterher.

Wirklich? Seine Augen sind zunächst nach unten auf das Holz gerichtet. Erst dann blickt er flüchtig, doch auch irgendwie versöhnlich zu mir rüber. Anschließend folgt ein weiterer Schluck aus seiner Flasche und ich trete meinen Rückweg an.

Im Ballsaal fragt mich Sarah, ob ich Muskelkater habe, weil ich angeblich so komisch laufe.

»Von was denn?«, scherze ich und strenge mich an, jede weitere auffallende Bewegung zu vermeiden.

»Wer weiß, was du so treibst«, stichelt sie in eine ganz bestimmte Richtung.

»Wie war dein Tag?«, frage ich sie, stelle aber fest, dass sie mir eigentlich gar nicht zuhört.

Sie sieht sich unterm Tisch lieber Fotos auf dem Handy an. Dass sie auf gefährlichem Fuß lebt, zeigt der Moment, als Janice es bemerkt und rigoros auf den Tisch schlägt. Sonderlich lang halte ich nicht durch. Und das muss ich auch nicht. Dieselbe langweilige Gruppe auf der Bühne. Dieselben langweiligen Menschen am Tisch.

Es noch nicht mal zehn Uhr, da liege ich schon oben im Bett. Das war also Tag fünf im Paradies. Wobei *Trainingslager* wohl passender wäre. Drei verpasste Anrufe von Lizzy. Das hat man also davon, wenn man sein Handy den ganzen Tag nicht anrührt. Normalerweise reden wir ja täglich miteinander, doch unser letztes Gespräch ist nun schon zwei Tage her. Andererseits muss ich dringend schlafen, meine Augen fordern bereits ihre Ruhephase ein. Deshalb schreibe ich ihr eine vertröstende Nachricht. Hoffentlich nimmt sie es mir nicht übel! Sie weiß noch nichts von der Sommergala. Und vom Tanzen auch nicht.

Morgen! Der heutige Tag ist beendet. Und das ist auch gut so.

Diese blauen Augen. Schon wieder schlafe ich mit ihnen ein.

KAPITEL 19

Es ist Freitag. Aber seinem Namen macht er heute wahrhaftig keine Ehre. Jedenfalls nicht in Bezug auf mich. Janice, Jim und Sarah dürfen sich auf einen weiteren entspannten Tag freuen und am Strand liegen. Aber für mich geht's direkt wieder los. Meine Beine geben alles, um zu verhindern, dass ich aus dem Bett komme, doch mein Wille ist stärker. Im Spiegel erschrecke ich beim müden Anblick meiner selbst. Ich erinnere mich an den Traum. An die Husky-Augen. Von Minute zu Minute steigert sich meine Lust auf den Tag. James verpasst mir mit seiner Heiterkeit einen weiteren Schub. Ob er weiß, dass ich nicht mit einem Bandmitglied üben will, wie ich es als Ausrede für das verpasste Frühstück genutzt habe?

Ich klopfe an Carrys Tür.

»Hey, Emily!«, nuschelt sie, denn die Zähne haben den Haargummi fest im Griff, während ihre Hände den Pferdeschwanz formen. Sie läuft zum Spiegel. »Und, alles okay?«, fragt sie schließlich.

»Ja«, entgegne ich.

»Kein Muskelkater?«

»Doch«, gebe ich zu, und wir müssen beide lachen.

»Darf ich mich bei dir umziehen?«

»Klar, mach ruhig.«

Ich stelle meinen Koffer ab und schließe die Tür. Alles sieht aus wie bei Dannie.

»Willst du heute den Song mit Dannie proben?«, fragt sie wegen des Gitarrenkoffers.

Ich wechsele meine Sachen im Badezimmer und erkläre ihr alles durch die minimal geöffnete Tür.

Ihre Antwort folgt umgehend: »Ja, das mit der Band hatte mir Dannie schon erzählt, da legst du ein ordentliches Pensum vor. Ich habe gestern auch noch mal mit Dannie geredet und ihm klar gemacht, dass er dir da mehr unter die Arme greifen muss. Du hilfst ihm hier immerhin aus der Patsche.«

»Hat er schon etwas zu Sonntag gesagt?«

»Ja, ihr trainiert dann abends, sagte er.«

Ein Glück!

»Und weißt du schon, wann ihr den Song aufnehmt?«, hakt sie nach, als ich das Bad verlasse.

»Noch nicht wirklich. Wir müssten es irgendwann in den nächsten Tagen machen. Mein Patenonkel hilft mir, er ist Produzent und hat ein eigenes Tonstudio. Er wird wahrscheinlich so zwei Tage brauchen, um ihn zu mixen und zu mastern.«

»Ah, okay. Wir hatten uns schon gefragt, ob du alles selbst am Computer machst, geht ja heutzutage. Ich bin auf jeden Fall schon richtig gespannt, wie er mit euren Stimmen klingt. Ich werde ihn ja leider erst nächste Woche Samstag hören können, wenn ich von meinem Job zurück bin, aber dann helfe ich dir natürlich auch, was dein Bühnen-Outfit und das Make-up angeht.«

Als ich an den Auftritt denke, wird mir gleich wieder schlecht! Lieber sollte ich mich auf zur Tanzhütte machen, Dannie wartet bestimmt schon. Ob er sich dort wieder umzieht? Will ich das? »Eine Frage noch, Carry. Kann ich meine Sachen bei dir im Bungalow lassen und nach dem Training noch bei dir duschen gehen?«

»Ja, klar. Aber die Dusche ist nichts im Vergleich zu denen im Hotel«, sagt sie.

»Ach, das ist kein Problem für mich.«

Offensichtlich hat ihr Dannie nichts von meinem Ausflug in seinen Bungalow erzählt. Na toll, jetzt muss ich wieder daran denken.

Erst in der großen Hütte zerstreuen sich die Gedanken. Überraschung – er ist schon in Tanzkleidung. Er legt das Handy zur Seite, und wir starten direkt. Sein Parfüm ... Er riecht wieder so verdammt gut! Jetzt, da Carry zusieht, gebe ich mir irgendwie noch mehr Mühe. Ich will ihr zeigen, was ich gelernt habe. Aber genau dadurch konzentriere ich mich zu sehr auf die Schritte und nicht auf den Rhythmus. Sie stellt sich hinter mich und legt ihre Hände auf meine Hüften, um sie unterstützend zu führen, während ich mit ihm tanze. Zunächst fühlt es sich komisch an, doch nach einiger Zeit ist es wie im Film und lässt mich dauergrinsen. Sie meint allerdings, dass ich lockerer werden könnte. *Könnte.* In Dannies Augen sehe ich ein *Muss!* aufblitzen.

»Mehr Spannung«, wispert sie.

Dannie führt mich nun wieder allein. Ich verlasse mich vollkommen auf mein Gefühl und stelle mir vor, ihre Hände wären noch da.

»Sie tanzt echt gut!«, flüstert sie in sein Ohr. Ganz bewusst so laut, dass ich es hören kann.

Carry weiß, wie man jemanden motiviert. Ich stelle mir Moms Stimme vor: *»Gut so, Schatz! Du kannst es! Vertraue dir selbst!«* Ohne ihre Stimme wäre ich nicht hier und hätte nie diese Chance erhalten.

»Lächeln.« Sie achtet auf die Details.

Die Körperhaltung, das Gesicht, die Schritte. Alle Details zusammen sind für mich noch zu viel. Noch. Ich werde daran arbeiten! Ich stürze mich ja aber auch in eine fremde Welt. Da kann ich nicht alles sofort können. Selbst als Naturtalent und in den Achtzigern wäre man dazu nicht in der Lage gewesen. Ich muss gestehen, dass es schwerfällt, das zuzugeben, wenn man eine ehrgeizige Person ist. Aber mit beiden zusammen macht es mir total viel Spaß, und wir werden es schaffen! Die gemeinsamen Bewegungen zeigen das. Wir tanzen immer öfter im Einklang.

Doch nächste Woche Sonntag ist die Rückendeckung weg. Dann werde ich mit Dannie allein auf der Bühne stehen und alles abrufen – ohne Stützräder. Es ist ein wahnsinniger Druck, der da auf mir lastet.

»Du packst das schon«, macht Carry mir in unserer Trinkpause Mut. »Immer am Ball bleiben. Ist erst der dritte Tag.«

»Der vierte«, korrigiere ich sie.

»Siehst du, und immer noch genügend Zeit.«

Carrys Lächeln ist voller Zuversicht. Ich muss ihre Worte aufsaugen. *Positiv bleiben, Emily, positiv bleiben!*

Dann wendet sie sich Dannie zu. »An welche Abschlusspose hast du eigentlich gedacht? Lift?«

Bitte? Ich soll einen Lift mit ihm machen? Früher habe ich davon geträumt. Aber in der Realität …

»Lift? Vergiss es«, kontert er.

Carry wendet sich mir zu. »Er mag den Film nicht.«

Ihre kleine Stichelei kommentiert er mit einem gleichgültigen Schnauben und Kopfschütteln, während er einen Schluck Wasser trinkt.

»Und trotzdem willst du in dem Musical mittanzen?«, frage ich ihn.

»Job ist Job.«

Kurz und knapp, wie immer.

»Aber mal ehrlich. Kein Kerl mag den Film«, nimmt Carry ihren Tanzkollegen in Schutz.

»Karussell können wir von mir aus einfügen«, sagt Dannie auf einmal.

Karussell? Meine fragenden Augen führen zu Carry.

»Du springst ihn an, schlägst deine Beine um seinen Hintern und streckst deinen Oberkörper. Er hält dich an der Hüfte, und deine Arme werden lang. Dann dreht er sich mit dir.«

Ich mach was? Nehmen sie mich gerade hoch? Ich soll ihn *anspringen*?

»Keine Angst, das bekommt ihr hin. Du musst eigentlich nur die Angst überwinden und ihm vertrauen. Die Drehung ist am schlimmsten, weil einem da leicht übel werden kann, wenn man keinen festen Punkt fixiert. Aber ein bisschen Training und ...«

Sie meinen das wirklich ernst?

»Das machen wir erst nächste Woche«, sagt Dannie und stellt seine Flasche weg.

»Hat er dich eigentlich schon wegen heute Abend gefragt?«, will Carry von mir wissen.

Heute Abend? Das mit dem verschobenen Tanztraining ist doch erst Sonntag. Er antwortet ihr kopfschüttelnd.

»Heute Abend ist im OLDIES der Tanzabend. Das ist ein recht großer Club, eigentlich nur für die junge Zielgruppe mit elektronischer Musik, aber heute spielen sie viele alte Songs. Das machen die im Sommer jeden Freitag. Wir waren da schon letzte Woche gebucht und heute auch wieder.«

»Ihr beide?« Mein Aufseufzen spricht die Ahnung aus, die mich beschleicht. Warum sollte er *mich* fragen? Doch nicht etwa, weil ich dort mit ihm eine Kostprobe geben soll?

»Wir alle, die ganze Tanzcrew. Sie wollen möglichst viele Tänzer dort haben. Da sind dann teilweise ganze Familien mit dabei, selbst Rentner. Wir tanzen alles vor, und sie tanzen die Bewegungen nach. Line Dance zum Beispiel. Das ist ein super Konzept des Clubbesitzers.«

Hört sich ja gut an, aber eigentlich warte ich nur auf die Auflösung, welche Rolle ich spielen soll. Ich kann unmöglich schon irgendwo auftreten, niemals!

»Die bekommen ihren riesigen Club mal wieder richtig voll, und außerdem sind sie dort auch der Ansicht, dass man den nächsten Generationen die eingestaubten Tanzstile zeigen muss. Funktioniert. Letzte Woche kamen ein paar junge

Leute am Ende zu uns und haben sich bedankt. Die sind dann megahappy, weil sie mal *richtig* tanzen können.«

Bei der Erinnerung strahlt sie. Nur kann ich das irgendwie nicht zurückgeben. Jedenfalls nicht, bis sie mich vollends aufgeklärt haben.

»Ist auch kein Wunder. Die springen doch nur noch rum im Club«, kommentiert Dannie.

Ich brauche jetzt Klarheit. »Wollt ihr etwa, dass ich mit euch tanze?«

»Nein, nein, keine Sorge!«, lacht Carry. »Aber vielleicht willst du ja mitkommen und es dir ansehen. Wir fahren mit sechs Autos, und bei uns ist noch ein Platz frei. Dannie hatte die Idee. Dann siehst du mal, was wir sonst so machen. Du gehörst ja eigentlich auch schon so gut wie mit zur Crew.«

Dannie hatte die Idee? Er will mich dabeihaben? *Mich?*

»Willst du nun oder nicht?«, wirft mir Dannie entgegen.

»Ja«, stammele ich und spüre den Anflug eines Vorfreude-Kribbelns.

»Perfekt!« Carry hält mir ihre Hand zum Abklatschen hin.

»Dann können wir ja weitermachen, oder?«, lässt Dannie verlauten.

Freude ist bei ihm zwar nicht sichtbar, aber hey, er wollte mich dabeihaben. Also gut. Genug geredet. Wir gehen wieder in Position. Dass sich aus dem ganzen Deal eine Freundschaft entwickeln könnte, hätte ich nicht für möglich gehalten. Aber irgendwie scheint genau das zuzutreffen. Zumindest auf Carry bezogen. Bei Dannie kann ich das ja nun wirklich noch nicht behaupten. Er schwankt noch zu sehr zwischen *losgelöster Kerl* beim Tanzen und *sturer Bock* abseits davon.

»Das ist jetzt ein Scherz, Em?«, sagt Lizzy.

Ich wusste es! »Nein«, erwidere ich vorsichtig. Und ja, ich habe Angst vor allem, was nun folgt.

»Was ist nur los mit dir? Du hast mir versprochen, dass du nie wieder was mit Sport machen wirst!«

Sie zu beruhigen wird ganz sicher eine Mammutaufgabe für mich. »Es ist alles okay, Lizzy. Ich habe heute schon zum vierten Mal getanzt, und es geht mir echt gut. Die Tabletten wirken!«

»Aha ...«

So bestürzt war sie noch nie. Aber sie hat kein Recht, auf irgendeine Weise enttäuscht zu sein. Eher ich!

»Ich wollte dir das erzählen, weil ich dachte: Wenn jemand Verständnis dafür hat und mich unterstützt, dann du.«

Für mehrere Sekunden herrscht Stille. Ich weiß nicht, ob sie mit dem Gedanken spielt, aufzulegen oder Janice anzurufen. Aber nein, der Ausdruck in ihrer Stimme ändert sich schlagartig: »Du hast recht, Em. Sorry. Ich will halt, dass es dir gut geht.«

Ich atme erleichtert aus. »Und das tut es. Ich würde dich doch nicht anlügen. Und mich selbst auch nicht. Der Doc sagte, ich darf mich sportlich betätigen, solange ich keinen Marathon laufe. Und ich habe total Spaß beim Tanzen. So viel Spaß hatte ich noch nie bei irgendwas!«

»Du bist ja auch noch Jungfrau.«

»Lizzy!«, maßregele ich sie.

Das war mal wieder echt unpassend. Seit sie Justin hat, macht sie das ständig. Ernsthaft, sie ist fast so schlimm wie Sarah.

»Ja, sorry.« Dann hebt sich ihre Stimme plötzlich an. »Mit wem tanzt du denn nun? Mit diesem heißen Typen, von dem du erzählt hast? Der, der singen kann?«

»Dannie heißt er. Und eine seiner Tanzkolleginnen hilft uns.«

»Und knistert es schon bei dir und *Dannie*?«

Ich lege gleich auf! »Er ist zu alt«, tue ich den Kommentar ab. Ist er doch, oder? »Er hilft mir jedenfalls bei dem Song, den ich mit Dad angefangen habe. Wir werden ihn auch für unseren Auftritt nehmen. Ich bin total nervös. Das ist die große Sommergala, da sind bestimmt alle Hotelgäste und sehen zu. Und die Mitarbeiter. Aber ich weiß, dass es mit Dannie nicht schiefgehen kann. Er gibt mir Sicherheit. Außerdem ist er der beste Tänzer.«

Seine Muskeln und Augen werde ich nicht erwähnen.

Aber sie hört auch so schon nicht auf. »Weißt du, wie du klingst? Als würdest du so richtig krass auf ihn stehen. Mach mir nichts vor, Em, ich kenne dich.«

»Lizzy«, ermahne ich sie erneut. Ja, sie kennt mich. Aber …

»Em! Sag einfach: ›Ja, Lizzy, du hast recht!‹«

Das hätte sie gern! Der anstehende Abend kommt mir in den Sinn. Davon wollte ich ihr noch erzählen. »Lizzy, sie wollen, dass ich heute Abend mit ihrer Crew mitkomme. Zu so einem Club, in dem sie auftreten.«

»Wäre es keine fünfstündige Fahrt, würde ich mir deinen heißen Tänzer direkt mal ansehen.«

Und ich suche mir eine neue beste Freundin! »Ich werde nur zugucken, denke ich.«

»Kommst du da überhaupt rein? Du bist doch noch nicht volljährig. Oder schleusen sie dich ein?«

»Nein, das ist altersunabhängig. Da kommen auch ganz junge Leute. Sie meinten, es ist ein Special mit älteren Tanzstilen, die viele in unserem Alter gar nicht mehr kennen. Praktisch eine Mischung aus Party und Tanzkurs, so, wie ich das verstanden habe.«

»Cool.«

»Also bist du jetzt okay damit, dass ich tanze?«, hake ich nach. Es ist mir unheimlich wichtig!

»Na ja. Ich hoffe einfach, du weißt, wo deine Grenzen sind, und hörst auf, wenn etwas nur im Entferntesten darauf hindeutet, dass du kurz vorm Umkippen bist.«

»Ich verspreche es dir, Lizzy! Ich will jetzt gleich zur Bandprobe. Heute werfe ich also *dich* aus der Leitung.« Der kleine Lacher muss sein. Außerdem hat sie es verdient!

»Bandprobe? Welche Band?«, erwidert sie.

Oh, davon weiß sie ja auch noch nichts. Es war einfach zu viel los in den letzten Tagen!

»Crazy Story, sage ich dir. Janice und Jim haben mich da einfach reingequatscht. Es gibt hier eine Band, die jeden Abend spielt, auch bei der Sommergala nächste Woche Sonntag. Und der Hotelchef, mit dem Jim und Janice so dicke sind, kennt den Direktor von meinem College. Der kommt zur Gala und will mich spielen sehen. Keine Ahnung, da kam halt eins zum anderen, das ist total verrückt! Ich wollte ja erst sagen, dass ich es nicht machen will, aber … Na ja, jedenfalls spiele ich jetzt die zweite Gitarre. Es ist aber auch ein gutes Alibi für das Tanztraining. Die anderen denken jedes Mal, ich muss für die Gala üben. Also, das mache ich ja rein theoretisch auch, aber …«

»Alter, Em. Wo bist du da nur reingeraten? Du machst doch Urlaub! Aber mich wundert's überhaupt nicht, dass Janice das, ohne zu fragen, eingetütet hat. Egal, du wirst schon wissen, was du tust.«

»Ich hoffe es! Aber ich muss jetzt wirklich los. Lass uns einfach morgen noch mal sprechen. Dann erzählst du mir auch, was bei euch so los war, okay?«

»Ja, alles klar. Und pass auf dich auf, Süße! Mach nicht zu viel, ja?«

»Versprochen. Bis später!« Ich lege auf und eile zum nächsten Punkt der Tagesordnung.

KAPITEL 20

Es ist ziemlich ungewöhnlich für Jim und Janice, einen Tagesausflug mit dem Auto zu machen. Aber wenn der Hotelier höchstpersönlich vorschlägt, mit ihnen in die Berge zu fahren und ein Naturreservat anzusehen, kann man halt nicht widerstehen. Sarah allerdings konnte. Aber auch nur wegen dieses Machos, der mit ihr spielen will. Ich möchte gar nicht wissen, was sie ... Ich war echt kurz davor, ihr zu sagen, auf welchen Typen sie sich da einlässt. Aber nein, das soll sie selbst rausfinden.

Langsam könnten Dannie und die anderen ruhig auftauchen. Punkt sieben haben sie gesagt, und jetzt ist es schon fünf nach. Ich weiß nicht, wann genau Janice und Jim zurück sein werden, und möchte echt keine Überschneidung riskieren. Wahrscheinlich machen sich die Mädels noch fertig. Ich frage mich, ob dieser Antonio auch dabei sein wird.

Nach ein paar weiteren Minuten kommen sie allesamt aus dem Wald geschlendert, die gesamte aufgestylte Tanzcrew. Sie haben sichtlich Lust auf den Abend, denn es wird lebhaft gelacht und mit den mitgebrachten Flaschen angestoßen. Gegen sie wirke ich wie die kleine graue Kirchenmaus. Und diese Maus ist nun noch aufgeregter. Zurück ins Hotel kann ich jetzt nicht mehr. Ich hoffe, Carry begrüßt mich und nimmt mir die Anspannung. Von Dannie kann ich das ja eher weniger erwarten. Er hat sich eine Jeansjacke über die Schulter geworfen. Sein dichtes schwarzes Haar sitzt locker und wippt leicht mit, er fährt einmal mit der Hand hindurch. Eines ist jedoch total ungewohnt: Er trägt eine Fliegerbrille mit golden schimmernden Gläsern. Die Augen bleiben mir also verborgen.

»Hi«, sagt er im Vorbeigehen.

Hi. Ein Wunder, dass er überhaupt etwas sagt. Er läuft zu einem älteren Wagen mit blassblauem Lack und steigt ein.

»Emily! Bist du bereit?«, meint Carry, die in einem Grüppchen mit Lisa und Peter läuft.

»Klar!«, sage ich, fühle allerdings etwas anderes.

Sie gehen zum selben Wagen wie Dannie, und Carry hält mir die Beifahrertür auf. »Bitte einsteigen, Tanztalent. Du bist unser Gast, darfst also vorn sitzen.«

Sein prüfender Blick mit leicht runtergezogener Sonnenbrille verunsichert mich. Will er mich überhaupt neben sich sitzen haben? Bei den Frisuren der anderen findet er meine offenen Haare sicher langweilig. Ich hatte auch wirklich keine Ahnung, was ich anziehen soll, habe mich letztendlich für eine dunkle Jeans und eine sommerliche Bluse mit verknoteten Bändchen entschieden. Zusammen mit den Stiefeletten würde das zumindest gut zum Line Dance passen, dachte ich.

Also? Nimmt er mich so mit? Er setzt die Brille wieder auf und steigt ein.

»Du siehst echt gut aus, Emily! Und vor allem riechst du toll!«, sagt Carry plötzlich, als auch ich mich ins Auto begebe.

Dannie startet den Motor und lässt einen beiläufigen Kommentar ab: »Na ja, ich hab schon Besseres gerochen.«

Lisa verpasst ihm daraufhin einen Schubser von hinten. »Dannie!«

Er dreht sich zu mir und löst seinen Scherz grinsend auf. Dann tritt er das Pedal durch. Alle Autos fahren zeitgleich los. Die Feierstimmung vom Rücksitz lässt meine Aufregung recht schnell verfliegen. Mit jedem Kilometer steigt die Laune, und, ja, selbst der extracharmante Parfüm-Liebhaber neben mir scheint aufzutauen. Ein Lachen zeichnet sich in seinem markanten Gesicht ab, als Peter einen Witz reißt. Ich weiß echt nicht, was mich erwartet, aber ich habe das Gefühl, der Abend könnte schön werden!

Während der ganzen Fahrt lache ich mehr als in den vergangenen neun Monaten zusammen. Lisa durchstöbert die Fotos der Tänzer, von denen sie angeschrieben wurde. Ein besonders pikantes Bild war eben Gesprächsthema Nummer eins auf der Rückbank, und Peter, der tatsächlich ihr Freund ist, wollte es unbedingt sehen.

Ich schaue immer wieder zu Dannie hinüber und bemerke, wie er öfter mit mir schmunzeln muss. Hinter uns bewerten die Mädels Sixpacks, die, laut Carry, alle Tänzer haben sollten. *Hat Dannie auch eins?* Aber nicht nur die kommen bei ihnen zur Sprache. Sie fragen mich ständig nach meiner Meinung, doch irgendwie schaffe ich es, den Fokus mit geschickten Zustimmungen von mir wegzulenken. Selbst wenn man wollte, und die vordere Reihe im Auto will bei diesem Thema: Man kann nicht weghören. Auch das von Dannie lauter gedrehte Radio bringt nichts. Sie lachen und kichern in einer Tour. Peter hat von den heimlichen Verehrern seiner Freundin anscheinend nichts gewusst. Irgendwann schießen sie sich auf Dannie ein. Er wird mit den Kerlen verglichen. Punkte werden vergeben. Sarkasmus erfüllt den Wagen.

Und ja, ich bekenne mich schuldig: Manchmal, wenn sie mir Fotos zeigen und ich mich aus Höflichkeit und weiblicher Verbundenheit umdrehe, beteilige ich mich in Gedanken. Während Dannie die absurde Schmach mancher Bewertung abwinkt, wirkt er erstmals wie ein ganz normaler Typ von nebenan. Als Peter dann noch meint, ein Profil in einer Dating-App anlegen zu müssen, zeigt Dannie tatsächlich seine lustige Seite und befeuert ihn. Mädchen gegen Jungs, aber immerzu ironisch. Meine Lachmuskeln schmerzen.

»Wir sind gleich da«, meint Dannie schließlich und nimmt Kurs auf eine Landstraße.

Bis auf ein paar Firmensitze und eine Tankstelle ist nur Brachland zu sehen. In der Ferne stechen hohe Häuser hervor. Die nächste Großstadt, nehme ich an. Wir befahren einen grauen Parkplatz mit einem großen Gebäude. Es gleicht einer überdimensionalen Turnhalle. Wenn das der Club ist, passen da sicher tausend Menschen hinein.

»Das ist es?«, stoße ich beeindruckt aus. An der Außenfassade prangen sechs Buchstaben: *O, L, D, I, E* und *S.*

Carry bejaht, von Dannie kommt: »OLDIES. Steht doch dran.«

Beim Aussteigen entdecke ich auf der anderen Seite ein Diner.

»Noch ist im Diner nicht viel los«, meint die immer aufmerksame Carry. »Da gehen aber nachher alle hin, wenn sie nach dem Tanzen Hunger haben.«

»Also auch wir«, merkt Peter vorfreudig an.

»Stimmt. Wir sind ihre besten Kunden«, sagt Lisa.

Dannie grätscht rein: »Beeilt euch. Wir haben nicht mehr viel Zeit für die Probe.«

»Ihr müsst vorher noch proben?«, rutscht mir raus.

»Ja, heute sind neue Tänze dran«, sagt Carry, während wir loslaufen.

Die Stimmung ist immer noch ausgelassen. Einige schubsen sich kumpelhaft, singen miteinander und vollführen Tanzschritte. Schon die Vorhalle hinter der Eingangstür ist wahnsinnig hoch. Eine Frau mittleren Alters begrüßt Carry. Alle anderen folgen Dannie in den Saal. Obwohl ich nicht mittanze, habe ich Herzklopfen, als ich dessen breite Eingangstür durchschreite. Wahnsinn! Die Tanzfläche ist riesig! An der Decke hängen in luftiger Höhe zahlreiche Discokugeln, große schwarze Lautsprecherboxen und unzählige Lampen mit bunten Schirmen. Es gibt eine breite Bühne, die, wie eigentlich die gesamte Einrichtung, ebenfalls schwarz ist. Grelles weißes Deckenlicht erhellt die Halle. Das ist zwar nicht sonderlich schön, aber so kann ich mich wenigstens umsehen, während Dannie mit den anderen zur Bühne geht.

»Die Musikanlage habe ich schon angestellt. Mein Mann kommt in einer halben Stunde. Ich muss noch den Einlass vorbereiten«, ruft die Frau von eben Carry hinterher.

»Alles klar, danke, Betty!«

»Habt ihr denn gar keine Tanzsachen dabei?«, frage ich Carry.

»Nein. Es soll so aussehen, als wären wir ganz normale Gäste.«

Anschließend wendet sie sich lautstark ihren Kollegen auf der Bühne zu: »So, Leute ... Ich würde sagen, wir gehen einfach mal kurz alles durch, damit wir platztechnisch auch okay sind. Ich lege schnell die Musik ein.«

Ich bin echt geflasht von diesem riesigen Club und kann mir kaum vorstellen, dass er nachher komplett gefüllt sein wird. Auf beiden Seiten gibt es jeweils eine Bar. Hinter einer von ihnen wird offensichtlich gerade aufgeräumt, denn ich höre es klimpern. Plötzlich donnert es aus den Lautsprechern. Nicht nur ich erschrecke mich. Ich spüre den Bass in meiner Brust mitschlagen. Carry joggt zurück zur Bühne, wo sie alle direkt loslegen.

Doch bevor ich zusehen kann, muss ich erst mal dringend eine Toilette finden. Vor der Tür spricht mich hinter einer Glasscheibe die Dame von eben an: »Na? Du tanzt wohl nicht mit?«

»Ich bin nur die Begleitung. Aber könnten Sie mir vielleicht sagen, wo die Toiletten sind?«

Sie deutet auf eine Tür gegenüber. *Zu den Toiletten* steht ganz groß darüber.

»Danke!«, bringe ich noch heraus und bin schon unterwegs.

Als ich einige Minuten später zurückkehre, ist sie gerade am Handy. Ich frage sie, wann die ersten Leute kommen.

»So etwa in anderthalb Stunden.«

»Wie viele werden denn heute erwartet?«

»Zweitausend ... plus/minus hundert.«

»Wow, das sind echt viele!« Jetzt weiß ich auch, warum der Club so riesig ist.

»Früher war das jeden Abend so. Aber die Zeiten haben sich geändert. Es wird mit jedem Jahr härter. Die Diskotheken in der Stadt machen jedes Wochenende ihre Specials und buchen bekannte DJs. Da können wir nicht mithalten. Deshalb versuchen wir etwas anderes. Aber jetzt hätte *ich* mal eine kleine Frage. Und zwar ist mir heute eine Mitarbeiterin krank geworden, die sonst unsere Karten abreißt. Würdest du vielleicht für sie einspringen? Nur, bis der große Ansturm vorbei ist. Für zwanzig Dollar?«

Ich würde ja gern helfen, aber ... »Ich habe so was noch nie gemacht«, entgegne ich.

»Ist wirklich kein großer Akt. Du müsstest dich nur mit den anderen an die Tür stellen und die Karten abreißen.«

»Okay ...«

»Danke, danke, danke! Da fällt mir jetzt wirklich ein großer Stein vom Herzen!«

»Ist doch kein Problem. Und Sie müssen mir auch nichts zahlen.«

Sie erklärt mir anschließend, wie genau alles ablaufen wird. Zeitgleich kommt ein junger Mann mit kurz rasierten Haaren hinein.

»Ah! Das ist Josh«, sagt sie. Er wird ebenfalls Karten abreißen. »Josh!«

Josh ist schlank und ein Schönling, wie Lizzy jetzt sagen würde. Er könnte glatt als Model durchgehen.

»Hi«, sagt er und streckt mir seine Hand entgegen.

»Emily.«

»Die junge Dame ist mit den Tänzern gekommen und springt freundlicherweise für Marybeth ein.«

»Okay«, sagt er.

Im selben Moment öffnet sich die Saaltür. Dannie. Mit dem Handy in der Hand blickt er erst zu mir und dann zu Josh.

»Was machst du hier?«, spricht er mich an. Seine Skepsis ist unübersehbar.

»Ich helfe heute beim Einlass«, antworte ich. »Das ist Josh. Er reißt mit mir die Karten ein.«

»Ab«, korrigiert mich Josh.

»Ab«, echoe ich. Oh Mann. Das ist für Dannie jetzt sicher echt schräg. Aber was soll ich machen, wenn ich doch ständig irgendwo hineinrutsche?

»Ich bin dann mal in der Umkleide. Wir können ja gleich weiterreden«, meint Josh zu mir.

Dannie bleibt noch kurz neben mir stehen. »Willst du was von dem?«, fragt er auf einmal.

Bitte? »Ich?« Ich bin überrumpelt. Was soll denn diese Frage? »Nein, natürlich nicht.«

»Sah so aus«, meint er, starrt wieder auf sein Handy und läuft schließlich nach draußen.

»Dein Freund?«, fragt mich die Clubbesitzerin.

»Nein!« Nach dieser Frechheit betone ich das Ausrufezeichen, als wären es zehn.

Danach gehe ich wieder rein, um die Situation irgendwie zu vergessen. Die Musik ist aus, und einige der Tänzer kommen mir entgegen.

»Na, wo warst du denn?«, will Carry von mir wissen, und ich gebe ihr Auskunft.

»Wow. Ziemlich nett von dir. Aber du kommst dann auch noch in den Saal, um ein bisschen Spaß zu haben, ja?«

»Klar! Ich helfe nur so lange, bis der große Ansturm vorüber ist.«

»Sehr gut. Denn du würdest wirklich was verpassen.«

Im Anschluss gehen wir nach draußen, wo Dannie abseits von der Gruppe auf dem verlassenen Parkplatz telefoniert.

»Du auch?«, fragt Lisa, nachdem sich Carry bereits an ihrer Zigarettenschachtel bedient hat.

Ich schüttele den Kopf. Was hat Dannie nur zu der Frage, ob ich was von Josh wollen würde, getrieben? Er macht einen leicht gestressten Eindruck beim Telefonieren. Hoffentlich geht es nicht um den Musical-Job. Carry sagt mir, dass er ein dringendes Gespräch führen muss. So sieht es auch aus. Und ohne ihn können sie für den nächsten Tanz nicht proben.

»Wie alt ist Dannie eigentlich?«, frage ich sie.

»Was schätzt du denn?«, entgegnet sie, bevor ihr Zeigefinger zum Abaschen auf die Zigarette tippt.

»So Mitte zwanzig.«

»Er ist dreiundzwanzig.« Sie nimmt einen Zug. »Zu alt für dich?«

Lisa und Peter grinsen.

»Nein, so war das nicht gemeint!«, erwidere ich prompt und drehe mich peinlich berührt weg.

Zum Glück ist Lizzy nicht hier, sie hätte direkt Verbündete gefunden! Nach ein paar Minuten beendet Dannie sein Telefonat und kommt zurück. Er massiert sich die Schläfen mit kreisenden Bewegungen und wirkt echt mitgenommen. Carry scheint sich ebenfalls zu sorgen, denn sie fragt ihn, ob alles in Ordnung sei.

»Ja, können weitermachen«, sagt er im Vorbeigehen.

Sein Gesichtsausdruck spricht jedoch eine andere Sprache. Er versucht eindeutig, das Telefonat abzuschütteln. Und irgendwie sieht es so aus, als wüssten die anderen ganz genau, wer dran war.

KAPITEL 21

Ich frage mich wirklich, warum ich von einer verrückten Situation in die nächste schlittere. Der große Chef ist mittlerweile schon da, der DJ ebenso. Was mich aber wirklich nervös macht, sind die Menschen, die vor der Tür auf den Einlass warten. Noch fünf Minuten. Sie sehen aus wie Pferde, die mit den Hufen scharren. Und gleich kommen sie reingestürmt. Ob Dannie auch so aufgeregt ist wie ich? Ich habe nicht nachgebohrt, wer am anderen Ende der Leitung war, aber ich hoffe, er kann den Abend trotzdem genießen.

»Seid ihr bereit?«, fragt Betty.

Meine Hände schwitzen. Wenn das *bereit* bedeutet, dann ja. Ich nicke und gebe dem mulmigen Gefühl damit noch mehr Raum, sich zu entfalten.

So schlimm kommt es dann doch nicht. Ich hatte die Befürchtung, es würde wie beim Aufschließen eines Kaufhauses zum Black Friday enden, doch es geht viel gesitteter zu. In sämtlichen Augen sehe ich ausgelassene Vorfreude. Sie wollen tanzen! Die Euphorie springt auf mich über. Und ich fühle mich auf einmal so privilegiert. Ich darf jeden Tag mit einem Profi tanzen, den sie nur für ein paar Stunden zu Gesicht bekommen. Ich muss die ganze Zeit grinsen – bei jedem Einzelnen, der sich von mir die Karte entwerten lässt. Das Foyer ist binnen Minuten proppenvoll. Ich glaube, sämtliche Einwohner der Umgebung sind heute Abend hier. Ob das Abreißen der Eintrittskarten deshalb eine oder gar mehrere Stunden dauert, kann ich echt nicht sagen, die Zeit rinnt mir wie Sand durch die Hände. Die Musik aus dem

Saal unterstützt das Gefühl noch. Irgendwann, als der Ansturm abgearbeitet ist, meint Josh, dass er den Rest auch allein schaffe und ich mit dem spaßigen Teil des Abends beginnen könne.

Also betrete ich den Clubsaal, in dem schon unglaublich viele Leute zu den ausgewählten Evergreens tanzen. Durchsagen des DJs heizen zusätzlich an. Nach dem aktuellen Song erzählt er, dass es nicht mehr lange dauern wird, bis endlich die Tänzer die Bühne neben ihm rocken und wir alle was dazulernen. Sämtliche Gäste bejubeln die Ansage frenetisch. Einfach nur wow! Es ist fast so, als hätten die Menschen die gesamte Woche auf diesen Augenblick hingefiebert. Man kann sich als Tänzer wohl keine schönere Atmosphäre wünschen. Ich freue mich so sehr für sie. Die nächste Ansage folgt sogleich: »Leute, Leute, alle Tanzverrückten aufgepasst ... Hier sind sie, nur für euch ... unsere großartigen Tänzerinnen und Tänzer! Lasst sie mal durch, Leute. Wir wollen doch alle mit ihnen taaanzeeen.«

Anschließend brandet in der ganzen Halle Händeklatschen mit Anfeuerungsjubel auf. Ein Countrysong setzt ein. Line Dance! Carry trägt ein Headset und gibt den Menschen Anweisungen. Sie wiederholen die Schritte von letzter Woche. Alle Tänzer sind total synchron. Und bald nicht mehr nur sie, auch die Menschen hier unten auf der Tanzfläche sind es. Die kleinen ausgewählten Bewegungen sehen recht einfach aus. Das Hauptaugenmerk liegt auf den Füßen. Die Beine werden hin und her geschwungen. Dann klatschen sie sich ab und legen ihre Hände an die Hüften. Die Leute sind voll dabei. So, als hätten sie die Choreo schon Dutzende Male identisch umgesetzt. Etwas später tanzen jeweils mehrere Menschen zusammen. Fußstampfen, Hüftkreisen, Händeklatschen, engerer Paartanz, sogar mitschwingende Cowboyhüte. Der Anblick ist eine echte Wucht, und ich wünschte, ich könnte mitmachen. Aber dafür bräuchte ich noch viele Trainingsstunden, sehr viele! Ich war ja schließlich noch nie hier dabei. Trotzdem: Diese Lust am Tanzen, die aktuell durch den Saal schwirrt, ist einfach nur berauschend. Niemand steht still, die Hocker an der Bar bleiben leer. Selbst die Barkeeper tanzen mit. Der Stimmung ist am Kochen. Ich finde keine Worte für dieses Spektakel. Es ist surreal. Ja, das trifft es! Einfach surreal!

Mir springt ein alter Mann ins Auge, ein echter Line-Dance-Profi. Den vorgegebenen lockerleichten Kick führt er mühelos aus. Einen Fuß schwingt er nach vorn, stellt ihn auf und vollführt mit dem anderen einen kleinen Tap hinter sich. Ich versuche, die Tanzbewegung nachzuahmen, aber es will mir nicht wirklich gelingen. Es kommen immer mehr Songs hinzu, und niemand macht schlapp. Weil sie es im Blut haben! Ob jung oder alt. Dannies Crew zeigt immer wieder neue Schritte. Nach dem fünften Countrysong folgt ein Wechsel zum Rock 'n' Roll. Schlagartig springen die Tänzer von der Bühne hinunter in die Menge. Sie schnappen sich wahllos Tanzpartner und führen sie. Überall bilden sich Trauben, in deren Mitte getanzt wird. Eine Familie in meiner Nähe beklatscht den Großvater, der mit Lisa über den Boden schwingen darf. Peter hat derweil eine ältere Dame ausgewählt, und diese liefert so richtig ab! Wenn ich nur so tanzen könnte. Aber wo ist Dannie?

Sehen kann ich ihn vor lauter Menschen nicht. Eine Tänzerin der Crew mischt eine Gruppe Teenager auf. Ich mache es wie viele andere und klatsche im Takt mit. Minutenlang und über mehrere Songs hinweg. Und dann erscheint Dannie doch in meinem Sichtfeld. Er bahnt sich leicht tänzelnd seinen Weg durch die Masse. Fast könnte man meinen, er bewegt sich auf mich zu. Oh nein … Er wird doch nicht etwa? Als er bei mir im übersichtlichen Eingangsbereich ankommt, streckt er seinen Arm aus. Seine Finger geben mir die Anweisung, sie zu berühren. Es ist genau wie im Ballsaal des Hotels. Diesmal allerdings ist Janice nicht in der Nähe. Ich reiche ihm meine Hand. Wie konnte er mich bei all den

Menschen entdecken? Wir haben bereits Stunden zusammen in der Tanzhütte verbracht, und niemand hier im Saal beobachtet uns, dennoch strömt diese unbändige Nervosität durch meine Adern.

»Was tanzen wir?«, schreie ich nah an seinem Hals, damit er mich überhaupt verstehen kann, aber Elvis singt derart laut, dass daraus nichts wird.

Seine große Hand wandert zu meinem Brustkorb. Er legt sie direkt auf mein Herz und klopft im Takt mit, als wollte er mir sagen, dass ich nur die Musik fühlen und mich ihr hingeben soll. Doch könnte es auch sein, dass mein donnernder Herzschlag seine Finger auf- und abspringen lässt. Noch bevor ich mich versehe, wirbelt er mich auch schon über das Parkett. Er dreht mich immer wieder. Gut, dass ich eine zusätzliche Tablette genommen habe!

Wenig später lässt er mich auf der Stelle stehen, während er um mich herumtanzt. Dann geht er nach unten. Tiefer und tiefer. Schlussendlich ist sein Kopf … da unten! Mein Körper fährt Achterbahn. Was ist hier los? Was soll ich tun? Er kommt wieder hoch, und wir tanzen weiter. Keine Spur von unseren einstudierten Schritten. Alles läuft intuitiv. Er führt und ich lasse mich führen. Der einsetzende Song ist für engen Körperkontakt wie geschaffen. Mir wird von Sekunde zu Sekunde heißer. Ich kann nicht anders. Ich bewege meine Hüfte so gefühlvoll wie möglich. An seinen Blicken sehe ich, dass es ihm gefällt, also mache ich weiter. Ich tanze und tanze, losgelöst von allem. Hinein in die Nacht. Und ich werde ihn garantiert nicht weiterziehen lassen. Niemand sonst soll mit ihm tanzen! Nein, Leute, heute Abend gehört dieser Mann nur mir!

KAPITEL 22

»Emily. Du sagst ja gar nichts mehr«, meint Carry.

Wie könnte ich auch? Die erlebten Szenen spulen wie ein Film vor meinem geistigen Auge ab. Selbst den Bass spüre ich noch. Und ich genieße es, durch und durch.

»Emily?«, hakt sie nach.

Schon vorhin im Diner haben sie mich gefragt, ob ich in einer Art Trance bin. Und ja, so fühlt es sich tatsächlich an. Ich sitze im Auto mit den vielleicht tollsten Menschen, die ich je kennengelernt habe. Bei ihnen kann ich mich auf seltsame Weise fallen lassen und weiß, ich bin in Sicherheit.

»Es war einfach nur der Hammer!«, stoße ich aus.

»Das war heute wirklich richtig nice!«, meint Peter.

»Wahnsinn, vor allem, als wir wieder auf die Bühne hoch sind«, stimmt Lisa mit ein.

»Oh ja«, seufzt Dannie.

Irgendwas in mir hofft, dass er mit diesem kaum hörbaren Kommentar auch mich lobt. Unseren Tanz. Für meinen Geschmack könnte die Fahrt noch ewig andauern, aber leider befahren wir bereits den Hügel hinab zum Hotel. Dieser emotionale Dauerzustand darf nicht enden, denn die Endorphine, die mich wie Glühwürmchen umflattern, wollen noch nicht schlafen gehen. *Jetzt* weiß ich, warum Mom nach dem Ballett immer so sehr strahlte, warum sie so darin aufging, warum es ihr so viel gab. Es war nicht mehr nur Spaß, den ich beim Tanzen hatte. Nein, im OLDIES kam noch etwas anderes hinzu: Leidenschaft.

»Macht ihr das nächste Woche auch wieder?«, frage ich, als Dannie einparkt.

»Geht leider nicht. Wir sind für andere Jobs gebucht. Aber der Boss vom OLDIES wechselt die Tänzer eh regelmäßig, damit die Leute immer was Neues sehen«, sagt Carry.

»Ja, das ist total dumm, wir könnten das echt jede Woche machen!«, meint Lisa.

Eigentlich würde ich es richtig toll finden, jetzt noch ein bisschen mit den anderen abzuhängen, aber es ist auch schon wahnsinnig spät, und sie sind alle geschafft.

»Gute Nacht, Emily!«, sagt Carry und umarmt mich.

Auch Lisa und sogar Peter drücken mich. Und Dannie? Natürlich nicht.

»Bis morgen früh beim Training!«, sagt er und lächelt dabei.

Er hat gelächelt. Ja, er gelächelt!

»Bis dann«, sage ich.

Hätte ich lieber eine Umarmung gehabt? Jedenfalls ist da dieser Anflug von Enttäuschung. Mit ihr im Bauch gehe ich ins Hotel.

»Emily. Du warst noch so spät unterwegs?«

»Ja. Ich war noch mit den Tänzern weg.« Was rede ich denn da? Jetzt kann ich es nicht mehr zurücknehmen. Aber okay, es ist James. Der diskreteste Mensch des Planeten, der offensichtlich auch niemals Feierabend macht.

»Der Auftritt im OLDIES?«

»Ja. Aber bitte sagen Sie es niemandem, James.«

Daumen und Zeigefinger zeigen mir, dass sein Mund verschlossen bleibt. »Wie war es denn?«

»Schön. Es war richtig schön.« Ich will diesen traumähnlichen Zustand einfach nicht gehen lassen!

»Dort war ich früher sehr oft mit meiner Frau.«

»Und jetzt nicht mehr?« Ich meine, es waren viele Menschen in seinem Alter dort. Schämen müsste er sich wegen seines Alters überhaupt nicht.

»Meine Frau ist leider vor einigen Jahren verstorben. Und allein fühle ich mich dann doch etwas fehl am Platz.«

Wie schrecklich! »Das tut mir leid.«

»Nun ja, ich habe doch ohnehin immer etwas zu tun. Eine Rezeption ist der beste Zeitvertreib.«

Nachdem ich ihm eine gute Nacht gewünscht habe, empfängt mich der Fahrstuhlspiegel. Ich kann einfach nicht mehr aufhören zu grinsen, Umarmung hin oder her. Diese kurzen Blicke, die er mir im Diner zugeworfen hat. Ich musste so oft ertappt ausweichen. Wenn ein Leben tatsächlich so etwas wie eine *Beste Tage*-Wertung hat, würde es dieser garantiert in die Top Ten schaffen.

Im Bett angekommen, sind die Bilder allgegenwärtig, auch wenn meine Müdigkeit langsam die Oberhand gewinnt. Was in dieser Nacht mein letzter Gedanke sein wird, kann ich nicht mit Sicherheit sagen, aber ich kann es mir denken. Ja, ich kann's mir definitiv denken!

KAPITEL 23

Ich bin frisch geduscht, habe meine Tabletten genommen und fühle mich bereit für den neuen Tag mit all seinen Herausforderungen. Nach dem gestrigen emotionalen Abend kann doch eigentlich überhaupt nichts schiefgehen. Schnell noch Haare trocknen, meinen Gitarrenkoffer schnappen und auf! Allerdings komme ich keinen Meter weit, denn Jim empfängt mich auf dem Flur mit einem starren Gesichtsausdruck.

»Hey. Guten Morgen!«, sage ich.

Seine Mimik ist wie versteinert. Hatte er etwa Stress mit Janice?

»Kommst du mal mit rein?«

Ruckartig sackt mein Blutdruck zusammen, ein verdammt komisches Gefühl stellt sich ein. Ich folge ihm in ihre Suite. Janice sitzt im Sessel und sieht mich grantig an.

»Gibt es ein Problem?«, frage ich zögerlich.

»Wir sind besorgt um dich. Wegen gestern«, beginnt sie.

Oh nein! Hat James etwa was verraten? Oder hat mich Sarah doch reinkommen hören?

»Du warst so lange unterwegs. Wir haben uns Sorgen gemacht«, sagt mein Onkel.

»Und machen uns immer noch welche!«, fügt sie hinzu.

Der Nachdruck ihrer Worte drängt mich zurück zur Tür. »Ich war nur mit Alex und seinen Freunden unterwegs«, erkläre ich in dem Wissen, dass ich sie damit weiterhin für dumm verkaufe, sollten sie die Wahrheit längst kennen.

Jim scheint sich zu sammeln, bevor er weiterspricht: »Hast du Alkohol getrunken, als du unterwegs warst?«

»Was? Nein! Ihr wisst doch, dass ich keinen Alkohol trinke.« Die Skepsis ist förmlich in ihre Gesichter gestanzt. »Wirklich nicht.« Ich gebe mein Bestes, den Nachdruck meiner Tante zu imitieren.

»Du warst aber sehr lange weg«, erwidert Jim leise.

»Wie kommt ihr denn darauf, dass ich ...?«

»Der Kellner ... Alex. Sarah hat ihn trinken sehen.«

Sarah? »Wann?« Es muss ja vor seinem Feierabend gewesen sein.

Erst jetzt meldet sich Janice wieder zu Wort: »Das spielt doch keine Rolle!« Ihr Ton wird immer aggressiver.

»Frank Mallow hat uns bestätigt, dass er schon einmal wegen Alkohol aufgefallen ist«, erklärt mir Jim. »Emily, du weißt, dass wir auf dich aufpassen müssen! Wir wissen nicht, ob dich nicht doch mal jemand überredet. Und wir wollen auch nicht, dass du von einem Betrunkenen irgendwo hin kutschiert wirst.«

Ich weiß das selbst. Glauben sie ernsthaft, ich würde die Wirkung des Medikaments freiwillig reduzieren, nur um Alkohol zu trinken?

»Du bleibst immer im Hotel, keine Fahrten mehr!« Für Janice war das das Schlusswort.

Was passiert hier? Es ist doch seine Angelegenheit. Außerdem ist Alex pflichtbewusst, er würde niemals betrunken fahren!

»Wir werden mal mit diesem Alex reden«, sagt Jim.

Ernsthaft? Jetzt will er auch noch Alex damit konfrontieren? Ich muss wirklich zusehen, dass ich vorher mit ihm spreche. Aber zuallererst muss ich hier weg. »Ich habe noch nie Alkohol getrunken, und ich werde es auch nie tun«, sage ich beim Verlassen der Suite.

Es ist unglaublich! Noch einen draufsetzen ... Als hätte der Zusammenbruch nach dem Volleyballspiel nicht gereicht?

Glauben sie wirklich, ich würde das tun? Das ist doch völlig absurd!

Ich glühe, als ich die Flucht antrete. Hätte ich die Tablette vorhin nicht genommen, wäre es gleich so weit. Und alles nur wegen dieser unsinnigen und total haltlosen Konfrontation. Ich wurde noch nie derart in die Mangel genommen. Und dann noch diese fiese Miene von Janice. In Gedanken hat sie mir bestimmt etwas wie »Du elende Säuferin! Was bin ich enttäuscht von dir!« an den Kopf geknallt. Den Start in diesen Tag habe ich mir definitiv anders vorgestellt.

Auf dem Weg nach unten weicht die Anspannung nur minimal. Ich fühle mich, als hätte ich das harte Training bereits hinter mir, so ausgelaugt bin ich.

Bevor ich die Tanzhütte betrete, atme ich dreimal tief durch. Wenn ich ihnen alles erzähle, kommt es sowieso nur zu Fragen. Vermutlich würde es sie noch nicht mal interessieren.

»Es tut mir so leid! Meine Tante und mein Onkel haben mich aufgehalten! Ich wollte schon längst hier sein, wäre ich auch gewesen, aber ... Tut mir wirklich leid!«

»Emily, entspann dich!«, erwidert Carry lachend. »Du bist gerade mal ein paar Minuten zu spät.«

»Wir haben eben über deinen Song geredet«, sagt Dannie.

Meinen Song? Das ist ... perfekt! Über Musik reden – genau das brauche ich jetzt! Seine Worte ziehen mich abrupt raus aus dem Tal der negativen Gedanken und hinein in meine Wohlfühlzone.

»Ich habe so was noch nie gemacht. Ich weiß nicht, ob ich da eine Hilfe sein werde.«

Kam dieser Satz wirklich aus *seinem* Mund? Dass er sich selbst so unter den Scheffel stellt, ist allerdings echt niedlich.

»Ich bin mir sicher, dass es klappen wird!«, entgegne ich.

Der Gedanke an das gemeinsame Schreiben elektrisiert mich. Ich würde am liebsten sofort am Song arbeiten. Aber ich muss mich zügeln. Schließlich steht das Training an, das vorletzte mit Carry.

»Wann wäre es dir denn recht?« Die Augenbrauen-Berührung untermalt seine überraschende Frage.

Hat Carry ihm etwa befohlen, endlich mal mit mir über den Song zu sprechen? Oder macht er es aus freien Stücken? Nach dem gestrigen Abend möchte ich so gern an die zweite Variante glauben.

»Hm, vielleicht morgen nach unserem Training?«, schlage ich vor. So hätte ich nämlich noch etwas Zeit, um mich darauf einzustellen. Ich muss unbedingt mit Onkel Thomas reden.

»Okay«, entgegnet er.

Okay? Einfach so?

»Cool«, äußert Carry und klatscht zweimal kurz hintereinander. »Die Drehung von gestern war ja noch nicht wirklich optimal. Daran müssen wir jetzt arbeiten!«

KAPITEL 24

Ich stecke gerade mein Handy weg und freue mich irre darüber, dass Onkel Thomas meinen Song zwischen seine vielen Auftragsproduktionen quetschen wird, da taucht auf einmal Alex auf. Oh nein, ich hatte ihn total vergessen!

»Alex«, äußere ich besorgt. Hoffentlich haben sich die anderen nicht schon auf ihn gestürzt. »Meine Tante und mein Onkel haben mich auf gestern angesprochen, weil ich ihnen ja eine Nachricht geschrieben hatte, dass ich noch mit dir wegfahre.«

»Ich habe auch niemandem etwas anderes erzählt, keine Sorge«, versichert er und überreicht mir den Beutel mit den Salaten.

»Ja ... ich weiß, aber ... « Wie unangenehm mir das ist! »Sie meinten, dass Sarah wohl gesehen hat, wie du Alkohol getrunken hast. Und deswegen ...«

Weiter komme ich nicht, denn er lacht plötzlich los.

»Warum lachst du?«

»Na, weil das ein alkoholfreies Bier war. Ich war gestern Nachmittag unten am See und habe mit den Jungs von der Küche in ihrer Pause angestoßen. Sarah hat da gerade mit David Tennis gespielt.«

Oh Mann, Sarah! Alles nur ein riesiges Missverständnis. Ich wusste es! Ihre Zunge ist so oft schneller als ihr Verstand. »Sie hat es ihren Eltern brühwarm aufgetischt. Mr. Mallow hat ihnen dann auch irgendwie erzählt, du hattest schon mal einen Vorfall ...«

»Ach das. Ein Gast hatte einen Whisky zum Pavillon bestellt, und ich habe ihn ihm gebracht. Und dann hat er mich halt gebeten, ihm kurz Gesellschaft zu leisten. Er war allein im Hotel und hat Ausschau nach Frauen gehalten. Er wollte von mir ein paar Infos. Für ein ziemlich hohes Trinkgeld. Dummerweise war das zweite Glas, was ich ihm holen sollte, für mich gedacht. Jedenfalls wollte er, dass ich mit ihm trinke, habe ich aber nicht. Doch offensichtlich hat mich jemand mit dem Glas gesehen, und ich bekam eine Abmahnung.«

Oh nein, wie unfair ist das denn! »Das müssen wir bei den Mallows klarstellen, bevor …«

»Ja, ich erzähle dem Mallow einfach die Wahrheit. Die Jungs aus der Küche werden es ihm bestätigen. Wird schon. Wir sehen uns, Emily.«

Kaum ausgesprochen, dreht er um und verschwindet. Hoffentlich liegt er richtig, und das Problem löst sich in Luft auf. Alles nur, weil ich ihn als Ausrede benutzt habe.

»Sind das die Salate?«, fragt Carry mit großen Augen, als ich wieder reinkomme. »Du bist so süß, danke!«

»Ich habe mit meinem Patenonkel geredet. Klappt alles! Er schiebt uns dazwischen«, berichte ich ihnen.

»Wir könnten es auch bei mir im Bungalow aufnehmen«, schlägt Dannie plötzlich vor.

Wouh. Schon wieder bin ich geplättet. »Gern«, antworte ich wie aus der Pistole geschossen. Vorfreude packt mich, sie will mich am liebsten sofort tanzen lassen, aber erst mal wird gegessen. Noch zwei Stunden Training. Die Drehung mit den Folgeschritten wird bald funktionieren!

Ich blicke beim Essen ständig zu ihm rüber. Mittlerweile sehe ich einen ganz anderen Menschen. Und mit diesem Menschen werde ich das zu Ende bringen, was ich mit Dad begonnen habe, bevor das Leben uns eiskalt erwischte. Ich bin mir sicher, Dad ist darüber genauso happy wie ich!

KAPITEL 25

Ich möchte die Stimmung hier am Tisch nicht noch weiter drücken, also erspare ich mir einen Kommentar in Richtung Sarah. Wie oft ich schon ähnliche Sachen runtergeschluckt habe, um keinen Staub aufzuwirbeln. Eigentlich bräuchte sie aber dringend jemanden, der ihr den Spiegel vorhält, damit sie diese verletzende Seite selbst sieht und sie ablegt. Janice behandelt mich jedenfalls immer noch wie einen Sträfling. Und Jim unterhält sich ausschließlich mit seiner Tochter. Ich bin jedenfalls heilfroh, dass sich die Belegschaft für Alex stark gemacht hat und nun alles vom Tisch ist. Mein Handy vibriert zum richtigen Zeitpunkt. Lizzy hatte mir versprochen, sich zu melden, wenn sie Luft hat. Doch als ich aus dem Saal raus bin, steht als Absender *Carry* auf meinem Display.

Hey, Emily. Willst du rauskommen? Wir sind beim Volleyballplatz!, steht in der Nachricht.

Volleyballplatz? Zeit mit Carry, Dannie und den anderen verbringen, anstatt zum Tisch mit meinen gut gelaunten Verwandten zurückzukehren?

Bin gleich da!, texte ich zurück. Mir fehlt nur noch eine Ausrede. Die Bandkollegen müssen herhalten. Jim nickt bestätigend.

Draußen werde ich von Carry und Lisa schon auf der Wiese vor dem Sandplatz abgefangen.

»Emily, du musst unbedingt zu uns ins Team kommen.«

Mist, daran habe ich überhaupt nicht gedacht. Es geht nicht, ich darf nicht! Das zusätzliche Hydrocortison ist längst aufgebraucht. Ich habe Glück im Unglück, denn in diesem Moment ruft eine der Tänzerinnen: »Carry, Lisa! Wir sind vollzählig!«

Carry blickt mich enttäuscht an: »Oh sorry, Emily, aber nächste Runde bist du dann mit dabei!«

Und schon rennen beide zur rechten Hälfte, wo die ganzen Mädels stehen. Meine Augen wandern dankbar gen Himmel, und ich nehme erleichtert auf der Bank neben Peter und der rothaarigen Victoria Platz, die beide nicht gern Volleyball spielen. Eine Lautsprecherbox steht vor uns und spielt laut Musik. Alle singen den Refrain mit. Wo ist Dannie? Ich sehe ihn nicht.

Nach etwa einer Viertelstunde erscheint er wie von Geisterhand neben uns. Mit einem Bierkasten. Seine Muskeln wirken dadurch noch ausgeprägter als sonst.

»Ahu!«, schreit er kurzerhand im Refrain mit und ruft dann laut: »Der Partybote ist da!«

Er lacht, wirkt frei und losgelöst. Dann entdeckt er mich hinter Peter und staunt nicht schlecht. »Du auch hier?«

Irre ich mich oder ist das Freude in seinem Gesicht? *Träum weiter, Emily!* »Carry hat mich gefragt, ob ich herkommen will.«

»Sind gleich fertig!«, ruft Carry ihm zu.

Nachdem er Peter eine Flasche gereicht hat, hält er mir eine hin: »Du auch?«

»Sie trinkt doch keinen Alkohol«, wirft Peter aufmerksam ein.

»Stimmt«, gibt er vor, sich zu erinnern, und nimmt zwischen uns Platz.

»Warst heute echt gut«, presst er plötzlich hervor und nimmt einen Schluck.

Ich weiß nicht, was ich sagen soll. Träume ich? »Ich habe aber wieder einiges vermasselt«, murmele ich.

»Emily, du hast vorher echt nie getanzt?«, fragt Victoria.

»Nein.« Zu gern würde ich mich erklären.

»Krass. Und dann in so kurzer Zeit eine Choreo einstudieren. Respekt!«

»Sieg!«, jubelt Carry laut vom Platz aus.

»Wir Mädels sind einfach die besseren Spieler. Das hat es mal wieder bewiesen!«, schreit Lisa den Jungs entgegen.

Das Spiel ist beendet. Sie nehmen sich alle ein Bier und setzen sich im Schneidersitz vor uns in den Sand.

»Wisst ihr was? Wir könnten Flaschendrehen spielen!«, sagt Lisa nach ein wenig Small Talk.

Flaschendrehen? Das habe ich das letzte Mal mit vierzehn gespielt. Ich denke nicht, dass erwachsene Tänzer Gefallen an einem Teenagerspiel finden. Doch ich liege so was von daneben!

»Wir können Dannies Flasche nehmen«, meint Victoria, woraufhin er den Rest leert.

Carry nimmt sie ihm ab und legt sie in den Sand. Alle platzieren sich drumherum. Ja, auch wir. Na großartig! Dannie sieht auch nicht sonderlich erfreut aus. Doch wir haben keine Wahl. Neben mir sitzen Victoria und Carry, was es etwas erträglicher macht. Wie hoch ist wohl die Wahrscheinlichkeit, dass der Flaschenhals bei diesem großen Kreis von Menschen ausgerechnet auf mich zeigen wird? Carry streicht den Sand unter der Flasche ordentlich glatt, damit sie sich besser drehen lässt. Und dann fragt sie, wer starten möchte.

»Du«, entgegnet Lisa prompt.

»Okay. Also ... der Auserwählte muss breakdancen! Und zwar hier im Sand!«

Da muss ich wohl keine Angst haben, denn ich habe noch nie etwas gemacht, das einem Breakdance-Move auch nur im Ansatz nahekommt. Und wer es nicht kann, muss es schließlich auch nicht machen. Oder? Ein bisschen Herzklopfen habe ich trotzdem.

Es erwischt einen der Jungs!

»Toniooo!«, freut sich Lisa.

Tonio? Antonio? Hat sich Dannie mit diesem muskulösen Südländer geprügelt?

»Trifft ja den Richtigen«, meint Carry.

Ich frage sie leise, ob Tonio Antonio ist, und sie bejaht. Derweil lehnt er sich auf seine Schulter, die rechte Gesichtshälfte liegt im Sand. Er stützt sich mit seinen Händen ab und stemmt den Körper samt angewinkelten Beinen kunstvoll nach oben. Und dann springt er. Dannie quatscht unterdessen mit der Tänzerin neben sich. Alle anderen feiern Antonio für seine professionellen Moves, die wirklich professionell aussehen. Anschließend kehrt er zu seinem Platz zurück und streicht sich den festgeklebten Sand ab.

»Guys! Ich will, dass der Nächste erzählt, wen er hier von allen am heißesten findet«, sagt er und setzt die Flasche in Bewegung.

Sie wird immer langsamer und zieht am Ende zum Glück an mir vorbei. Aufatmen! Der Hals stoppt zwischen einem der Tänzer und Victoria. Die Gruppe stimmt mehrheitlich für sie, und ich begreife auch, warum. Antonio selbst ist nämlich der Auserwählte. Er stiert sie an, als wollte er ihr mitteilen: *Du musst es nicht aussprechen!* Er greift erneut zur Glasflasche. Die anderen murren, doch er lässt sie kreisen. Mein Herz beginnt wieder schneller zu schlagen. Ich bete!

Carry! Es trifft sie. Aber sie lächelt ganz smart.

»Dannie natürlich.«

Es wundert mich nicht. Von den ganzen Kerlen hier sieht er definitiv am besten aus. Er grinst ihr entgegen, während sie ihm einen scherzhaften Luftkuss zuwirft. Anschließend widmet sie sich der Bierflasche. Eine weitere Runde kann ich aufatmen. Es trifft Lisa. Sie muss mit einem Tänzer ihrer Wahl die legendäre Szene aus *Grease* nachspielen und dabei singen. Ich muss sofort an Dannie und Carry denken. An seine Stimme, den Auslöser für alles. Sie wählt Antonio und liefert mit ihm einen Lacher, denn sie übertreiben bei der Inszenierung maßlos. Lisa wünscht sich daraufhin eine heiße *Fifty-Shades*-Szene. Max soll der oder dem Auserwählten als Partner dienen. Er ist noch mal stärker gebaut als Antonio und trägt den Spitznamen Magic Max sowie ein Muscle-Shirt. Na ja, da mag ich das einfache Shirt von Dannie doch irgendwie lieber. Als ich Dannie ansehe und mir vorstelle, wie er den Christian Grey gibt, rotiert die Flasche schon. Plötzlich schreien alle auf. Ich sehe nach unten.

Oh nein!

Das Blut schießt mir in die Beine, ein überaus deutlicher Befehl. Ich soll wegrennen. So schnell ich kann. Doch die Gruppe klatscht bereits im Gleichtakt.

Lisa ruft: »Emi-ly! Emi-ly! Emi-ly!«

Einer nach dem anderen stimmt mit ein. Ich blicke Hilfe suchend reihum. Zu Max, der schon bereitsteht und mich erwartungsvoll ansieht. Zu Carry, die mir ein aufmunterndes Lächeln schenkt. Und zu Dannie, der in seine Flasche grinst. Niemand will mich retten. Das darf einfach nicht wahr sein!

»Du schaffst das schon. Lass ihn einfach machen«, spricht mir Carry ins Ohr.

Und schon zieht Max mich hoch. Sie wollen alle eine Show haben, ihre Gesichter sabbern ja förmlich. Nur Dannie und Carry halten sich freundlicherweise mit dem Händeklatschen zurück. Er schleift mich ein Stück weg von der Gruppe und dreht mich ihnen zu. Keine Sekunde später spüre ich seinen Atem an meinem Ohr: »Bleib einfach schön stehen.«

»Okay«, wispere ich, weiß aber nicht, ob er mich versteht.

»Musik!«, fordert er, und sie setzt ein.

Ich bin offiziell aufgeschmissen! Max greift mit überkreuzten Armen den Saum seines Shirts und zieht es ganz langsam hinauf. Ich kneife die Augen zusammen. Vor allem die Mädels jubeln. Vermutlich, um seinem Sixpack Anerkennung zu zollen oder so.

Er formt ein Seil aus dem Stoff und schwingt es wie ein Lasso über mich drüber. Als es an meinem Bauch ankommt, zieht er ruckartig. Ich liege wehrlos und eingeschüchtert an seinem nackten Oberkörper auf. Wieder schließe ich für eine Sekunde die Augen.

Er tanzt lasziv vor mir herum. Seine Beine streifen an meinen entlang. Obszöne Posen inklusive. So unangenehm! Carry streckt mir ihre zufriedenen Daumen entgegen. Ich mache das, was sie sagte: stocksteif dastehen und es über mich ergehen lassen. Alle scheinen amüsiert zu sein. Nur Dannie nicht. Im Gegenteil.

Ist es nur eine Einbildung oder wirkt er tatsächlich gelangweilt? Von mir. Dem kleinen Mädchen. Erinnerungen werden wach. Nein, dieses langweilige Mädchen will ich nicht sein! Und ich will nicht die gesamte Nacht wach liegen und mir denken, ich hätte es durchziehen sollen. Der Theaterkurs an der Schule und leichte Bewegungen vor dem Spiegel, mehr Erfahrung habe ich nicht. Max kniet nun mit gespreizten Beinen vor mir. Wird er gleich vorpreschen und Stellen berühren, die er um keinen Preis berühren darf?

Peters Handy ist auf uns gerichtet. Diese angsterregende Befürchtung ist wie ein Kommando! Der Auslöser für alles, was nun folgt. Augen zu und durch, Emily! Ich erhebe meinen Zeigefinger und schwinge ihn langsam von links nach rechts. Irgendetwas übernimmt die Kontrolle über mich. Unsere Zuschauer geben ein fassungsloses »Ooooooh!« von sich. Max ist verwirrt. Und wie! Er verharrt am Boden, stützt sich mit seinen Händen im Sand ab. Ich weise ihn an, wieder hochzukommen. Seine Kollegen beißen sich in die Fäuste und prusten los. Vorschusslorbeeren, die ich nun erfüllen muss. Als er sich aufgerichtet hat, tanze ich los. An Ort und Stelle. Mit der nachhallenden Anweisung, jede Bewegung zu fühlen. Meine Arme um seinen Hals, tanze ich immer geschmeidiger. Die entbrennende Begeisterung ist mein Ansporn. Ich finde ihn zwar nicht sonderlich attraktiv, doch ich gebe mein Bestes, leidenschaftlich rüberzukommen. Und, ja, vielleicht stelle ich mir auch vor, er wäre Dannie. Ich nutze meine Weiblichkeit und die S-Kurve. Schließlich setze ich sogar meinen Po ein. Für einen Moment scheint jeder Muskelkater vergessen. Ich bin im Takt. So, als würde Carry ihn mir vorklatschen. Ich schnappe mir das im Sand liegende Shirt, lege es um ihn und bewege meine Hüften. Irgendwie ist es mir kein bisschen peinlich, ich genieße die offenen Münder und den veränderten Gesichtsausdruck von Dannie, der mir ins Auge sticht. Max grinst mittlerweile nur noch. Aber man soll ja aufhören, wenn es am schönsten ist.

Ich brauche unbedingt eine Schlusspose! Mir kommt eine Idee. Und die setze ich prompt in die Tat um. Ich senke mich langsam bis zu seinem glatten Bauchnabel und schnelle wieder nach oben, während der Stoff über seinen Rücken gleitet. Anschließend flüstere ich ihm ins Ohr: »Lass dich fallen!« Noch nie habe ich jemandem eine solch dominante Anweisung gegeben. Ich lege meine Hand auf seinen Oberkörper und schubse ihn. Er spielt mit und fällt wie gefordert in den Sand. Zu meiner Linken flippen alle aus. Max windet sich zu einer lässigen Abschlusspose mit angewinkelter Armstütze. Die Show ist beendet!

Carry steht auf und umarmt mich. »Wow! Das hätte ich niiiemals kommen sehen!«, sagt sie.

Ich lache auf. Die Anspannung fällt schlagartig von mir ab, und ich kann wieder ich sein. Alle geben mir das Gefühl, als hätte ich eben einen Weltmeistertitel gewonnen. So gut kann es doch gar nicht gewesen sein? Die klatschen bestimmt alle nur, weil ich ihm den Stoß versetzt habe, oder? Dannies Gesicht mustere ich erst, als ich bereits wieder sitze. Gelangweilt wirkt er nicht mehr!

Hast du mir nicht zugetraut, hm? Doch was genau seine blauen Augen ausdrücken, kann ich nicht deuten. Zeugen sie von Anerkennung oder Beschämung? Max neigt sich hinter Victoria zu mir rüber.

»Das habe ich echt nicht erwartet!«, meint er achtungsvoll und gibt mir ein High Five.

»Tut mir leid, wenn ich deinen Plan durchkreuzt habe«, entgegne ich, und Victoria lacht sich schlapp.

»Krass abgeliefert!«, ergänzt er.

Ich begreife das irgendwie nicht. Lisa übergibt mir die Flasche. »Hier, du heißes Ding!«

Mein Körper bebt noch. Mir ist wirklich heiß! Ich hoffe, dass die langsamen Bewegungen keine Konsequenzen nach sich ziehen.

»Okay. Also ... derjenige muss uns verraten, was sein mit Abstand peinlichstes Erlebnis war.« Zugegeben, es ist vielleicht nicht der kreativste Einfall, doch das ist mir momentan recht egal.

Es erwischt ausgerechnet Dannie. Jetzt bin ich gespannt! Er ziert sich zunächst, doch schließlich erzählt er, wie er einmal mit einem Mädchen shoppen war. Sie hat ein paar Klamotten anprobiert, und er wollte nicht mehr vor der Umkleide warten.

Ich klebe förmlich an seinen Lippen. Nun mach schon! Red weiter!

Alle spekulieren schon. Und, ja, er ist zu ihr reingegangen, und sie haben rumgemacht. So wie er klingt, hatten sie Sex. Die Umkleide war gleich neben der Kasse, und bald standen zwei Kassiererinnen vor der Umkleide und haben durch den schmalen Schlitz gestarrt, was ihm offensichtlich gefiel. Mehr berichtet er nicht. Mich überkommt ein seltsames Schamgefühl – so undurchsichtig wie seine Mimik. Ich konnte mir ja schon denken, dass er in seinem Leben bereits viele Frauen um den Finger gewickelt hat, aber als die anderen ihn fragen, wer es war, winkt er ab und meint, sie sei unbedeutend gewesen. Unbedeutend? Wie kann jemand, mit dem man ... Egal!

Wir spielen danach noch viele Runden, in denen ich zum Glück nicht noch einmal vom Flaschenhals begrüßt werde. Irgendwann sehe ich dann auf mein Handy. Eigentlich nur, weil mir Lizzy geschrieben hat, dass sie mich bald anrufen wird. Dabei entdecke ich allerdings auch die Uhrzeit. Mist! In vier Minuten muss ich oben im Ballsaal bei den anderen sein! So war es abgesprochen.

»Ich muss in den Ballsaal zur Show, sonst bringen mich meine Tante und mein Onkel um!«, sage ich zu Carry, als alle anderen über etwas lachen.

»Okay, ich bringe dich hoch!«, sagt sie und legt ihre Hand auf Lisas Oberschenkel. »Ihr müsst erst mal ohne mich weiterspielen«, verkündet sie den Tänzern. »Emily muss zu ihren verklemmten Verwandten zurück. Bin gleich wieder da! Wartet mit den Knutschereien auf mich!«

Mit den verklemmten Verwandten liegt sie goldrichtig.

»Macht's gut!«, sage ich wehmütig in die Runde.

Alle verabschieden sich kollektiv mit einem »Bye!«, doch eigentlich genügt mir der Blick in seine blauen Augen.

Carry bringt mich bis zur Bar vor dem Ballsaal. »Also gut, Emily. Dann ab zur buckligen Verwandtschaft. Nicht dass du noch Ärger bekommst.« Sie drückt mich fest. »Du hast da draußen echt alle beeindruckt!«

Ich wäre so viel lieber noch bei ihnen geblieben. Aber dank ihrer Aussage gehe ich wenigstens mit einem guten Gefühl zurück zum Tisch.

»Hey«, sage ich dort angekommen.

»War ja ein langer Spaziergang«, murmelt Sarah.

Ich setze mich einfach hin, halte meine Klappe und sehe mir mit ihnen wie abgemacht das Programm an. Carrys letzter Satz hallt in mir nach. *Alle* … Ob ich wirklich auch *ihn* beeindruckt habe?

KAPITEL 26

Jim ist beim Mittagessen zum Glück wieder gut gelaunt und will unbedingt wissen, wie wir vorankommen. Auch Janice ist positiver gestimmt, also gebe ich ihnen bereitwillig Auskunft. Von Sarah fehlt jede Spur, sie isst wohl lieber irgendwo mit David. Carry hat mir Ernährungstipps gegeben, und ich versuche, sie so gut es geht zu beherzigen. Fisch, Gemüse, Reis. Danach geht's weiter. Der Tag ist schließlich noch lang.

In der Lobby stoße ich fast mit Maria zusammen.

»Em! Wie lustig, vorhin haben Lisa und ich noch über dich gesprochen«, sagt sie strahlend.

»Echt?« Doch nicht etwa über meine Performance gestern?

»Sie meinte, du hast Dannie so ein paar Blicke zugeworfen. Also meine erste Wahl wäre Antonio. Jung, muskulös, knackiger Po, ein Bild von einem Mann.«

Bitte? Was hat Lisa da bloß erzählt? Blicke ...

»Ich glaube, ihr würdet gut zusammenpassen. Wenn ich als Verkupplerin gebraucht werde, meldet euch, ansonsten hält sich die dicke Frau schön raus.« Ihr Zwinkern ist keineswegs um Zurückhaltung bemüht. »Bis später, Schätzchen!« Und schon verschwindet sie mit ihrer breiten Hüfte wackelnd im Wäscheraum.

»Bis dann«, werfe ich ihr noch hinterher.

Nachdem ich alles Wichtige erledigt habe, laufe ich nach hinten. Dort legen wir sofort los. Dannie geht mit einem ganz schönen Tempo voran. Selbst nach der Pause gibt er

Vollgas. Und ich, der Ehrgeiz in Person, will unbedingt mithalten. Fehlversuch, Neustart, falsche Schritte, neu starten, wieder falsch bewegt, noch mal von vorn. Zum Ende hin wird es gefühlt etwas besser, und Carry muss mich kaum noch führen. Den Teilabschnitt der Choreo tanzen wir anschließend einmal komplett durch. Brust an Brust. Pose halten. Ich blicke ihm tief in die Augen. Der warme knallblaue Ozean empfängt mich.

»Yeah!«, freut sich Carry.

Gleich darauf entzieht er sich ruckartig der Abschlusspose. Seine Finger fliehen vor meinen. So fühlt es sich jedenfalls an.

»Wirst immer besser!«, brummelt er leise und geht zu seiner Tasche.

Ich fühle mich geschmeichelt, gestärkt und zeitgleich irgendwie einsam.

»Und wie!«, meint Carry wesentlich ausgelassener.

Einerseits hätte ich seine Hände gern länger festgehalten, andererseits will ich gegen die Gerüchte ankämpfen, die Lisa in Gang gesetzt hat. Also widme auch ich mich meiner Wasserflasche. Es läuft noch so viel schief. Müsste ich jetzt schon auftreten, würde es gewaltig in die Hose gehen! All die Schrittfehler, die Schwierigkeiten bei der Haltung und vieles mehr. Zumindest mit dem Taktgefühl habe ich dank meiner Musikalität keinerlei Probleme. Nach der Trinkpause muss ich unbedingt den Wechsel der Schrittabfolge angehen. Das will mir noch nicht ganz in den Kopf.

»Peter und Lisa kochen heute Essen für die Gruppe. Soll ich euch dann was vorbeibringen, wenn ihr den Song schreibt?«, fragt Carry auf einmal.

»Ich habe uns schon was bestellt«, reagiert Dannie.

Wirklich? Er hat uns etwas *bestellt*? Carry ist ebenso verwundert.

»Okay«, sagt sie. »Hauptsache, ihr seid versorgt und könnt euch voll und ganz auf das Lied konzentrieren. Und wenn ihr dann noch diese Choreo dazu tanzt, haut ihr nächsten Sonntag alle um! Ich sehe es jetzt schon vor mir!«

Ihre Zuversicht springt auf mich über. Und offenbar nicht nur auf mich. Denn als ich ihn so stillschweigend ansehe, erblicke ich Hoffnung. Hoffnung, die er bisher nie ausgestrahlt hat. *Ich werde alles geben, Dannie. Ich werde dich nicht enttäuschen! Und dann hast du die Rolle in dem Musical!*

KAPITEL 27

Zum gefühlt millionsten Mal höre ich mir seine Gesangsaufnahmen an. Wie schön er einfach gesungen hat! Ich war sprachlos. Ich meine, das war ich vorher schon, als auf einmal der Kellner mit der Essenslieferung in der Tür stand. Eine Hähnchenpfanne für ihn und eine Veggie-Nudelsuppe für mich. Und danach ging es so richtig los.

Strophe für Strophe entstand. Es wirkte mühelos, wir haben uns gegenseitig mit kreativen Einfällen angestachelt. Die Ideen hätten gleich mehrere Songs füllen können, und allesamt wären sie grandios gewesen. Bei jeder von ihm gesungenen Zeile, die die Kopfhörer mir präsentierten, ruft mein Gedächtnis den jeweiligen Entstehungsmoment ab. Mir war wichtig, dass die Worte ausdrücken, was wir beim Tanzen fühlen und vor allem auch, was das Tanzen ihm bedeutet. Und dass wir sie zu gleichen Teilen liefern. Die Rechnung ging so was von auf!

Besonders das Schreiben des Refrains war … magisch! Ja, einfach nur magisch. Ich merke, wie ich mir bei der Erinnerung auf meine Unterlippe beiße. Die erste Zeile hatte ich bereits geschrieben. Sie ist dem Abend des Auftritts gewidmet, dem lang ersehnten Augenblick. Deshalb kam ich auf »Heut Nacht ist die eine Nacht«. Dannie fand es richtig gut. Überhaupt hat er nur selten ein Veto eingelegt. Er war nicht mehr der selbstbewusste Tanzlehrer, ganz im Gegenteil. Seine gesamte Ausstrahlung switchte, er wurde unsicher, war fast schon nervös.

Ja, mich hat es anfangs ebenfalls Überwindung gekostet, wieder vor ihm zu singen. Er hat dabei aber immer nach unten gesehen, was es echt erleichtert hat. Als ich meinte, man könne als Reim auf die erste Zeile irgendwas mit »entfacht« nehmen, schlug er plötzlich »Lust« vor. Mir blieb kurz der Atem stehen. Aber klar, es leuchtete ein, er meinte die Lust zu tanzen. Sie ist entfacht. Und dann kam mir wieder eine Idee: »Heut Nacht ist die eine Nacht. Der Beat hat die Lust entfacht.« Anschließend lieferte er mit der nächsten Zeile die perfekte Vorlage. »Diese Liebe teil ich mit dir.« Ich war so fasziniert und musste direkt seufzend ergänzen: »Und genau dafür leben wir.«

Ich kriege schon wieder Gänsehaut. Alles fügte sich ineinander – blitzschnell. Niemals hätte ich gedacht, dass er so poetisch sein kann. Einige Zeilen klingen ja fast schon kitschig. Und es ist ein schmaler Grat zwischen Deep und Kitsch, wie Dad immer sagte. Aber da alles auf das Tanzen bezogen ist ... Jetzt muss Onkel Thomas nur noch mixen und mastern. Ah, der Song wird supergut klingen, das weiß ich jetzt schon! In sechs Tagen werden sie alle ihn hören. Und wir werden auftreten.

Nur noch sechs Tage. Es rückt immer näher. Unaufhaltsam. Wie ein Zug, der auf mich zurast und das Lampenfieber geladen hat. Selbst Lizzy habe ich schon mit meiner Aufregung angesteckt. Und das, obwohl sie ja am Anfang so gar nicht begeistert von dem Auftritt war. Ich habe mittlerweile auch versucht, ihr das Tanzen schmackhaft zu machen, und ihr vorgeschwärmt, welchen Spaß es bringt. Aber sie meinte, dass man heutzutage nicht mehr so tanzt, wie ich es beschreibe. Ich glaube, ich schenke ihr zum Geburtstag einen Tanzkurs. Was hätte ich für einen großen Spaß daran, sie anschließend mit Muskelkater zu sehen.

Bevor ich meinen eigenen beim Tanzen wieder verdrängen muss, genieße ich erst mal noch die entspannte Freizeit, bis Dannie von seinem Job zurück ist.

Ich klappe meinen Laptop auf und sehe mir einen Film an. Einen Tanzfilm. *Den* Tanzfilm.

KAPITEL 28

»Guten Morgen!«, sage ich zu Dannie, der auf seiner Terrasse steht. Keine Sportkleidung! Zieht er sich etwa wieder in der Tanzhütte um?

»Hey.«

Er verschluckt es fast. Irgendwie beschleicht mich das Gefühl, er muss unbedingt etwas loswerden.

»Was ist?«, lächele ich ihm entgegen.

»Wir trainieren heute nicht hier.«

Ich wusste doch, dass etwas nicht stimmt! »Ist die Hütte besetzt?«

»Wir fahren weg.«

Wegfahren?

»Heute ist ein spezieller Part dran.« Er öffnet die Tür. »Du kannst deine Gitarre bei mir abstellen.«

Ich bin mir noch nicht sicher, was das alles bedeutet. Er hat mich jetzt echt überrumpelt.

»Vertraust du mir etwa nicht?«, hakt er nach, als ich anscheinend zu lange auf der Stelle verharre.

Ähm, doch, okay, klar ... Er schließt den Koffer ein, und dann geht's los. Ich werde entführt und gebe auch noch meine Zustimmung. Er schweigt. Ich kriege überhaupt nichts aus ihm raus. Wir fahren gut dreißig Minuten. Schließlich erreichen wir eine Vorstadt mit friedlichen Reihenhäusern. Er fährt zu einem heruntergekommenen Grundstück mit altem Rundbau. Es liegt direkt an einer Kreuzung. Er steigt aus, hängt die weiß-rote Absperrkette ab und befährt den asphaltierten Parkplatz mit seinen verblichenen Parklücken. Darf er das? Der graue Bau ist lang nicht so groß wie das OLDIES, doch wesentlich größer als die Tanzhütte. Allerdings wirkt das Gebäude ziemlich alt und verlassen. Der Putz ist an vielen Stellen von der Außenfassade abgebröckelt. Will er etwa mit mir *da* rein? Über dem Eingang hängen an einer Eisenstange verwitterte Schuhe mit Rollen. »War das mal eine Inlinehalle?«, frage ich ihn.

Er schnaubt lachend. »Ja, so was Ähnliches. Komm, lass uns reingehen!«

Plötzlich taucht ein junger Kerl am Gebäudeeingang auf. »Hey, Dannie!«, ruft er.

»Bro«, entgegnet Dannie und begrüßt ihn mit einem Handschlag und halbseitiger Umarmung.

»Wouh, wer ist denn die junge Lady?«

Er mustert mich komplett, was mich meine Arme verschränken lässt.

»Meine Tanzpartnerin. Und das ist Arnold.«

»Sein Zockerkumpel«, ergänzt der junge Mann mit dem Igel-Haar. »Ja, der große Tänzer war nicht immer so sportlich. Früher hat er die Nächte mit mir durchgezockt und tonnenweise Chips vernichtet.«

Das kann ich mir beim besten Willen nicht vorstellen!

»Hör auf, ihr solche Storys zu erzählen! Lass uns lieber reingehen«, sagt Dannie und schiebt sich an ihm vorbei.

»Es stimmt!«, flüstert Arnold mir diebisch grinsend zu, während mir mein Tanzpartner die Metalltür aufhält.

Wir stehen in einem fensterlosen kleinen Foyer. Es macht einen sauberen Eindruck, allerdings ist vieles mit Bettlaken bedeckt und abgehangen.

»Darf ich kurz zugucken?«

Dannie lacht auf. »Vergiss es!« Sein Unterton klingt hämisch, doch Arnold hat offenbar damit gerechnet.

»Okay, bis später dann. Viel Spaß!«, ruft er uns hinterher und verlässt das Gebäude wieder.

Dannie geht voraus zu einer weiteren großen Tür, die er ebenfalls für mich öffnet. Noch ist es dahinter stockfinster. Doch dann drückt er den Lichtschalter. Ein runder Saal zeigt sich mir im orangefarbenen Licht. Die Kuppeldecke verschlägt mir die Sprache. Ein leuchtender Sternenhimmel, der sich langsam bewegt – wow! Der Boden ist ringsherum von Abnutzungsspuren gezeichnet. Also doch eine Inlinererhalle?

»Hier üben wir heute!«, sagt er und dreht sich mir dabei lässig zu.

»Ich liebe es!«, hauche ich begeistert. Die Nostalgie nimmt mich komplett ein.

Er geht zur Bande und greift nach etwas dahinter.

»Rollschuhe«, sagt er und hält sie hoch. »Die Inliner der Achtziger. Die Halle gehört Arnolds Eltern, aber die sind schon vor Jahren weggezogen. Er vermietet sie ab und zu an Pärchen.«

Er vermietet die Halle an Pärchen? Will er mir damit sagen, dass er auch mal mit einem Mädchen hier war? Ja, der Ort ist wie geschaffen für Dates. Wir sind allerdings aus einem anderen Grund hier. Zum Trainieren, oder?

»Und was machen *wir* hier?«, frage ich ihn.

Die Augenbrauen-Geste. *Ach komm schon, mach es doch nicht so spannend!*

»Bleib mal dort stehen«, weist er mich an und joggt zur anderen Seite. »Stell dir vor, ich wäre du und du wärst ich. Du läufst an.«

Seine Jeansjacke wippt mit, als er das Laufen ganz langsam simuliert. Er kommt näher und näher. »Und dann springst du hoch. Genau in mich rein. Auf Hüfthöhe!«

»Das Karussell«, flüstere ich.

Etwa zwanzig Zentimeter vor mir stoppt er. Sein Parfüm weht weiter.

»Richtig! Ich werde dich greifen und halten. Etwa in Hüfthöhe. Und dann drehe ich mich. Du bleibst im Schwung und streckst deine Arme weit aus. Und nach fünf Drehungen legst du deine Arme um meinen Hals. Wir drehen uns aus und fertig. Danach kommt die Abschlusspose. Und das üben wir jetzt zusammen.« Er streift erneut über seine Augenbraue, zieht seine Jeansjacke aus und schmeißt sie über das Bandengeländer.

Ach, du heilige ... Er will das jetzt und hier durchziehen. Meine Pulsfrequenz schnellt in die Höhe. Die Vorstellung, in ihn reinzuspringen, ist crazy! Das war es schon, als Carry davon erzählte. Doch nun wird es zur Realität.

»Lass es uns erst mal in einer Trockenübung ohne Anlauf probieren. Kommst du her?«, fragt er und stopft sein schwarzes Shirt in die Jeans.

Trockenübung? Ich habe nur die Vorderseite des Kleids im Blick. Meine Sportsachen sind im Gitarrenkoffer, und der ist in seinem Bungalow. Ich war so überrumpelt, dass ich mit keiner Silbe mehr daran gedacht habe.

»Wir beginnen mit der Sprunghöhe, damit du weißt, wo du landen musst. Eigentlich ist es ganz einfach. Genau hier!« Seine Fingerspitze zieht eine symbolische Linie auf dem Becken. »Du musst dich mit deinen Oberschenkeln auf dieser Höhe fest an mich klammern. Nur dann funktioniert es. Ich halte dich dabei. Also ...«, fährt er fort und greift mir wortwörtlich unter die Arme. »Ich hebe dich jetzt hoch, und du drückst an dieser Stelle deine Oberschenkel an mich.«

Er zieht mich nah an sich ran und drückt mich wahrhaftig hoch.

»Jetzt die Beine!«, presst er angestrengt hervor.

Ich fühle mich wie ein unbeholfener Affe, während ich meine Schenkel zusammendrücke. Er hält mich! Und mit meinem Kleid geht zum Glück alles gut, es ist an meinen Beinen eingespannt.

»Perfekt! So muss es in etwa aussehen«, prustet er rot angelaufen und setzt mich ab.

In der nächsten Sekunde stehe ich wieder und atme tief durch. Nun soll ich ihn mit Unterstützung aus dem Stand anspringen. Leichter gesagt als getan. Eine unsichtbare Blockade hindert mich. Ich traue mich nicht. Dannie findet das offenbar lustig.

»Hör auf!«, sage ich. Aus reiner Verzweiflung würde ich aber am liebsten mitlachen. Ich erinnere mich, Carry hatte es prophezeit. Es kostet Überwindung. Wie der Sprung über einen Bach.

Argh! Ich muss einfach nur abspringen. Das kann doch nicht so schwer sein! Nach ein paar Anläufen, die in Zuckungen enden, findet er es nicht mehr lustig. Okay! Ich lege die Arme auf seine Schultern und wage den Hüpfer. Shit! Zu tief! Und zu schräg! Meine linke Pobacke ist genau *dort* aufgeprallt. Abrupt setze ich meine Füße ab und nehme Abstand. Mit schmerzverzerrtem Gesicht und beiden Händen zwischen den Beinen wendet er sich ab. Er geht leicht in die Beuge.

Oh nein! »Tut mir leid«, stammele ich voller Scham und Reue.

Nach kurzer Zeit steht er wieder aufrecht. Sein Gesicht ist noch leicht verzogen.

»Volltreffer, würde ich sagen«, keucht er.

»Tut mir echt leid«, wiederhole ich.

»Ist okay, du warst nicht die Erste. Noch mal? Aber diesmal etwas sanfter, ja?«

»Ja.« Als er bereit ist, strecke ich meine Hände vorsichtig nach seinen Schultern aus. Jetzt habe ich noch mehr Angst! Hoffentlich verletzte ich ihn nicht wieder. Ich muss kräftiger abspringen! Höher!

Schon beim nächsten Versuch bekomme ich es hin. Und zwar ohne Schmerzen zu verursachen. Es ist noch lange nicht perfekt, aber es klappt. Wir wiederholen das Ganze einige Male, dann zieht er sich die Rollschuhe an. Mithilfe des Stoppers vorn hat er zunächst immer einen festen Stand und kann sich anschließend mit mir drehen. Die Rollschuhe bedeuten weit weniger Kraftaufwand. Der wäre bei den vielen Wiederholungen enorm, wie er mir erklärt. Für mich ist es genügend Anstrengung. Anlaufen, Sprung, anspannen. Und die vielen Kleinigkeiten noch dazu. Nicht nur mein Kleid bereitet mir zusätzliche Probleme. Auch der Drehwurm. Leider lässt sich der Anflug von Übelkeit trotz Fokussierung eines festen Punkts nicht abwenden. Wir brechen ab, und Dannie rollt extra nach draußen, um mir eine Flasche Wasser aus dem Auto zu holen. Er öffnet sie mir sogar.

»Danke.«

Warum sieht er so happy aus? Eigentlich müsste er doch verärgert sein.

»Ich wusste, dass das passiert«, sagt er.

Na, herzlichen Dank für das entgegengebrachte Vertrauen! Er schmunzelt auch noch so unverschämt!

»Wir gehen das die nächsten Tage noch mal an. Aber ich überlasse dir gern die Rollschuhe, dann kannst du heute Nacht im Hotelzimmer ein paar Runden drehen.«

Haha! Sehr witzig.

Als wir wieder auf dem Hotelgelände sind, geht es für uns noch in die Tanzhütte. Schritte festigen. Zwischendurch fragt er mich immer wieder, ob ich ihn doppelt oder dreifach sehe. Ich mag diesen Dannie, den witzigen. Und ich glaube, er brauchte einfach nur Zeit, um mir diese Seite zeigen zu können. Ich bin ein anderer Typ, werde mit den meisten Menschen schnell warm.

Warm ist auch das Wasser in seiner Dusche. Denn hier stehe ich nun schon wieder. Dummerweise habe ich mein Duschgel vergessen, muss also auf seine Sammlung zurückgreifen. Die Auswahl fällt bei zwei Flaschen nicht sonderlich schwer. Und eine davon ist leer. Den Gedanken, dass er jederzeit zur Badtür reinkommen könnte, kann ich nicht mit dem Wasser abstreifen. Fantasien entstehen. Als ich meine

Haut abgetrocknet und mir die Wechselsachen angezogen habe, gehe ich zurück in seinen Raum, wo er mit dem Handy am Tisch sitzt. Meine Haare sind nass geworden, was ich eigentlich vermeiden wollte. Also frage ich ihn nach einem Föhn.

»Lufttrocknung«, kommt als Antwort zurück.

War ja klar! Moment mal. Warum starrt er mich immer wieder an? »Ist was?«, frage ich ihn und fahre mit dem feuchten Handtuch durch mein Haar.

»Nichts ... alles gut«, entgegnet er und wechselt ruckartig zum Display.

Und dann offenbart sich mir der Grund des Starrens. Ich reiße das Handtuch sofort runter, um meine Nippel zu verdecken. Der BH! Wo habe ich nur meinen Kopf? Ich gehe zurück ins Badezimmer, ziehe ihn mir an, nehme meinen Gitarrenkoffer und trete anschließend die Flucht an.

»Tschau. Bis morgen!«, murmle ich beim Griff zur Klinke.

»Ach, und Emily?«, sagt er.

»Ja?«

Sein verschmitztes Grinsen ist allgegenwärtig.

»Schönes Shirt!«

KAPITEL 29

Die größte Überraschung des Abends ist Jim, der heute endlich eine Tanzstunde hatte. Er erzählt mir von der Tanzlehrerin namens Lisa und wie beeindruckt sie von seinem Talent war. Lisa weiß bestimmt nicht, dass er mein Onkel ist, und ich muss auch alles dafür tun, dass es so bleibt, sonst erwähnt sie mich noch wie bei Maria. Als wir alle mit dem Essen fertig sind, sieht Sarah mehrmals versteckt auf ihr Handy. Irgendwann wendet sie sich mir zu.

»Magst du mal mit aufs Zimmer kommen? Ich müsste mal mit dir reden.«

Ich bin verwirrt. Die letzten Tage hat sie mich mehr oder weniger wie Luft behandelt, und jetzt will sie mit mir reden? Ich ahne schon, was auf mich zukommt. Erlebnisberichte rund um David. Eigentlich habe ich darauf so gar keine Lust, doch sie zupft mir mehrmals am Kleid.

»Los, komm!«

Sie bettelt ja förmlich. Okay, aber nur des Familienfriedens wegen. Immerhin kann ich so tun, als würde ich ihr zuhören, und dabei die Tanzschritte durchgehen.

Wenige Minuten später sind wir im Fahrstuhl, wo sie den roten Lippenstift nachzieht und ihre Haare kontrolliert.

»Wie war denn dein Tag heute? Hast du wieder mit David Tennis gespielt?«, frage ich sie.

»Wir sind Boot gefahren.«

Mehr erfahre ich nicht. *Noch nicht*, schätze ich. Sie schließt die Tür auf. Ich entscheide mich für den Sessel. Doch sie setzt sich nicht aufs Sofa gegenüber, wie ich eigentlich erwartet hatte, sondern geht ins Badezimmer, um sich erneut im Spiegel zu betrachten.

»Wolltest du nicht mit mir reden?«, frage ich.

»Ach ja.« Sie streckt den Kopf aus der Tür. »Es ist so …«

Das Klopfen unterbricht sie. Ein Housekeeping-Ruf folgt. Nach Alex klingt das nicht. David?

»Ah!«, seufzt sie erwartungsvoll und macht auf.

Lisa? Und Max? Er schiebt einen silbernen Wagen mit großem Flachbildfernseher hinter ihr her. Was machen *die* denn hier? Jetzt begreife ich gar nichts mehr! Die beiden winken mir zu, als sie mich sehen. Hoffentlich sagen sie nichts! Und dann betritt David unsere Suite mit einem weiteren jungen Mann. Dannie! Im Gegensatz zu den anderen ist er bei meinem Anblick genauso verwundert wie ich bei seinem. Was soll das? Werden sie jetzt Ausschnitte aus unserem Training zeigen? Weiß Sarah von allem? Werde ich nun vorgeführt? Ich will Dannie fragen, aber er hält sich ganz im Hintergrund. Währenddessen philosophieren alle, wo genau sie den Wagen abstellen sollen, damit es mit der Steckdose klappt. Die Gelegenheit für mich, Sarah zuzuflüstern: »Was passiert hier?«

»Das ist ein Unterhaltungsprogramm für die Gäste. Von David ins Leben gerufen!«, schwärmt sie laut. »Die drei sind seine Mitarbeiter. Wir machen ein Karaoke-Battle gegen sie. Du musst uns helfen, dass wir gewinnen!«

Ernsthaft? Ich habe mir fast in die Hose gemacht! Deshalb wollte sie, dass ich mit ihr hochkomme? Wie kommt Sarah überhaupt auf diese Idee? Sie singt grottenschlecht. Es scheint eine typisch unüberlegte Sarah-Aktion zu sein, bei der man unmöglich sagen kann, welche Synapsen in ihrem Gehirn verantwortlich sind. Mir bleibt mal wieder quasi keine andere Wahl, als es hinzunehmen und auf den Zug aufzuspringen. Nachdem alles an seinem Platz steht und angeschlossen ist, ergreift David das Wort: »So, alle zusammen. Es ist Zeit für ein Karaoke-Battle. Das gibt's erst seit dieser Saison bei uns. Um genau zu sein, ist heute das erste Mal, aber schon nächsten Sommer soll es zum Unterhaltungsprogramm gehören. Unser Hotelgast Sarah meinte, man sollte mal etwas für die jüngeren Gäste tun.«

Danke für den grandiosen Vorschlag, Cousine!

Sie strahlt vor Glück. Dannie hingegen wirkt genauso unglücklich, wie ich es bin. Zwingt David sie dazu? Bezahlt er sie? Und warum müssen ausgerechnet Magic Max und Lisa mit dabei sein? Hoffentlich wird nichts von unseren Erlebnissen zur Sprache gebracht. Obwohl ich es eigentlich nicht leiden kann, entscheide ich mich dazu, das Karaoke-Singen zu pushen. Es könnte dienlich sein, denn so werden sie wenigstens nicht ausführlich miteinander reden können. Lisa klickt durch das Menü des Spiels und speichert Sarahs und meinen Namen als ihre Mitspieler ein. Wir singen also gegen die Jungs. Die erste Runde beginnt. Wir stehen links, ich ganz außen, und die Kerle zwei Meter neben uns. Sie dürfen zuerst einen Song wählen.

Die Entscheidung fällt auf *Private Dancer* – welch' Überraschung! Dannie ist der Einzige von ihnen, der singen kann. Lisa und Max haben dennoch eine Menge Spaß. David ebenfalls, er flirtet Sarah permanent an. Ich erinnere mich an die *Viel Spaß!*-Verabschiedung von Jim und Janice. Logisch, sie hatte ihnen hiervon erzählt. Wir singen etliche Lieder, und immer wieder treffen sich unsere Blicke. Er ist sichtlich bedient und macht stimmlich keinen Hehl daraus. Da wir im selben Boot sitzen, senden wir uns gegenseitig Hoffnung und werden nach einer geschlagenen Stunde endlich erlöst. David weist Dannie, Max und Lisa an, den Fernseher nach unten zu bringen. Und dann fragt er Sarah, ob sie ihm nicht mal ihr Zimmer zeigen möchte. Bevor ich mich übergeben muss, folge ich lieber den anderen. James nimmt den Wagen in Empfang. Ich muss Dannie sagen, wie leid mir das alles tut. Doch das ist nicht so einfach, er rennt ja quasi davon.

»Magst du auch noch mit zu Antonio und den anderen kommen, Dannie?«, ruft Lisa ihm auf dem Waldpfad hinterher.

»Nein. Strand ist mir gerade lieber«, entgegnet er.

»Und du, Emily?«

»Nein, nein. Alles gut. Ich bin müde«, sage ich, obwohl das natürlich ziemlich dumm klingen muss, schließlich laufe ich ihnen nach.

Doch dann kommt auch schon Peter, augenscheinlich leicht angetrunken, auf uns zu und nimmt seine Lisa in Empfang.

»Gut, dann bis morgen beim Training«, sagt sie und geht mit den Jungs zum Party-Bungalow mit der gefüllten Terrasse und der lauten Musik.

Und Dannie? Stapft weiter. Hinauf zur Tanzhütte, wo er nach rechts abbiegen will. Ich muss ihm folgen. Wie aus heiterem Himmel dreht er sich um: »Willst du mitkommen?«

Wieder überrascht er mich, wenngleich ich genau darauf gehofft hatte. »Ja!«, antworte ich und schließe hastig zu ihm auf. »Kommt man da hinten zum Strand?«

Ein »Mhm« bestätigt meine Annahme. Der Nadelduft ist hier hinten noch viel prägnanter. Ich erinnere mich, wie Dad mir mal im Wald erklärte, dass die Bäume diesen Duftstoff aussenden, weil es ihnen zu warm ist. Sie kommunizieren damit untereinander. Warum muss ich jetzt ausgerechnet daran denken?

Keine Minute später erreichen wir einen kleinen Uferabschnitt. Hier ist der Sand nicht weiß, dafür macht aber alles einen wesentlich natürlicheren Eindruck. Das Licht der Abendsonne schimmert auf dem Wasser. Die Vögel scheinen ebenso begeistert von der Atmosphäre zu sein. Kein Wunder, dass Dannie diesen Ort einer Party vorzieht. Etwas links befindet sich ein Holzsteg. Ein festgemachtes Boot bewegt sich im Wasser langsam hin und her. Dannie wählt einen von zwei Felsbrocken als Sitzgelegenheit. »Das war ja mal wieder echt ätzend. Und dann auch noch in eurer Suite. Der hat keine Freunde, also muss er sich die Tänzer für seinen Scheiß ranholen!«, sagt er und wirft einen Stein.

Suite ... Hoffentlich denkt er nicht, ich wäre eine dieser reichen Gören. »Ich habe keine Ahnung, warum meine Cousine auf ihn steht«, denke ich laut.

»Na, ist doch klar. Der große Hotelerbe«, sagt er und versenkt den nächsten.

Ja, genau so denkt sie. »Sie wird hoffentlich irgendwann begreifen, dass der Charakter zählt. Ich glaube nicht, dass sie ihr ganzes Leben zusehen will, wie er die Gäste beim Tennistraining betatscht.«

»Du hast es also auch schon gesehen.« Steinwurf drei.

»Ich wollte es ihr sagen, aber ich glaube, sie muss es selbst rausfinden.«

»Ich hätte ihm so oft eine reinhauen können.«

»Wurdet ihr von ihm für die Karaoke-Sache bezahlt?«, frage ich ihn, aber er schnaubt nur und holt wieder zum Wurf aus.

»Er lässt dafür alle Tänzer bei der Gala gratis am Buffet essen und trinken, wenn die Gäste weg sind.«

Ernsthaft? Das ist ... Ich setze mich auf den zweiten kleineren Felsen neben seinem. Minuten vergehen, in denen wir einfach nur schweigend den Sonnenuntergang genießen. »Es ist echt schön hier«, seufze ich.

Seine Reaktion folgt etwas später, als ich schon gar nicht mehr damit rechne: »Ich bin fast jeden Abend hier.«

Hinter uns in der Ferne wird die Musik auf einmal lauter. Der Refrain des *Titanic*-Songs ertönt, und einige der Tänzer grölen ihn schief mit. Wir müssen beide lachen. Danach bleiben wir noch eine Weile sitzen. Die ganze Zeit höre ich dabei Lizzys Stimme in meinem Kopf flüstern: *»Sei nicht so schüchtern! Frag ihn was.«* Aber ich will ihn auch nicht nerven. Vieles traue ich mich nicht zu fragen, anderes wirkt unpassend. Lieber genieße ich die Idylle und sehe ihm dabei zu, wie er die Steine über das Wasser fliegen lässt.

Als die Sonne ganz verschwindet, wird es jedoch zu frisch, und wir treten den Rückweg an. Mitsamt Small Talk über die Schritte und meinem Versprechen, gegen den Drehwurm anzukämpfen. Schlussendlich bleiben wir vor seinem Bungalow stehen. Gegenüber feiern mittlerweile alle drinnen. Er fragt mich, ob er mich zurück zum Hotel begleiten soll, doch ich lehne überrascht ab. Dann fixiert er meine Augen. Eine Sekunde. Zwei. Drei.

»Gute Nacht, Em!«

»Gute Nacht«, seufze ich.

Und schon springt er die Treppenstufen hinauf. Wouh. Verträumt tänzele ich den Waldpfad entlang. Zum Pavillon. Dem Ort, an dem irgendwie alles begann. Dieses verrückte Abenteuer. Ich kann es noch immer kaum glauben – er hat sich das erste Mal so richtig von mir verabschiedet. Eine warme Verabschiedung, kein einfaches *Tschau* ohne Blickkontakt. Mein Bauch schmerzt. Nein, ein Schmerz ist es eigentlich gar nicht. Eher ein Drücken. Ein Ziehen. Oder alles zusammen.

KAPITEL 30

Oh, sie wartet schon an der Tanzhütte auf mich. Perfekt!

»Guten Morgen, Lisa«, sage ich zu ihr. Sie scheint gut gelaunt zu sein, mindestens so gut wie ich. Wobei ... das ist eigentlich unmöglich.

»Hey, hey, Em. Schau mal, ich habe alles dabei. Die sind von Carry. Sie meinte, ihr habt die gleiche Größe.«

Rosa High Heels. Oha! Solche Absätze habe ich ja noch nie gesehen! Jetzt ist es doch nicht mehr so unmöglich. Kalt erwischt, würde ich sagen. »Also kommt Dannie erst mal gar nicht?«, hinterfrage ich. Er darf mich auf keinen Fall bei meinen ersten Laufversuchen sehen!

»Nein, der schläft heute etwas länger. Ich habe das schon extra so organisiert. Er rückt jetzt jeden Tag eine Stunde dafür raus. Größentechnisch solltet ihr damit perfekt zusammenpassen.«

Immerhin ein kleiner Trost! Lisa wirkt noch viel jugendlicher als Carry, was sie gleich wieder unter Beweis stellt, als sie zum Stuhl am Fenster geht und ihn über das Parkett auf mich zuschiebt.

Sie lacht sich schlapp über meine ersten Gehversuche. Ich fühle mich wirklich wie ein kleines Kind, als sie mich an der Hand durch die Hütte führt.

Langsam! Ganz langsam! Bloß nicht umknicken, denke ich mir bei jedem wackligen Schritt.

»Du siehst aus wie Peter, als er mal eine Dragqueen gespielt hat«, lacht sie.

Na großartig!

»Ihr hättet echt schon früher damit anfangen sollen. Aber nicht verzagen, Emily. Das schaffen wir schon! Wenn du vielleicht auch in deiner Freizeit ein bisschen übst, hast du es bald drauf. Vier Tage bleiben dir ja noch.«

Vier Tage!

»Ich habe aber auch noch Pumps«, offenbart sie mir nach etwa zwanzig Minuten.

Das sagst du erst jetzt? Ich sehe sie winselnd an. Kurz darauf kommt sie mit den blauen Schuhen zurück.

Erlösung! Die Absätze machen mir weit weniger Probleme, sodass wir schnell mit den Schrittfolgen beginnen können. Lisa scherzt in einer Tour über ihre männlichen Kollegen und die Party gestern, von der sie extra meinetwegen früher verschwunden ist. Ich mag ihre frische, ausgeflippte Art sehr. »Deine Show beim Flaschendrehen war wirklich heiß«, sagt sie irgendwann. »Wir haben es uns gestern noch mal angeguckt. Das Gesicht von Max muss ich mir einrahmen!«

»Ihr habt es euch noch mal angesehen?« Ich bin fassungslos! Peter hat es also tatsächlich aufgenommen.

»Em, es war super! Du musst aufhören, das Leben so ernst zu nehmen. Es ist noch niemand lebend aus der ganzen Nummer rausgekommen!«, witzelt sie, und ich muss mitgrinsen.

Wenn ich aber an die vier Tage denke, die mir noch bleiben, um alle tausend Schritte in den Kopf zu kriegen, könnte man den Witz auch aufs Tanzen beziehen.

Lagerfeuer sind auf dem Gelände eigentlich strikt untersagt, aber ich gebe Dannie recht: Wer soll uns hier hinten schon sehen? Ich freue mich, dass sie mich eingeladen haben! Der glückliche Zufall wollte es, dass Janice und Jim heute mit Mr. Mallow zu einer nächtlichen Ausstellung eines Museums fahren, in der er eine Rede über sein Hotel hält. Und Sarah ist mit ihrem David unterwegs. Somit konnte ich bedenkenlos zusagen. Das Training war heute echt anstrengend, da wir nun viele Teile der Choreo zusammenfügen müssen, durch Lisas Sprüche wurde jedoch alles etwas aufgelockert. Irgendwie habe ich das Gefühl, Dannie springt voll auf ihre humorvolle Art an. Kein einziges Mal war er genervt. Selbst jetzt sitzen sie noch nebeneinander und unterhalten sich über Gott und die Welt. Peter, Victoria, Max, Antonio. Es sind so ziemlich alle in dieser perfekten Kulisse am Wasser versammelt.

Sogar Alex ist gekommen, was mich echt freut. Tatsächlich saß er nämlich noch nie mit den Tänzern in solch einer Runde zusammen. Und er ist auch nur selten hier hinten am Ufer gewesen, wie er mir gerade erzählt. Sie haben extra Campingstühle aus dem Schuppen neben der Tanzhütte geholt und diese um die Feuerstelle platziert. Dannie ist der Barbecue-Meister. Ja, einen Grill haben sie auch noch organisiert. Es gibt Steaks, aber auch Mais und anderes Gemüse, worauf ich mich echt freue. Lisa meinte vorhin, Dannie hätte das Gemüse extra für mich gekauft. Aber das kann ich ihr nicht so recht glauben. Ich schätze, sie will mich nur ein bisschen aus der Reserve locken. Max berichtet Alex vom Flaschendrehen, was ich vergeblich abzuwürgen versuche. Peter will es ihm beweisen und zückt sein Handy, doch mein eindringlicher Blick zu Lisa kann zumindest dies verhindern. Trotzdem sind Max und ich für fünf Minuten das Hauptthema am Feuer. Mir bleibt nichts anderes übrig, als mitzulachen. Ernsthaft: Es kommt mir echt so vor, als würde ich die meisten hier schon eine Ewigkeit kennen.

Nach dem Essen bringt Max Marshmallows, und jeder sucht sich am Waldrand einen passenden Stock. Antonio wählt eher ein langes *Stöckchen*, so dünn, dass alle Wetten abschließen, wann genau er abbrechen wird. Er hält dagegen, doch letztendlich knackt es, was seine Kollegen mit einem Schadenfreudentanz feiern. Es bleibt der Running Gag des Abends, der immer weiter voranschreitet – zu schnell für meinen Geschmack. Als es dunkel ist, bricht Alex auf, James will ihn nämlich nach seiner Schicht nach Hause fahren. Danach verkleinert sich die Runde Stück für Stück, denn einige müssen morgen sehr früh Tanzstunden geben. Ich könnte noch ewig hier sitzen bleiben. Es erinnert mich an die Erzählungen von Klassenkameraden, wenn sie mit den Pfadfindern im Feriencamp waren. Der fantastische Sternenhimmel. Das knisternde Feuer. Die Menschen, die sich ausgelassen miteinander unterhalten. Es ist unglaublich, welche Gesprächsthemen aufkommen, selbst als neben mir nur noch Max, Lisa mit ihrem Peter und Dannie da sind. Irgendwann landen wir dann wieder beim Thema Tanzen, und sie erzählen mir, wie sie dazu kamen.

Nur Dannie hält sich etwas zurück. Wie eigentlich den ganzen Abend schon. Er wirkt einerseits entspannt, andererseits scheint ihn irgendwas zu bedrücken. Seit das Feuer brennt, haben wir kein Wort mehr gewechselt. Mein vibrierendes Handy schreckt mich auf. Eine Nachricht von Onkel Thomas!

»Oh, mein Gott, der Song ist fertig!«, platzt es aus mir raus. Nur das geforderte Vorspielen will bei der schlechten Internetverbindung nicht hinhauen. Verflixt noch mal!

»Dann zeigt uns doch wenigstens mal, was du schon gelernt hast«, bittet Peter mich.

»Oh ja!«, lobt Lisa den Vorschlag ihres Freundes.

Der Wirkstoff meiner zusätzlichen Tablette vor der eingeschobenen Karussell-Stunde am späten Nachmittag ist erst in anderthalb Stunden aufgebraucht, aber Dannies Gesichtsausdruck spricht Bände.

»Kommt schon«, sagt Max.

Ich wende mich Dannie zu: »Wir können ja die Grundschritte zeigen.«

Schließlich stellt er sein Bier ab und sagt Peter, welchen Song dieser einspielen soll. Wir stellen uns zwischen Feuer und Wasser auf. Er fixiert mich wie gestern Abend. Es ist anders als sonst. Heute Abend hat alles eine andere Wirkung auf mich. Seine Augenbraue. Der starke Kieferknochen. Sein Grübchen. Die Flammen bilden die perfekte Umrahmung. Doch noch bevor ich zuordnen kann, was in mir vorgeht, beginnt er, mich zu führen. Wir tanzen die Schritte fünf- oder zehnmal hintereinander. Die anderen applaudieren.

»Das ist mein Mädchen!«, ruft Lisa.

»Na, großartig, ich wurde soeben umbesetzt!«, spielt Max scherzhaft auf die *Fifty-Shades*-Vorführung beim Flaschendrehen an.

Ich muss lachen. Dannie auch. Ich mag es, wenn er das tut. Seine Zähne sind perfekt! Die lodernden Flammen spiegeln sich an ihnen. Wir setzen die Schritte langsamer fort. *Und ja, ich fühle den Tanz, Carry!* Ich bin mit den Bewegungen völlig verschmolzen. Das Feuer hat längst auch seinen Ozean übernommen. Ich beobachte es, während die anderen sich unterhalten und scheinbar längst nicht mehr zusehen. Er dreht mich einmal und zieht mich wieder heran. Der Abstand zwischen uns verringert sich. Das liegt aber nur daran, dass er seine professionelle Tanzhaltung über den Haufen wirft. Bye, separater Tanzbereich! Peters Box spielt mittlerweile eine Ballade. Ist das, was wir hier machen, überhaupt noch ein Tanzstil? Eher ein Tapsen auf der Stelle. Wir werden noch langsamer. Mein Puls hingegen beschleunigt. Schlussendlich kommen wir fast zum Stehen. Meine Hände legt er um seinen muskulösen Nacken. Seine umgreifen sanft meine Hüften. Sein Kopf ist so nah. Ein Gänsehautschauer jagt über meinen Rücken. Mein Herz rast. Es fühlt sich unwirklich an. Aber gleichzeitig auch perfekt!

Mit einem Mal überwindet mein Mund wie von Geisterhand die wenigen Zentimeter zu seinem. Meine Lippen berühren ihn, doch im selben Moment zuckt er zurück. Er lässt mich los, stößt mich fast schon von sich weg.

Oh nein!

Ich erstarre. »Tut mir leid.« Mein Schluchzen bebt in mir nach. Ein krampfartiger Schmerz durchzieht mich. Ich zittere. Die anderen sind still. Garantiert haben sie es gesehen! Dannies Hände fliegen zu seinem Hinterkopf. Er schreitet zurück, wirkt völlig zerstreut. Dann läuft er fort.

Wie konnte ich nur? Es war ein riesiger Fehler!

»Dannie«, seufzt Lisa, doch er bleibt nicht stehen. Und schon ist er in der Dunkelheit des Waldes verschwunden.

Ich bin den Tränen nahe, blicke zum Feuer, zu Lisa, doch ich bekomme keinen Ton heraus. Es gibt keine Erklärung, keine Rechtfertigung.

Max greift zu seiner Bierflasche und spült die schreckliche Situation herunter. Peter folgt seinem Vorbild. Peinlich betretene Stille. Sie schämen sich für mich. Aber ich mich noch viel mehr! Dann steht Lisa auf. Ohne ein Wort greift sie meine Hand und zieht mich hinter sich her, am Ufer entlang, weg von den anderen.

»Lisa ...«, stottere ich vor mich hin und bleibe stehen. »Ich ... dachte ...« Was? Was dachte ich eigentlich? Dass er mich küssen will? Ich habe alles zerstört! Dieser Gedanke kommt mir jetzt erst. Meine Muskeln zittern derart heftig, dass man meinen könnte, jemand hätte eine Waffe auf mich gerichtet. Und gerade fühlt es sich so an, als hätte dieser Jemand auch abgedrückt.

»Wahrscheinlich wollte er das auch«, sagt Lisa. »Mach dir keine Gedanken, es liegt nicht an dir.«

Sie will mich trösten, doch das macht alles nur noch schlimmer.

»Hör zu«, meint sie anschließend und berührt meine Schultern. »Dannie hat eine Freundin.«

Was?

»Sie war auch mal Tänzerin in der Gruppe und arbeitet jetzt in einem Tanzstudio. Die beiden wohnen auch zusammen.«

Ich sinke immer tiefer.

»Es ist aber nicht so einfach mit ihnen. Eigentlich darf ich nichts sagen, aber da du ihn offensichtlich magst ... Sie hat ihn schon mal betrogen. Mehrfach! Aber er hat ihr immer wieder verziehen.«

»Und?«, werfe ich kraftlos ein.

»Er dachte immer, es wird schon wieder, aber das wird es nicht. Jeder weiß es. Und er auch. Sie ist furchtbar. Eine richtige Bitch. Er liebt sie eigentlich schon lange nicht mehr, da bin ich mir sicher. Ich glaube, er hat für eine ganz andere Gefühle entwickelt. Ja, ich meine es ernst. Wenn du mich fragst, ist er ernsthaft an dir interessiert.«

Ich weiß wirklich nicht mehr, in welchem Universum ich mich befinde. »Ich gehe besser mal zurück ins Hotel.«

»Okay. Aber mach dir nicht zu viele Gedanken. Morgen früh beim Training sieht die Welt schon wieder ganz anders aus. Versprochen!«

Ich muss hier weg! »Gute Nacht, Lisa.«

Schweigend laufe ich an den anderen vorbei. Bereits an der Trainingshütte fließt die erste Träne und sie bleibt nicht allein. Ich haste wie mit Scheuklappen zwischen den Bungalows hindurch. Gut, dass James nicht mehr da ist, sonst würde ich mich vermutlich bei ihm ausheulen.

Oben in der Suite gehe ich auf direktem Weg ins Bad, schnappe mir eine Rolle Toilettenpapier, verschließe meine Zimmertür, falle ins Bett und weine los.

KAPITEL 31

Obwohl die Sonne den gesamten Wohnbereich ausgeleuchtet hat, fiel es mir schwer, etwas Positives aus dem anstehenden Tag zu ziehen. Eigentlich wäre ich am liebsten in mein Bett zurückgekrochen. In der Nacht habe ich mich hin und her gewälzt und kaum geschlafen. Der Satz kaltes Wasser mitten ins Gesicht konnte mir die Furcht auch nicht nehmen. Auch die erhöhte Dosis nicht. Am Frühstücksbuffet bekam ich keinen Bissen runter. Nicht einmal James' Lächeln und sein »Schönen guten Morgen, Fräulein Emily!« löst irgendwas in mir aus.

»Guten Morgen, James.« Ich bemühe mich, meinen wahren Gefühlszustand vor ihm zu verbergen.

»Emily. Dürfte ich dich um einen Gefallen bitten?«

»Klar doch«, sage ich und hoffe, dass ich meine Augenringe mit Sarahs Make-up ausreichend kaschiert habe.

Er stellt eine Tüte voll eingewickelter Sandwiches auf den Rezeptionstresen. »Könntest du die eventuell zur Hütte der Tänzer bringen? Alex ist nämlich eben zur Erledigung eines Spezialauftrags aufgebrochen, und ich kann nicht weg, da gleich mehrere Gäste eintreffen.«

»Natürlich, kein Problem!« Er weiß doch ohnehin, dass ich nach hinten gehen will. Ein letztes Mal. Meine Gedanken kreisen auf dem Weg permanent um eine passende Entschuldigung, die er vermutlich gar nicht hören will. Ich werde die Trainingsstunde auf Pumps noch antreten. Aber nur, um Lisa nicht vor den Kopf zu stoßen. Sie hat sich dafür extra Zeit freigeschaufelt, und es wäre einfach nur gemein von mir, jetzt das Handtuch zu werfen. Wenn er gnädig ist, kommt er direkt zu Beginn und wirft es.

Als ich schließlich an der Hütte ankomme, sehe ich neben Lisa auch Peter und zwei Kinder, beide etwa zehn Jahre alt. Die Sandwiches sind garantiert ihr Frühstück. »Hey. Ich sollte euch Sandwiches mitbringen«, entschuldige ich mich für das zu frühe Aufschlagen.

»Na, wenigstens keine Melone«, erwidert Peter abschätzig und ohne mich eines Blickes zu würdigen.

Seine Freundin hingegen lächelt mir entgegen, als wäre nichts gewesen. Während sie auf mich zuläuft, stelle ich die Tüte ab und schlucke seine Häme herunter.

»Tut mir leid, ich hatte diese Tanzstunde total vergessen. Sie geht nur noch fünfzehn Minuten.«

»Ist okay«, erwidere ich. »Wir hätten doch eh erst in zehn Minuten angefangen.«

Ich nehme auf dem Stuhl Platz. Es läuft keine Musik, das Ganze ist eine reine Trockenübung. Aber die Kids machen ihre Sache erstaunlich gut. Ich weiß zwar nicht, was sie tanzen, aber es sieht sehr gekonnt aus. Jeder ihrer Schritte gleicht allerdings einem Hammerschlag gegen mein Herz. Ich muss immerzu an *unsere* Tanzstunden denken und könnte jederzeit in einen Heulkrampf übergehen.

Die Viertelstunde überstehe ich jedoch zum Glück ohne Tränen. Ihre Tanzschüler schnappen sich gierig die Verpflegung und verlassen danach mit Peter die Hütte. Lisa seufzt einmal kräftig, als sie die Tür hinter ihnen schließt.

»Sag's ruhig. Für Peter bin ich nach der Aktion gestern gestorben«, presse ich hervor.

»Ach was. Die Kinder waren nur nervig.«

Ob ich ihr das glauben kann? Sie bemüht sich sicher nur, die mich erwartende Abfuhr noch nicht zu spoilern. Aber wie soll Peter auch reagieren? Professionalität, Disziplin und Selbstbeherrschung sind das Wichtigste in der Branche. Das hatten sie doch im Diner gesagt. Ich habe gegen jeden der

Punkte verstoßen. Trotzdem beginnt sie mit mir das Pumps-Training, das sehr schnell vorübergeht. Und gleichzeitig rückt der Moment näher, vor dem ich mich so fürchte.

Schließlich ist es so weit: Dannie betritt den Raum. Mit einem gelassenen »Hey!«.

»Perfekt! Da machen wir morgen weiter«, sagt Lisa und packt schnell ihre Sachen zusammen. »Bye, Emily!« Danach ist sie verschwunden. Zu ihrer Privatstunde.

Sofort spüre ich diese Barriere zwischen uns. Wie zwei gleiche Pole, die sich abstoßen. Aber er hat seine Trainingstasche dabei. Will er also doch weitermachen? Es totschweigen? Augen zu und durch?

»So. Uns bleiben noch drei Trainingstage. Wir setzen heute die nächsten Parts zusammen und passen das Timing dem Song an.« Er stellt sich in die Mitte der Tanzfläche.

Da habe ich meine Antwort! Keinerlei Vertrautheit mehr. Eiseskälte. Er will sein Bewerbungsvideo, also muss er es runterschlucken. Okay. Wenn ich meinen Fehler so wiedergutmachen kann, werde ich das tun.

Die ganze erste Stunde des Trainings macht er einen rigorosen Eindruck. Von einer Augenbrauen-Geste sind wir meilenweit entfernt! Er triezt mich. Es fühlt sich an, als hätte er eine imaginäre Peitsche in der Hand. »Mehr Charisma im Gesicht!« oder »Gib mehr Gas mit der Hüfte!« sind nur zwei seiner unsanft betonten Forderungen.

Zunächst macht es mich traurig, und ich rede mir ein, dass ich es nicht anders verdient habe. Ich kann mich nur schwer konzentrieren, Fehler entstehen beinahe minütlich. Irgendwann bin ich an dem Punkt angelangt, wo ich einfach nur bete, dass er aufhört und milder wird, doch der Wunsch bleibt mir verwehrt.

Bevor ich noch zusammenbreche, mache ich meinem Ärger in der ersten Trinkpause Luft. »Hör bitte auf damit, Dannie.« Sein Rücken bleibt mir zugewandt. Er setzt die Flasche wieder ab. An seiner Haltung kann ich erkennen, dass er mir zuhört. Aber kann ich überhaupt weitersprechen? Kann ich *es* aussprechen? »Ich weiß, das gestern war … dumm von mir. Und es tut mir leid. Aber du musst das hier nicht so durchziehen. Ich helfe dir. Und ich werde es weiterhin tun. Aber sei nicht so gemein zu mir.«

Endlich fällt der Ballast ab! Er trinkt erneut aus seiner Flasche, weiter und weiter, als würde er für einen Gegenschlag Wasser einsaugen und es mir gleich alles gegen den Kopf spucken wollen. Dann schluckt er hörbar herunter und haut mit der flachen Hand auf den Saugverschluss. Doch eine Antwort bekomme ich nicht. Vielleicht kocht er ja gerade innerlich vor Wut, weil sich das kleine gestörte Mädchen auflehnt. Und ja, ich könnte es sogar nachvollziehen, trotzdem ist es unfair.

»Wir werden es schaffen, Dannie. Und unser Song wird auch gut ankommen«, schiebe ich nach und rufe mir die positiven Dinge ins Gedächtnis zurück.

»Genau das ist es«, brummelt er leise vor sich hin. Gerade, als ich nachfragen will, was er damit meint, dreht er sich um. »Bist du dir sicher, dass du das alles nicht nur für den Song machst? Und dass du es auch wirklich durchziehen wirst? Es sieht nämlich gerade nicht so aus.«

Mit seinen starren Augen verdeutlicht er mir die Zweifel, die ich mit dem Kuss hervorgerufen habe. Nur deswegen denkt er doch, dass ich es nicht ernst nehme, oder? Aber eigentlich sollte er es besser wissen. »Nein, ich mach das natürlich nicht nur für den Song. Eure Begeisterung für das Tanzen hat mich angesteckt. Und es hat mir so viel gegeben, Dannie. Ein Gefühl, das ich vorher nicht kannte!«

»Für mich geht es um viel mehr als nur um den Spaß, das ist meine Existenz! Ich kann es mir nicht erlauben, ein Video abzuliefern, auf dem ein Mädchen zu sehen ist, das nicht alles gibt!«

Er hat Angst. Mit einem Mal empfinde ich Mitleid. Mitleid, das ich gerade noch für mich selbst empfunden habe. Aus der kleinen Emily mit der Schlinge um dem Hals, ist nun der kleine Dannie geworden, der mich und meine Motivation anzweifelt. »Ich gebe alles, Dannie, glaub mir. Denn ich will, dass du den Job bekommst!« Und wie ich das will!

Dannies Kopf ist wieder nach unten geneigt. Er zieht abermals den Verschluss heraus und drückt ihn wieder rein.

»Auch wenn du dich für einen anderen Song entschieden hättest, hätte ich weitergemacht. Ihr habt mir so viel Freude gegeben! Und diese Freude werde ich in unseren Tanz stecken! Und dann wirst du den Job für das Musical kriegen! Ich kann dir zwar nicht versprechen, dass ich es bis ins Kleinste perfekt tanze, aber ich kann dir versprechen, dass ich mir den Arsch aufreißen werde!« Diese Phrase ist so gar nicht Emily, doch sie musste einfach sein. Nichts von all dem war zurechtgelegt, es kam direkt aus meinem Herzen. Und das rast momentan. Es wartet auf seine Reaktion.

Nach einigen Sekunden beginnt sein Kopf wippend zu nicken. »Okay«, sagt er. »Ich glaube, das wollte ich hören.« Ein Lächeln der Erleichterung bildet sich auf seinen Lippen.

Als ich nach dem Training erschöpft, aber auch irgendwie glücklich in die Suite zurückkehre und duschen gehen will, höre ich Sarah in ihrem großen Schlafzimmer weinen. Jetzt, wo sich mit Dannie alles wieder halbwegs eingerenkt hat, muss ich einfach nach ihr sehen.

Ein jammerndes »Jaaa?« fliegt mir entgegen, und ich öffne die Falttür. Sie liegt ausgestreckt auf dem Bauch. Das Kopfende ist mit unzähligen zerknüllten Taschentüchern übersät. Ich kann mir schon denken, wer für diesen Anblick verantwortlich ist. Sie blickt kurz zu mir und weint sich weiter die Seele aus dem Leib.

»Was ist denn passiert?«, wispere ich mit der nötigen Portion Mitgefühl und setze mich zu ihr aufs Bett. Da ist er mal wieder: einer der Momente, in denen sie mir richtig leidtut. Das passiert nicht selten, immerhin fällt ihr ja ständig etwas auf die Füße. Und ich bin dann die einzige Person, die als Stütze da ist. Janice könnte damit gefühlstechnisch niemals umgehen und Jim, der es eventuell könnte, ist ja eigentlich immer arbeiten. Eben weil ich so viel Erfahrung als ihre Hobby-Therapeutin habe, kann ich mir schon denken, was sie so aus der Fassung gebracht hat.

»Dav… David …«, schluchzt sie schnappatmend.

Welch Überraschung! Ich schweige, während sie in ein bereits benutztes Taschentuch schnäuzt. Dann robbt sie zu mir ans Fußende, das verletzte Mädchen, das plötzlich so umgänglich ist, ganz ohne Vielsafttrank und künstlichen Schutzwall. Ich will die Hoffnung nicht aufgeben, dass sie irgendwann damit beginnt, den Menschen mehr von dieser demütigen Sarah mit den echten Gefühlen zu zeigen.

»Ich habe ihn vorhin gesehen, wollte ihn auf dem Tennisplatz überraschen, da hat er gerade eine Frau geküsst.«

Kaum ausgesprochen, bricht sie wieder in Tränen aus. Ich spüre den Schmerz, den sie empfindet. Anschließend entsteht ein tiefgründiges Gespräch, und für einen kurzen Moment will ich ihr erzählen, dass ich gestern in einer ähnlichen Situation war, aber ich kann es mir verkneifen. Je mehr ich sie motivieren will, desto tiefer versinkt sie in ihrem Kummer. Als ihre Tränen irgendwann getrocknet sind und ich mitkriege, dass die Bandprobe längst begonnen hat, biete ich ihr an mitzukommen. Überraschenderweise stimmt sie auch noch zu. Hauptsache, sie bleibt nicht allein. Ich bin heute quasi ihre Lizzy.

Im Ballsaal steht gerade eine Pause an, in der die Musiker miteinander über einen Song sprechen. Sarah nimmt auf einem der vielen leeren Stühle Platz, und ich schleiche mich hoch zur Bühne, wo ich bei Edin anhalte, um ihm mitzuteilen, dass es einen familiären Notfall gab, was der Anblick meiner verweinten Cousine ja deutlich unterstreicht. Ich setze mich zu Oscar, der mir, lieb wie eh und je, erklärt, wo sie gerade sind. Er erzählt mir auch von den Unstimmigkeiten, denn einige wollen an einer bestimmten Stelle Änderungen vornehmen. Ja, das sind wirklich katastrophale Probleme, denke ich mir im Stillen.

Beim Abendessen steigt Sarahs Laune langsam, aber sicher an. Sie sprudelt beinahe wie ein Wasserfall. Janice und Jim haben Sendepause, als sie mir angeregt Fragen über die Band und unseren geplanten Auftritt stellt. Auch wenn sie die Songs jetzt nicht so ansprechend fand, umso besser gefiel ihr der Bandschlagzeuger, der ihrer Meinung nach höchstens zweiundzwanzig ist und perfekt spielt. Wenn ich mir überlege, wie sie vor ein paar Stunden drauf war, könnte man meinen, mir sitzt eine zwiegespaltene Persönlichkeit gegenüber. Vielleicht ist das auch so. Jedenfalls habe ich meine Mission offensichtlich erfüllt. Um das Thema umzulenken, frage ich Jim, ob er denn bald wieder eine Tanzstunde hat. Er bejaht und berichtet von seiner heutigen sowie den nächsten beiden Tagen, auf die er sich freut wie Sarah auf den Schlagzeuger. Janice macht die Schotten dicht.

»Ihr könntet ja mal meine Frau überreden, auch eine Stunde zu nehmen.«

»Ja, genau, Mom. Mach das doch«, meint Sarah in ihrer aufgeblühten Verfassung.

»Nein, danke. Kein Interesse.« Ihre gerümpfte Nase bringt uns alle zum Lachen.

Gleichzeitig muss ich permanent an Dannie denken. Ich bin unheimlich froh, dass die Wogen zwischen uns geglättet sind und dem Auftritt nichts mehr im Weg steht. Hoffentlich kann er diesen dummen Kuss vergessen. Es ist mir immer noch so krass peinlich. Aber die Mousse au Chocolat hilft mir, den Gedanken auszublenden. Nachdem ich sie ausgelöffelt habe, steht plötzlich Alex hinter mir und wünscht allen einen guten Abend. Wieder überrascht Sarah mich, denn sie erwidert den Gruß überaus freundlich und nicht aufgesetzt.

»Emily. Könntest du mal mitkommen?«, fragt Alex mich.

»Ja, klar.« Er führt mich in die noch leere Bar.

»Mr. Mallow hat mich gebeten, dich zu fragen, ob du in sein Büro kommen könntest.«

Mr. Mallow? »Okay ... Weißt du, warum?«

»Leider nicht. Sein Büro ist gleich die Tür rechts hinter der Rezeption«, erklärt er mir.

»Alles klar.« Vielleicht geht's ja um meinen Collegedirektor? Als ich anklopfe und hereingebeten werde, wird mir mulmig zumute, denn Dannie und Lisa stehen vor dem Bürotisch, an dem Mr. Mallow in einem breiten Ledersessel sitzt. Und hinter ihm, eine Hand auf der Lehne abgelegt, David. Das ergibt keinen Sinn.

»Emily. Danke, dass du gekommen bist«, sagt Mr. Mallow. Die Freundlichkeit ist nur gespielt. »Dann kann ich euch ja nun verraten, weshalb ich euch alle hergebeten habe. Ihr wisst ja, dass mir die Sommergala ein großes Anliegen ist. Die Menschen legen ihren Urlaub extra auf diesen Zeitraum, um sie miterleben zu können. Viele Einwohner der Stadt und der gesamten Umgebung haben Tickets erworben. Es werden Freunde von mir anwesend sein, Geschäftspartner und, und, und. Genau deswegen erwarte ich, dass wir das beste Programm bieten, das wir zu bieten in der Lage sind.« Er macht eine kurze Pause und mustert dabei weiterhin seinen Schreibtisch. »Es ist mir zu Ohren gekommen, dass die Vorbereitungen für die Tanzaufführung nicht so laufen, wie wir es uns vorstellen. Um genau zu sein: Ich werde hintergangen!«

Sein Tonfall wird schlagartig rauer. Mir schwant Übles. Was, wenn ...

»Ihr habt hinter meinem Rücken beschlossen, den letzten Song eures Programms zu ändern und den von mir vorgeschriebenen zu streichen.«

Die Luft im Raum ist eisig kalt. Dannie und Lisa wirken erstarrt.

»Sir, das ist …«, sagt Dannie, wird jedoch jäh von einem drohenden Zeigefinger unterbrochen.

Mr. Mallow senior grinst verächtlich. »Stopp! Jetzt rede ich! Es wird Folgendes geschehen: Ich werde von meinem Vertragsrecht Gebrauch machen und die Tanzshow nach Paragraf 15 mit sofortiger Wirkung aus dem Programm nehmen!«

»Das können Sie doch nicht machen!«, stößt Lisa fassungslos aus.

»Oh doch!«, schaltet sich David aus dem Hintergrund ein.

»Weshalb werden denn Verträge geschlossen? Ihr streicht was im Programm, also streiche ich auch was«, legt sein Vater nach. »Damit hättet ihr rechnen müssen. Man sollte seinen Boss nicht hintergehen. Jetzt tragt die Konsequenzen.«

»Das ist ihr letztes Wort?«, erwidert Dannie prompt. Er brennt innerlich, ich kann es spüren.

»Ihr erhaltet die Hälfte der Gage, wie vertraglich geregelt, am Montag und dürft bis dahin natürlich noch in euren Bungalows nächtigen …«

Dannie lässt Mr. Mallow nicht ausreden, er reißt die Tür auf und stürmt nach draußen. Lisa eilt ihm hinterher. Ich kann nicht mehr denken! *Es ist deine Schuld, Emily, nur deine Schuld!* Während Mr. Mallow und sein Sohn ihren Triumph genießen, folge ich den beiden. Erst hinten bei den Bungalows sehe ich sie wieder. Wutentbrannt tritt Dannie gegen eine silberne Mülltonne, und als sie umfällt, hebt er sie auf und schmeißt sie ins Gebüsch.

»Er kann euch doch nicht rausschmeißen. Das kann er doch nicht machen.« Mein Schluchzer entspricht nicht annähernd meiner Verzweiflung.

»Anscheinend schon«, sagt Lisa.

»Dieser verfickte Drecksack!«, schreit Dannie.

Zwei ihrer Kollegen erscheinen verschlafen auf den Terrassen. Danach taucht Max auf. Sie lassen sich alles von Lisa erklären. Ich glaube nicht, dass ich zu Dannie durchdringe, aber ich muss es versuchen! Immerhin bin ich der Grund für das ganze Horrorszenario. »Dannie, ich rede noch mal mit ihm. Meine Tante und mein Onkel sind gut mit ihm befreundet.«

Seine Antwort ist die blanke Resignation: »Was willst du denn noch mit ihm reden? Das war's! Aus! Es wird keine Show geben!« Er sucht Halt an der Wand.

Ich muss doch irgendwas tun können. Nur was? »Könnt ihr nicht euer ursprüngliches Programm aufführen? Und wir tanzen einfach so für dein Bewerbungsvideo.« Vielleicht sieht es dann nicht wie ein echter Auftritt aus, was ja gefordert war, aber dann hätte er wenigstens ein Video.

»Auf keinen Fall! Wir kriechen diesem Mistkerl nicht in den Arsch!«

»Irgendjemand hat uns verpfiffen! Wie soll er denn sonst davon erfahren haben?«, höre ich Max sagen.

»Ist doch scheißegal! Das war's hier!«, erwidert Dannie und läuft in Richtung Trainingshütte.

Mir schießen Tausende Dinge durch den Kopf. Soll ich ihm anbieten, die andere Hälfte seiner Gage zu übernehmen? Wenn ich mit Mr. Mallow rede, würden Janice und Jim eventuell erfahren, dass ich immerzu mit Dannie getanzt habe. Aber es geht nicht um mich, sondern um die Tänzer und ihren Verlust, der meinetwegen entstand.

»Lisa. Es ist meine Schuld. Wäre ich nicht mit meinem Song gekommen ...«

»Quatsch. Es ist doch nicht *deine* Schuld! War schon richtig, dass wir mal einen anderen Abschluss ohne diesen langweiligen Song machen.«

»Eben. Wir konnten ja nicht ahnen, dass der Mallow *vor* der Gala davon erfährt«, stimmt Peter zu, der plötzlich bei uns steht.

Aber ich kann ihnen nicht zustimmen. Es ist mein Song. Nein, *unser* Song. Aber definitiv *meine* Schuld! Und deswegen muss ich es wieder geradebiegen!

KAPITEL 32

Bingo, denke ich mir beim Blick aus dem Fenster. Wenn das mal nicht zum heutigen Tag passt! Die Sonne ist wahrscheinlich ebenso depressiv gestimmt wie ich. Wie muss *er* sich wohl gerade fühlen? Macht er sich Vorwürfe?

Was ich mache, steht jedenfalls fest. Ich fahre nach unten und frage James, ob ich Mr. Mallow sprechen kann.

»Das tut mir leid, er ist nicht im Haus«, sagt James.

»Wann kommt er denn zurück?«

»Heute gar nicht mehr.«

Gar nicht mehr? Aber … »Ich wollte mit ihm über die Tänzer reden.«

»Ich fürchte, Emily, da ist schon das letzte Wort gesprochen, so bedauerlich es auch ist.«

»Nein …«, seufze ich und verliere mein inneres Gleichgewicht.

»Tut mir leid, Emily«, sagt er und legt seine Hand tröstend auf meine.

»Sie können ja nichts dafür.« Mit gesenkten Schultern verlasse ich das Hotel. Die Nachricht hat meine gesamte Resthoffnung ausgelöscht. Sie stammt von James. James! Er würde das niemals sagen, wenn es für die Show der Tänzer doch noch eine Chance gäbe. Nun stehe ich also da, ohne Hoffnung und Motivation, verloren. Ich blicke zum großen Holzpavillon. Keine Tanzstunde. Haben sie ihnen diese etwa auch gestrichen?

Auf einmal erblicke ich eine mir bekannte Person rechts vom Pavillon. Maria! Keine Minute später bin ich bei ihr. Ich hoffe, ich erschrecke sie nicht, denn sie ist gerade auf ihr Handy fokussiert. »Hallo, Maria.«

»Oh, Emily! Na, wie geht es dir heute Morgen?«, fragt sie mich und nimmt einen Zug an ihrer Zigarette.

»Ganz gut.« Ich kann sie unmöglich vollheulen!

Doch dann sagt sie plötzlich: »Ich habe schon von der Tragödie gehört.«

»Ich verstehe es einfach nicht«, äußere ich und lasse mich in einen Stuhl fallen, bevor ich im Gras zusammenbreche.

»Ich auch nicht. Ihr seid doch alle so lieb. Dannie, Carry, Lisa, die süße Maus. Ist etwas vorgefallen?«

»Es lag an einem Song«, lege ich los. *Aber halte wenigstens die Tränen zurück, Emily!* »Mr. Mallow hat Songs für das Programm vorgegeben. Und ich war so doof und habe vor den anderen gesagt, dass das Lied für den Abschlusstanz ziemlich langweilig ist. Wir haben einen anderen Song genommen, was bis zur Show niemand erfahren sollte. Aber die Mallows haben es anscheinend irgendwie rausgefunden.«

»Ach herrje«, entgegnet sie. Wie ein Geist starre ich auf den Tanzboden des Pavillons. »Ein einziger Song. Da hätte Mr. Mallow doch ein bisschen Nachsicht walten lassen können.«

»Ich wollte eben noch mal mit ihm sprechen. Aber er ist nicht da. Maria, ich habe wirklich keine Ahnung, was ich noch machen kann. Ich fühle mich schuldig.«

»Schätzchen, mach dir doch keine Vorwürfe! Ich erzähle dir jetzt mal eine Geschichte. Als ich damals herkam, kannte ich niemanden. Ich musste arbeiten gehen, um meine Familie in Puerto Rico zu ernähren. Immer Geld nach Hause schicken. Meine Schwester kann nicht arbeiten gehen, sie muss drei Kinder großziehen, ihr Mann ist verstorben. Zu Hause bekam ich nicht genug Lohn, also habe ich mich überall beworben, in gefühlt allen Hotels des Landes. Als ich dann hier angenommen wurde, waren James und seine Frau die Einzigen, zu denen ich Kontakt hatte. Ich kam mir verloren vor. Genau wie du jetzt vermutlich. Meine Schwester und die Kinder habe ich nur über das Telefon gehört, wir waren so weit voneinander entfernt. Doch dann kam das kleine Lichtlein, das die Lok zurück auf die Schienen führte.«

Ich hänge an ihren Lippen. »Und was war das?«

»Ein grandioser Mann. Jung und sehr attraktiv. Er hat oft hier im Hotel gegessen und sich eines Tages verlaufen. Er wollte eigentlich auf die Toilette gehen. Und dann stand er bei mir in der Wäschekammer. Wir kamen ins Gespräch und haben uns sofort ineinander verliebt.«

Sie erzählt es so fasziniert, dass ich kurzzeitig alles Negative ausklammere und mich in ihre Welt ziehen lasse. »Seid ihr noch zusammen?«

»Aber natürlich! Einen solchen Mann lasse ich doch nicht mehr gehen, Schätzchen. Dort hinter der Hecke auf der Wiese haben wir damals geheiratet. Edin und seine Band haben auf der Steinbühne für uns gespielt. Es war zauberhaft, eine unglaublich schöne Zeit!«, schwelgt sie in ihren Erinnerungen, die förmlich aus ihr herausstrahlen.

»Was macht dein Mann denn beruflich?«, frage ich sie.

»Marcus ist der Bürgermeister hier. Viel Verantwortung, aber er macht seinen Job wunderbar. Ich bin unheimlich stolz auf ihn!«

Ihre Worte sind wie das letzte fehlende Puzzleteil. Mit einem Mal werden sie alle miteinander verbunden. Ich richte mich auf. Eine kampfbereite Haltung? Bin ich bereit für die Schlacht meines Lebens?

»Dein Mann ... ist der heute im Büro?«, frage ich sie.

»Klar, er ist der Bürgermeister, Schätzchen. Und glaub mir, wenn er frei hätte, würde ich gerade nicht hier sitzen, sondern in Malibu am Strand liegen.«

Schon ihr erstes Wort genügte, um mein Gedankenfeuer endgültig zu entfachen. Alex! Ich muss Alex finden! So schnell wie möglich!

»Ist alles okay, Emily?«

Okay? *Diese Idee ist crazy, Emily! Vollkommen crazy!* »Ja! Ähm, Maria, könntest du mir vielleicht die Telefonnummer von deinem Mann geben?«

Maria wirkt zwar verwirrt, zückt aber direkt ihr Handy.

»Ich erkläre dir nachher alles, versprochen!«, sage ich und kann gar nicht abwarten, den grünen Hörer zu berühren. »Du bist so toll, Maria! Wir sehen uns später!« Ich umarme sie und laufe schnurstracks auf den Hoteleingang zu. Der Rufton begleitet mich. Wenn das klappt, dann ...

Das Gefühl, das ich gerade empfinde, ist überwältigend. Seitdem ich Alex alles erzählt habe, überlege ich hin und her, sie anzurufen, aber ich entscheide mich fürs Warten, um es ihnen persönlich sagen zu können. Am liebsten würde ich es jedoch herausschreien. Die Endorphine haben mich im Büro von Marias Mann förmlich durchflutet. Schon als er mir erzählte, wie sehr er mit dem Hotelgelände und auch dem OLDIES verbunden ist, war mir klar, dass es funktionieren könnte.

»Hoffentlich sind sie noch nicht nach Hause gefahren!«, sagt Alex.

Mach mir keine Angst! »Denkst du, das wäre möglich? Mr. Mallow meinte, sie dürfen noch bis zum Montag in ihren Bungalows bleiben.«

»Na ja, wenn ich einer von ihnen wäre, würde mich da nichts mehr halten. Er hat wohl sogar andere Tänzer für die Tanzstunden engagiert.«

Oh nein! Okay, es ist halb zehn. Wenn sie ausgeschlafen haben, sind sie bestimmt noch nicht weg. Als ich auf mein Handy sehe, muss ich mit Entsetzen feststellen, dass der Bildschirm schwarz bleibt. Auch das noch! »Mein Akku ist tot. Hast du einen von ihnen eingespeichert?«

»Mein Handy liegt im Personalraum, sorry.«

Na großartig! Muss ich jetzt echt abwarten, bis wir wieder zurück sind? Ich presse meinen Daumen erneut auf den Anschaltknopf. Minute für Minute vergeht, und zwar gefühlt in Zeitlupe. Ich wippe mit den Füßen auf und ab. Zeitgleich trommele ich mit dem verflixten Telefon auf meinem Oberschenkel herum.

Als wir dann endlich auf der Straße zum Hotel sind, bleibt mein Herz beinahe stehen. Ich scanne sofort den Parkplatz. Ja, da stehen einige Autos der Tänzer, doch Dannies sehe ich nicht.

»Sie scheinen noch da zu sein«, sagt Alex.

»Ich gehe schnell zu den Bungalows, okay?«

»Und ich drücke dir die Daumen!«

»Danke für alles, Alex!« Ich kann ihm gar nicht genug danken.

Bereits am weißen Pavillon stoße ich auf Lisa, Max und Peter. Mit Taschen in den Händen.

»Nein. Ihr dürft noch nicht fahren!«, platzt es aus mir heraus. »Ich habe eine Idee!« Die verdutzten Gesichter warten auf mehr Informationen. Und die gebe ich ihnen: »Die Tanzshow kann stattfinden!«

»Wie das? Hast du den Mallow überredet?«, fragt Lisa.

»Nein, nicht den Mallow. Aber den Bürgermeister. Der Stadt gehört das Gelände mit der Steinbühne hinter der Hecke. Und er stellt sie uns kostenfrei zur Verfügung. Wir können die Show dort stattfinden lassen. Außerdem bekommt jeder von euch eine Gage, weil es dann eine städtische Veranstaltung ist. Wir müssen nur alles herrichten und Werbung in der Stadt machen. Ist das nicht toll?«

Sie sind geplättet.

»Aber warum sollte der Bürgermeister ...«, setzt Peter an.

»Er ist Marias Ehemann. Und sie haben dort drüben geheiratet. Die Stadt wollte das Gelände schon an die Mallows verkaufen, aber die würden dann die Bühne abreißen, und das will er natürlich nicht.« Sofort strömen meine ganzen

Einfälle aus mir heraus: »Wir könnten alle zusammen Plakate in der Stadt aufhängen. Alex kümmert sich um das Mähen und besorgt Hochdruckreiniger für die Bühne. Die Stadt stellt uns die Bestuhlung, und mein Patenonkel könnte uns die Technik besorgen. Dann würde Dannie auch sein Video kriegen.«

»Das klingt doch eigentlich gar nicht so verkehrt, oder was meint ihr, Jungs?«, sagt Lisa schließlich.

Ihr Freund reagiert prompt: »Das wäre ein verdammter Arschtritt für die Idioten da drinnen. Ich bin dabei!«

Na endlich!

»Es gibt nur ein Problem, Leute«, meint Max. »Was machen wir, wenn es regnet?«

»Das wird es nicht! Wir haben Hochsommer«, grinst Lisa die pessimistische Bemerkung einfach weg. »Aber Em, Dannie ist schon vor ein paar Stunden abgefahren.«

Den Schmerz, der von dieser Information in meiner Brust ausgelöst wird, darf ich nicht zulassen. »Er muss zurückkommen«, stoße ich bettelnd aus.

Noch ist nichts vorbei! Ich werde alles wieder richten! Für ihn!

KAPITEL 33

»Dannie, hey. Bist du schon zu Hause?«, fragt Lisa.

»Fast.« Er fährt auf den Parkplatz vor dem Wohnblock, der stilistisch einem Motel gleicht.

Lisa redet und redet: »Okay, pass auf. Emily steht gerade vor uns. Sie hat den Bürgermeister überredet, unsere Show auf der Steinbühne hinter der Hecke stattfinden zu lassen. Wir könnten es also durchziehen, als Konkurrenz zur Gala. Emily hat sogar was von einer Gage erzählt. Und du hättest dann dein Castingvideo. Wir müssten uns nur um den Aufbau kümmern und Werbung machen. Also Peter, Max und ich finden die Idee richtig gut! Was sagst du? Kommst du zurück?«

Dannie sieht hinauf zu den Fenstern seiner Wohnung. Die Steinbühne kennt er natürlich. Sie ist verdreckt, und vor ihr wuchert alles. Nie sind sie dort aufgetreten, nicht einmal im Traum wäre ihm diese Idee gekommen. Das Gelände gehört der Stadt, und das Hotelgrundstück beinhaltet eigentlich lediglich die rechteckige Grünfläche bis zu den Sportplätzen. Das Ufer ist nicht Eigentum der Mallows, auch Straße und Parkplatz nicht. Kaum einer sonst kennt diese Details. Er schon. Und er weiß, dass theoretisch jeder über den illegal aufgeschütteten weißen Sand bis zu den Weiden durchlaufen darf – die Mallows könnten einen Scheißdreck dagegen tun.

Ja, es würde theoretisch funktionieren. Und trotzdem: Diese Idee kann nur von einem Mädchen wie Emily kommen. Warum macht sie das?

All das geht ihm durch den Kopf, ändert aber nichts an der Tatsache, dass er jetzt einen anderen Teil seines Lebens in den

Griff kriegen muss. Die Basis, *wie seine Grandma immer sagte. Seine Mutter hatte diese Basis gefunden und Dannie somit fast den Vater, den er so sehr gebraucht hätte. Keine bloße Grabstelle, sondern ein echtes Vorbild, Rückhalt, eine Stütze und Unterstützung dabei, seinen Hang zu Gewalt in den Griff zu kriegen. Aber nein, ein belangloser Fehler ließ sie wegrennen. Umzug nach Umzug folgte. Gekämpft hat sie nie. Und nun lebt sie einsam und verlassen in der Pampa.*

So will er nicht enden. Er muss sich um seine Beziehung kümmern und seiner Freundin die letzte Chance geben, um die sie ihn angefleht hat. Die letzten Telefonate waren zermürbend für ihn. Das fehlende Geld und ihre Alkoholsucht. Ständig ging es nur darum. Nicht um ihre Beziehung. Das will und muss er ändern, die bröckelnde Basis reparieren. Für die Kohle findet er schon noch eine Lösung.

»Das Thema ist durch für mich«, sagt er zu Lisa.

Im tiefsten Inneren trachtete er danach, seine Vergangenheit ausbrechen zu lassen und den Mallows ordentlich die Fresse zu polieren. Es hat nicht viel gefehlt, der Drang war groß. Dennoch war es letztendlich richtig, die aufkeimende Wut runterzuschlucken und sich damit den Ärger und unzählige Probleme vom Hals zu halten. Er hat abgeschlossen.

»Echt jetzt?«, hakt Lisa mit hörbarem Unverständnis nach.

»Ja, Lisa. Ich bin raus. Macht, was ihr nicht lassen könnt. Und sag der Kleinen, sie kann nichts dafür.«

Er legt auf, nimmt seine zwei Taschen aus dem Kofferraum und geht die Treppe hinauf zur Wohnungstür.

KAPITEL 34

Ich ahne Schlimmes. »Was hat er gesagt?«, frage ich und fühle mich seltsam schwach.

Sie schüttelt den Kopf. »Er will nicht.«

Es zerreißt mich. Wieso will er nicht? Etwa meinetwegen?

»Tut mir leid, Emily. Aber er lässt dir liebe Grüße ausrichten. Du sollst dir keinen Kopf machen, es ist alles nicht deinetwegen passiert. Ich glaube, für ihn ist die Sache einfach nur abgehakt.«

Abgehakt? Das Glücksgefühl von vor einer Minute hat sich in Luft aufgelöst. Es wäre zu schön gewesen. Gemeinsam das Ruder rumreißen, die Steinbühne wieder im alten Glanz erstrahlen lassen und den Menschen zeigen, was man alles erreichen kann, wenn man dran glaubt.

»Ohne ihn macht es keinen Sinn. Dann fahren wir jetzt los?«, fragt Peter mit nüchterner Gleichgültigkeit in der Stimme.

Aber er hat recht. Ich will es bloß nicht wahrhaben. Gleich verschwinden auch sie. Und ich bleibe zurück, mit herausgerissenem Herzen.

KAPITEL 35

Er tritt behutsam auf, damit seine Freundin ihn nicht vorzeitig hört, womit die Überraschung dahin wäre. Ihr überraschtes Gesicht wird zweifelsohne nur ein kleiner Trost sein. Aber genau das braucht er jetzt. Das und etwas anderes. Er zieht den Schlüssel aus der Brusttasche seiner Jeansjacke. Das Schloss öffnet sich, und sein zartes Lächeln muss gegen die Stöhngeräusche aus dem Schlafzimmer ankämpfen. Es verliert.

Dann folgt der Kampf gegen den Anblick, der sich ihm bietet. Sie ist es. Wer soll es sonst sein? In ihrem … seinem Bett. Sie sind voll bei der Sache. Es ist kein Schock für ihn. Kein elementarer wie beim ersten Mal. Nein, diesmal ist es ein bestätigender Schock. Die Muskeln in seiner linken Wange zucken unwillkürlich, während er die Fäuste ballt. Seine Fäuste ballen sich. Aus Wut, die ihm selbst gilt. Nicht dem herbeigelaufenen Typen in seinem Bett. Sie gilt seiner eigenen Dummheit. Anschließend bemerkt sie ihn. Ihr Gesicht versteinert.

»Dannie.«

Er läuft die Stahltreppe zügig hinab. Er ist fast schon gelassen. So gelassen man eben sein kann, nachdem man mal wieder betrogen wurde.

Er steigt in sein Auto und fährt los. Seine Freundin erscheint im Morgenmantel oben am Balkongeländer. Alles, was er für sie noch übrighat, ist das ohrenbetäubende Brummen des Motors, das er mit seinem kräftigen Tritt erzwingt. Sie war der Grund, weshalb er sich neues Glück versagte. Sie. Die Person, die ihn heute erneut vorgeführt hat und für die er, wie ihm nun schlagartig bewusst wird, keinerlei Gefühle mehr hegt.

Gas geben. Nur das zählt für ihn. Die Landstraße ist leer und birgt mit ihrer geraden Streckenführung kein besonders hohes Risiko. Schon nach den ersten drei Meilen senkt er das Tempo wieder und bremst schlussendlich sogar ab. Danach weist er über die Freisprechanlage sein Handy an, Lisas Nummer zu wählen.

KAPITEL 36

»Ich werde euch sehr vermissen, glaubt mir«, sagt James bei der Umarmung mit Peter.

»Und wir dich erst!«, erwidert dieser, und Max stimmt zu.

»Aber vielleicht ist das letzte Wort für die nächsten Jahre noch nicht gesprochen.«

Er will den beiden Hoffnung schenken. Hoffnung, die meine Trauer nicht lindern kann.

»Kommando zurück, Leute!«, ruft Lisa ganz plötzlich von hinten in die Lobby hinein.

Kommando zurück? Was heißt das denn nun? Die anderen sind mindestens so verdutzt wie ich. Warum ist Lisa auf einmal so happy?

»Dannie hat sich umentschieden! Er kommt zurück!«

»Was? Wieso das denn? Er hatte doch gerade ...«, merkt Peter an.

»Egal. In drei Stunden ist er wieder da«, sagt sie. »Wir werden dann wohl doch bis Montag bleiben, James.«

Ein surrealer Traum. Ich muss es noch einmal hören.

»Dein Plan scheint ihn doch überzeugt zu haben, Em«, sagt sie.

Es kommt irgendwie noch nicht in meiner Schaltzentrale an. Das würde ja bedeuten, wir planen nun eine ... Show?

»Dann packen wir gleich wieder aus, Jungs«, sagt sie, bevor sie sämtliche Kollegen anschreibt.

Tut mir leid, James. Ich werde dich aufklären, sobald ich es selbst begriffen habe.

Mit jedem Schritt durch den Wald steigt die Euphorie um das Hundertfache an. Mein Herz pocht stärker als je zuvor. Als ich zu ihr aufschließe, erklärt sie mir, dass sie selbst keine Ahnung habe, weshalb Dannie seine Meinung änderte. Wichtig ist ja aber eh nur, dass er zurückkommt. Zwei bis drei Stunden, dann sollte es so weit sein. In ihrem Bungalow frage ich sie, ob wir noch mal mit den Pumps üben können, wann wir mit dem Aufräumen und Putzarbeiten beginnen werden, ob ich Alex wegen des Rasens Bescheid geben kann, wie wir die nächsten Tage strukturieren und etliches mehr. Ich muss ja auch noch mit dem Bürgermeister sprechen! Es gibt so viel zu tun!

Lisa lacht nur. »Em. Du bist ja krass aufgedreht.«

»Ja, tut mir leid. Ich will nur, dass alles gut läuft.« Es ist unglaublich aufregend!

»Das wird schon werden. Peter gibt erst mal den anderen Bescheid, damit die nicht auch noch abhauen. Und dann versammeln wir uns und besprechen alles.«

Wir kommen überein, dass ich ihr Zeit gebe, um sich wieder einzurichten und einiges abzuklären. Wie ich mich fühle, ist schier unbeschreiblich. Was dieser Urlaub mit mir macht, ist es ebenso. Eine reine Achterbahnfahrt der Gefühle.

Als ich an der Vorderseite des Hotels ankomme, sind Janice, Jim und Sarah gerade auf dem Weg zum Auto, um, wie angekündigt, shoppen zu fahren.

»Kann ich später wieder mit zur Bandprobe kommen?«, fragt Sarah mich.

»Du weißt aber schon, dass wir bis heute Abend im Shoppingcenter bleiben wollen?«, grätscht Janice sofort rein.

»Stimmt ja. Aber vielleicht können wir nachher noch mal reden.« Meine Cousine ist definitiv gut gelaunt. Doch das ist sie ja sowieso immer, wenn es shoppen geht und ihre Eltern alles zahlen.

»Schade, dass du nicht mitkommen kannst«, meint Jim.

Er spielt auf die Bandprobe an. Die ist mir, ehrlich gesagt, ziemlich schnuppe. Ob ich überhaupt noch weiterhin mitspiele? Zeitlich würde es nur funktionieren, wenn unsere Show *vor* der Gala stattfindet, die ja erst um neun Uhr am Abend beginnt. Vor der Band kommen ja noch die ganzen Künstler dran. Könnte funktionieren, aber will ich das noch?

»Ich wünsche euch aber viel Spaß«, sage ich und switche gedanklich prompt zu meinem Meer an Aufgaben.

Als sie losfahren, entdecke ich David am Holzpavillon. Er winkt Sarah zaghaft zu, doch an seinem enttäuschten Gesicht erkenne ich, dass sie ihn ignoriert hat. *Gut so, Sarah!* Im Anschluss fixiert er mich. Und ich ihn. Aber nur für eine stille Kampfansage. Noch nie habe ich meine Augen mit einer derartigen Intensität eingesetzt.

Vor lauter Tatendrang habe ich keinen Appetit. Ich sitze nur da und warte auf die versprochene Mail. Aktualisieren. Aktualisieren. Doch als ich plötzlich Alex am unteren Ende der Hecke entdecke, springe ich auf. Weit komme ich nicht.

Was will *der* denn jetzt von mir?

»Können wir kurz reden?«

»Kein Interesse«, sage ich betont, doch er folgt mir nach draußen.

»Weißt du, was mit Sarah ist? Sie drückt mich jedes Mal weg.«

Ich kann diesen Typen gerade echt nicht ertragen! Allerdings will ich auch nicht, dass er mir weiter hinterherrennt. Meine abrupte Drehung lässt David stolpernd bremsen. »Ist das ein Wunder?« Mein Gesicht spannt sich an. Wenn ich ihn nur ansehe, werde ich aggressiv. Er stellt sich dumm. Nein, eigentlich muss er das gar nicht. »Lass uns einfach mit deinen Spielchen in Ruhe! Jeder weiß, dass du hier eine nach der anderen ausnutzt!«

»Hat sie mich etwa gesehen? Oder warst du es?«

Er macht keinen Hehl daraus, streitet es nicht ab. Und dieser bitterernste Blick noch dazu. Das muss ich mir wirklich nicht länger geben!

»Kannst du nicht mal mit ihr reden?«, fragt er, als ich bereits kehrtmache.

Der scheinheilige Mimikumschwung gelingt ihm perfekt. Aber ich falle garantiert nicht darauf rein! Dieser Kerl ekelt mich an!

»Lass uns einen Deal machen, Emily! Ihr wolltet uns hintergehen. Aber ich bin bereit, alles zu vergessen. Wenn ich den Abend mit Sarah verbringen kann, dann werde ich dafür sorgen, dass ihr eure Show bei der Sommergala so durchziehen könnt, wie ihr es wolltet. Und ich werde Jim und Janice auch nicht verraten, dass ich dich mit Dannie beim Tanzen gesehen habe. Ich weiß, dass du keinen Sport machen darfst. Sarah hat mir *alles* erzählt. Das würde sie ziemlich aufregen, nicht?«

Er hat uns heimlich beobachtet ... *Das* war also der Auslöser ... Und jetzt nutzt er allen Ernstes Janice und Jim als Druckmittel, um Sarah ins Bett zu kriegen? Er hat es sich als Trumpf aufgespart, um ihn genau jetzt auszuspielen. »Was? Glaubst du mir etwa nicht? Dachtest du, mein Vater hätte entschieden, dass sie aus der Show fliegen? Ich kann es problemlos rückgängig machen. Von mir aus könnt ihr auch diesen dämlichen Song spielen. Also, was ist, haben wir einen Deal?«

Die hämische Arroganz in seinen Worten treibt meine Wut nach oben. Immer höher. Bis ins Unermessliche. Ich bin *so* kurz davor, ihn anzuschreien. Aber nein, den Gefallen tue ich ihm nicht.

»Weißt du was, David? Ich verzichte auf dein tolles Angebot. Und soll ich dir noch was sagen? Bei Sarah bist du unten durch!« Anschließend stapfe ich los. Diesmal wirklich! Die Tanzshow wird großartig – jener Gedanke versucht zu verdrängen, was seinetwegen auf mich zukommt. Auch Janice wird mich nicht mehr vom Tanzen abhalten können!

»Gut, aber am Ende war alles deine Schuld«, schreit er mir hinterher. »Das Fenster war offen, du hättest nicht so laut reden sollen, Bitch!«

Noch heute Morgen wäre das der finale Schlag gewesen. Aber nun perlt es an mir ab, denn mein Fokus gilt Alex, der hohen Hecke und allem, was sich dahinter befindet.

KAPITEL 37

Ich warte, warte und warte. Bis mich ein »Hallo« einer sehr bekannten Stimme erlöst. Sofort öffne ich die Augen und sehe ihren Besitzer. Ein warmes Gefühl durchzieht mich.

»Hey«, wispere ich und erhebe mich aus dem Liegestuhl im Schatten des großen Pavillons.

»Hast du Zeit?«, fragt Dannie.

»Ich? Ja ... klar«, stammele ich vor mich hin.

»Perfekt.« Er deutet auf seinen Wagen.

»Danke sehr!«, sage ich, setze mich rein und gebe mich dieser rätselhaften Situation hin.

Nachdem er eingestiegen ist, präsentiert er mir zwei kleine Kassetten. Hörspiele? »Uuh ... sehr fortschrittlich!«, kommentiere ich belustigt.

»Wähle eine aus!« Es wird immer geheimnisvoller. Ich tippe auf die linke. Daraufhin legt er die rechte Kassette in das Ablagefach zwischen den Sitzen und schiebt meine auserwählte in den dafür vorgesehenen Schlitz. Während die erste Strophe abgespielt wird, brüllt der Motor los. Ein verschmitztes Schmunzeln zeichnet seine Lippen.

Ich blicke immer noch nicht durch. Es ist ein Song, kein Hörspiel, so viel steht schon mal fest. Ahhh! Als der Refrain erklingt, muss *ich* schmunzeln. »Komm raus aus meinen Träumen und steig in meinen Wagen«, singt der Sänger. Hahaha! Ich wette, innerlich kichert er wie ein kleines Kind, weil sein Plan aufging. Die Freude hält an. Okay. Ich sitze drin. Aber das erklärt noch nicht, wohin wir fahren. Im Song gibt's jedenfalls keinen Hinweis darauf.

Doch schon kurz nach dessen Ende biegt Dannie auf eine Landstraße ab. Sie führt durch den weiten Wald. Mitten im Nirgendwo drehen die Reifen ihre letzte Runde auf einem Kiesbett neben einer hellen Felswand, die oberhalb von Sträuchern besiedelt ist. Ein Trampelpfad führt erkennbar hinauf.

»Da wären wir!«, sagt Dannie.

Nachdem er ausgestiegen ist, lugt er unter dem Dach hervor. »Willst du nicht mitkommen?«

Moment noch! Es lässt mich nicht los. »Was war eigentlich auf der anderen Kassette?«

»Tja, das wirst du jetzt wohl nie erfahren.«

War ja mal wieder klar! Da hätte ich mir eigentlich auch selbst antworten können. Wir nehmen tatsächlich den Pfad nach oben. Ich muss mich stark auf das Gestein konzentrieren, denn es gibt kein Geländer zum Festhalten. »Wo sind wir hier?«, frage ich einerseits zur Ablenkung, andererseits aus echtem Interesse.

»An einem der schönsten Orte der Umgebung.« Seinen kurzbündigen Antworten fügt er normalerweise nie etwas hinzu, diesmal ist es aber anders: »Wir waren die letzten Jahre mit der Gruppe sehr oft hier oben. Dieses Jahr noch nicht, weil alle so viele Jobs nebenbei hatten. Deshalb dachte ich, es wäre nicht verkehrt, mit dir herzufahren.«

In etwa fünfzehn Meter Höhe angekommen begreife ich, was er meint. Ein paar Schritte vor uns liegt eine Schlucht. Eine tiefe Schlucht. Unten erkenne ich überall Wasser, und an den Hängen stehen vereinzelt Bäume. Mein Mund bleibt offen stehen. Was für ein atemberaubender Ausblick! Der Krater vor uns umfasst bestimmt einen halben Kilometer in Länge und Breite.

»Früher war es ein Steinbruch. Sie wollten hier mal eine richtige Aussichtsplattform draus machen, aber zum Glück ist das nicht passiert, so bleibt dieser Wahnsinnsausblick Insidern vorbehalten.«

Ich folge ihm Richtung Kante, wo uns lediglich ein Holzgeländer vom tiefen Abgrund trennt.

»Hast du Höhenangst?«, fragt er.

»Nein«, lüge ich, während mir die Beine schlackern.

»Das ist gut. Die meisten trauen sich nämlich gar nicht bis zur Klippe. Dabei ist es hier am schönsten. Dieses leicht schwummrige Gefühl. Egal, wie oft ich hier bin, es ist jedes Mal da.«

Für ein schwummriges Gefühl lehnt er sich aber ganz schön selbstbewusst nach vorn. Ich bleibe mal lieber im sicheren Bereich zurück und lass ihn allein in die Tiefe blicken.

»Dass du die Bühne für uns organisiert hast ... das war wirklich nett von dir«, meint er urplötzlich.

Werde ich gerade wieder rot? »Das war ja das Mindeste, was ich tun konnte.« Ohne mich wäre das Chaos schließlich nicht entstanden.

»Das hätte aber nicht jeder getan. Und ich weiß, dass du denkst, du wärst an allem schuld. Aber der Mallow war es.«

»Ja, David«, kommentiere ich. »Er hat zugegeben, dass er uns in der Trainingshütte belauscht hat.« Ich verschlucke den verächtlichen Deal, um diesen Moment nicht zu zerstören. Ich genieße lieber die friedliche Natur und beobachte die Vögel, wie sie immer wieder tief über das Wasser fliegen und kurz mit den Schnäbeln eintauchen, um zu trinken. Jedenfalls sieht es so aus. »Weißt du was? Ich bin echt tierisch nervös wegen des Auftritts.« Mein Geständnis dehnt seine Mundwinkel. Schon klar, für ihn ist es sicher der tausendste Auftritt, aber für mich der allererste. »Ja, wirklich!«

»Ich glaub's dir«, sagt er und setzt sich hin.

Was macht er da? Seine Füße baumeln über dem Abgrund! Aber er scheint nicht springen zu wollen. Jedenfalls hoffe ich das.

»Warum hast du deine Entscheidung geändert?« Ich begebe mich in sicherer Distanz in den Schneidersitz.

»Lange Geschichte ...«

Er ziert sich. Irgendwie süß. »Ich habe Zeit.«

»Was soll ich da erzählen? Nachdem der alte Mallow uns rausgeworfen hat, wollte ich einfach nur weg. Nicht gerade schön, wenn dir der Boden unter den Füßen weggerissen wird. Die Gage des Hotels ist für meine Miete. Und jetzt muss ich für die nächsten Sommer was anderes auftreiben.«

»Vergiss das Musical nicht«, erinnere ich ihn so optimistisch wie nur eben möglich.

Doch offensichtlich hängt er noch in anderen Gedanken fest. »Ich wollte das auch nicht ewig machen in diesem Hotel. Wenn du wüsstest, was sich hinter den Kulissen immer abgespielt hat. Letztes Jahr hat der alte Sack sogar versucht, unsere Gagen im Nachhinein noch zu drücken.«

Nach diesen Worten herrscht Stille. Ich bin mir nicht sicher, was ich sagen soll, denn mir gefällt es, wenn er mal mehr als sonst redet und ich ihm nur zuhören kann. »Es ist echt wahnsinnig schön hier«, äußere ich schließlich.

Als er seinen Finger zur Augenbraue führt, will ich ihn fragen, wie es entstanden ist, doch er unterbricht meine Vorbereitungen dafür: »Wir müssen nachher noch trainieren.«

Ich stimme ihm sofort zu. Uns bleiben nur noch zwei Tage, und ich will jede Minute nutzen, um die gesamte Choreo bis ins Detail zu verinnerlichen.

»Aber wir lagen sehr gut im Zeitplan. Wir gehen alles noch mal mit dem Song durch.«

Ich fühle schon, wie ich am Sonntag bibbern werde, sobald die ersten Akkorde erklingen. Ich sehe auf die Zeitanzeige meines Handys. Das scheint er mitzubekommen.

»Du musst zur Bandprobe, oder?«, fragt er mich.

»Ich glaube, das hat sich erledigt.« Ich musste letzte Nacht ständig darüber nachdenken. So sehr ich es Edin, Oscar und den anderen zuliebe tun würde, ich kann die Band einfach nicht mehr von der Gala und damit von den Mallows trennen.

»Aber dein Collegedirektor wird da sein.«

»Ja, aber das ist mir jetzt egal. Ich kann für diese Familie nicht spielen.«

»Gute Entscheidung«, meint er und setzt seine blauen Augen ein, die mich direkt aus der Bahn werfen. Sie sind kein Vergleich zum nahen Abhang. Mit der in der Luft liegenden Anspannung kommt mir Lisa wieder in den Sinn.

»Oh Mist, Lisa hat gesagt, es treffen sich alle um eins in der Trainingshütte.«

»Okay und wie spät ist es jetzt?«

»Kurz vor eins.«

Als wir den Weg nach unten absolviert haben, bin ich zwar froh, wieder auf ebenem Boden zu stehen, doch irgendwie vermisse ich die Zeit mit Dannie an diesem Ort jetzt schon. Bevor wir das Auto erreichen, erhält er einen wichtigen Anruf. Er wirft mir seinen Autoschlüssel zu und meint, ich solle schon mal einsteigen. Also gut, dann setze ich mich halt rein. Wie konnte ich das Treffen nur vergessen? Sein flüchtiger Kontrollblick verrät mir, dass es in ihm arbeitet. Ein längeres Gespräch?

Kurz darauf sticht mir die zweite Kassette ins Auge. Soll ich es wagen? Ich drehe den Schlüssel so weit, dass die Autobatterie zu meinem Komplizen wird. Vorsichtshalber regele ich den Ton auf Minimalstufe runter. Ein einziger Knopfdruck ist nötig und die andere Kassette schießt heraus. Er telefoniert weiterhin. Also gut, ich schiebe sie rein. Der Song startet. Was? Ernsthaft? Dieser Kerl ist einfach unfassbar! Es ist derselbe Song! Als er sein Handy senkt, schalte ich auf Radio um. Das Zurücktauschen kann ich mir ja sparen.

»Bereit?«, fragt er mich nach dem Einsteigen.

»Klar!«, sage ich und verkneife mir jeglichen Kommentar.

Wenig später erklärt er mir überraschenderweise, wer angerufen hat: »Das waren die vom Musical. Sie haben gefragt, ob ich das Video einreichen werde. Angeblich sind ein paar der anderen Kandidaten schon aus dem Rennen.«

»Die sind bestimmt deinetwegen ausgestiegen. Weil sie wissen, dass sie eh keine Chance haben.« Kaum ausgesprochen, begreife ich, wie ich mich damit jetzt selbst unter Druck gesetzt habe. Wenn ich schlecht bin, wird auch er nicht gut ankommen, und der Job geht an einen anderen. *Na großartig, Emily!*

Noch während der Rückfahrt beginnt es zu regnen. Besser gesagt: wie aus Eimern zu schütten.

»Wir sollten noch kurz warten, bis es weniger wird, oder?«, fragt er mich auf dem Hotelparkplatz.

»Ja ... ich glaube, das wäre ratsam.« Man muss es positiv sehen: Wenigstens sitzen wir schon im Auto und müssen die Fensterscheibe nicht mit einem Holzpflock einschlagen.

Dannie ruft Lisa an und stellt sie auf laut. »Dannie, wo bleibt ihr denn?«, fragt sie ungeduldig. »Wir warten hier alle.«

Mein schlechtes Gewissen klopft an und bittet um Einlass. Sie warten auf uns und jetzt dauert es noch länger. Die großen Regentropfen prasseln wie wild auf die Frontscheibe und erzeugen auf dem Dach ein lautes Trommelgeräusch.

»Wir warten auf dem Parkplatz, bis der Regen nachlässt. Emily ist bei mir.«

Irre ich mich oder habe ich eben das erste Mal meinen Namen aus seinem Mund gehört? Kurz darauf beendet er das Telefonat und lehnt sich zurück. Es ist kurios, aber trotz des Zeitdrucks im Hinterkopf habe ich nicht das Verlangen, hier wegzukommen.

»Weißt du, dass ich das alles nicht wirklich glauben kann?«, sagt er aus heiterem Himmel.

Damit meint er bestimmt die Show, die nun doch stattfinden darf. »Kann ich mir vorstellen«, entgegne ich. Meine Augen nehmen Kurs auf die Steinbühne. »Die Bühne hat damals sicher viele Menschen glücklich gemacht. Maria und ihr Mann haben dort geheiratet, wusstest du das? Er hat nicht eine Sekunde gezögert, uns zu helfen.«

»Crazy, dass du auf die Idee gekommen bist. Die Leute, die sie noch von früher kennen, werden allein deswegen kommen.«

Wow! Ich bin echt froh, dass er so darüber denkt. Als mich seine Augen wieder einmal in ihren Bann ziehen und mich dieses nervöse Kribbeln leicht verkrampfen lässt, klopft es plötzlich gegen meine Fensterscheibe.

Alex?

Ja, er ist es, lächelnd und winkend unter einem Regenschirm. Ich kurbele das Fenster runter.

»Alex, was machst du denn hier?«, frage ich ihn.

»Lisa hat mich gebeten herzukommen«, offenbart seine vom Regen gedämpfte Stimme. »Hier. Ich habe leider nur noch den, aber du kannst unter meinem mitlaufen, Em.«

Wie oft wird mich dieser Mensch wohl noch faszinieren? Doch leider bedeutet das auch das Ende der Zweisamkeit. Zweisamkeit? *Emily! Reiß dich zusammen und konzentriere dich! Es gibt eine Show zu organisieren!*

»Kannst du kurz bleiben? Wir besprechen die gesamte Orga der Show mit den anderen«, frage ich Alex auf dem Weg, und natürlich schlägt er mir auch diesen Wunsch nicht ab. Ich wollte ihn echt nicht noch mal irgendwo mit reinziehen. Eigentlich hatte ich ihn nur gefragt, ob er wisse, wo ich einen Rasenmäher auftreiben könne. Und dann hat er, ohne zu zögern, seinen privaten angeboten und darauf bestanden, uns auch bei sämtlichen anderen Dingen zu unterstützen.

Die Tänzer sitzen allesamt im Kreis auf dem Boden der Tanzhütte. Lisa erklärt uns, was sie schon alles besprochen haben und dass zwei Jungs fehlen, weil sie bei einem Job sind. Wir werden förmlich mit Vorschlägen und Fragen bombardiert. Es ist, als wären Dannie und ich die Entscheidungsträger, was ich ja überhaupt nicht sein will. Doch jeder Einzelne zieht mit. Ein Punkt nach dem anderen wird abgearbeitet. Wir stimmen jeden Punkt gemeinschaftlich ab. Lisa übernimmt die finale Rollenverteilung, und nach etwa einer Stunde steht der gesamte Fahrplan.

Die Regenwolken haben sich zum Glück komplett verzogen. Ich darf nicht vergessen, Maria zu danken. Sie soll wissen, dass sie mich gerettet hat. Mich, meinen Urlaub, meinen Sommer, einfach alles. Ich wette, sie wird ziemlich dumm aus der Wäsche gucken, wortwörtlich.

Sobald ich mit ihrem Mann gesprochen habe, gehe ich zu ihr. Lisa und Dannie fahren derweil zur Druckerei, um die Werbung abzuklären. Alex organisiert neben den Hochdruckreinigern noch zwei zusätzliche Rasenmäher. Die anderen besorgen in diesem Moment noch weitere wichtige Dinge. Jeder hat zu tun. Ich freue mich jetzt schon, die Bühne im neuen Glanz erstrahlen zu sehen. Doch bei all den schönen Seiten, die der Tag mit sich bringt, stehen auf meiner ganz persönlichen Liste noch ein paar weniger tolle Punkte, die es abzuhaken gilt. Das Gespräch mit der Band zum Beispiel. Und das mit Jim und Janice.

KAPITEL 38

Emily verlässt die Trainingshütte mit einem Strahlen.

»Dannie?«, ermahnt Lisa ihn, da er Em hinterherglotzt.

»Ja ...«, äußert er in Gedanken versunken, als die Tür hinter Emily ins Schloss fällt.

»Du hast ihr auf den Arsch gestarrt.«

»Ja ...«, stößt Dannie geistesgegenwärtig aus, bevor ihre Worte zu ihm durchdringen. »Was, ... nein!« Er wendet sich seiner Tasche zu und trinkt etwas.

»Ich habe gesehen, wie du sie die ganzen Tage schon abgecheckt hast. Und heute noch heftiger. Das waren keine normalen Blicke!«

Ihre Feststellung schüttelt er ab und trinkt weiter und weiter, obwohl sein Durst längst gestillt ist.

»Mir kannst du es doch erzählen«, hakt sie nach.

Jetzt erst setzt er ab. »Mir ist heute etwas aufgefallen ...«

»Jaaa? Nun sag schon!«

»Wir saßen heute so gemeinsam im Auto. Ich war vorher mit ihr an der Klippe ...«

»Ernsthaft?«, unterbricht sie ihn. »Oh, sorry, red weiter.«

»Wir saßen so da und ... Keine Ahnung, ich konnte einfach nichts sagen.«

»Schmetterlinge«, meint Lisa, doch Dannie ist bereits wieder in Gedanken versunken.

»Das mit Christina war in letzter Zeit ganz anders. So angespannt, kompliziert. Ich habe sie heute wieder mit 'nem Typen im Bett erwischt.«

»Fuck, das tut mir leid.«

»Ich habe nichts mehr gefühlt. Da war nichts mehr.«

»Emily würde das nie machen, sie ist anders, Dannie! Und was sie da heute für uns getan hat – wer macht so was bitteschön? Ich glaube, ein gewisser Tänzer ist daran nicht ganz unschuldig, wenn du verstehst …«

Er verharrt einen Augenblick im Gedankengeflecht, in dem die verschiedensten Aktionen und Reaktionen durchgespielt werden. Einige Zeit später scheint er sich für eine Option entschieden zu haben. Er öffnet die Tür und läuft los.

»Yeah, Dannie, schnapp sie dir!«, ruft Lisa ihm begeistert hinterher.

KAPITEL 39

»Emily!«, schallt es durch den Flur. Ich ziehe meine Hand blitzartig von der Türklinke weg.

»Dannie …« Habe ich etwa was vergessen?

Er joggt auf mich zu. Erst kurz vor mir hält er an. Seine Hände wandern pfeilschnell nach oben und umfassen meine Wangen. Mein Herz rutscht nach unten. Und dann geschieht es. Zum zweiten Mal. Unsere Lippen berühren sich. Nur diesmal sind es seine, die das Kommando geben, und niemand beendet es vorzeitig. Wie beim Tanzen führt er mich. Ich glaube kaum, dass das Realität ist, denn so gut hat sie sich definitiv noch nie angefühlt! Für Sekunden kleben wir aneinander. Bis sich unsere Münder langsam voneinander lösen. Seine Hände jedoch bleiben an Ort und Stelle.

Ich öffne die Augen. Er holt ausgiebig Luft und atmet wieder aus. Und ein. Und er strahlt. Ich ebenso. Innerlich wie äußerlich. Doch noch bevor ich begriffen habe, dass das eben der erste richtige Kuss meines Lebens war – all die anderen flüchtigen mit Jungs aus der Schule kann ich getrost vergessen –, dreht er sich langsam um und geht. Ich bin nicht fähig, irgendetwas zu sagen. Kann ihm nicht hinterherrufen, dass ich das wiederholen möchte. Am liebsten sofort! Er stellt sich in den Fahrstuhl. Dass er nun wieder nach unten fährt, liegt einzig und allein an der wichtigen Trainingseinheit mit den anderen, die nun noch ansteht. Nicht an mir. Seine Augen verdeutlichen das. Und sein breites Grinsen ebenso.

Nach einer gefühlten Ewigkeit betrete ich unsere Suite. Benebelt. Reizüberflutet. Völlig von der Rolle. Seine warmen Hände, seine warmen Lippen. Er hat doch eine Freundin. Kann es richtig sein? Darf ich mich überhaupt freuen? Darf ich dieses Glück empfinden?

KAPITEL 40

Ein lautes »Emily!« weckt mich.

»Guten Morgen, Schlafmütze!«, sagt Lisa. Die Pumps baumeln über meiner Nase.

»Habe ich verschlafen?«, frage ich aufgeschreckt und als wäre ich von fünf Autos gleichzeitig überrollt worden.

»So kann man es sagen. Die anderen sind jedenfalls schon bei der Arbeit.«

Oh nein! Ich hatte mir doch extra den Wecker gestellt! Wann bin ich überhaupt eingeschlafen? »Sorry!« Ich schlage die Bettdecke zur Seite und stehe auf.

»Liegt das vielleicht an einem gut aussehenden Tänzer, der auch noch singen kann?«, äußert sie belustigt.

Während ich ins Bad gehe, wirft sie mir ein »Wuhuuu!!« hinterher und stellt sich in den Türrahmen.

»Wie jetzt? Du hast dir den Tänzer geangelt?«, erklingt auf einmal die Stimme meiner Cousine. Na prima!

»Sieht wohl ganz danach aus«, stimmt Lisa ihr zu.

Ich versuche ein »Nein!« zu rufen, aber mit der Zahnbürste im Mund kommt nur ein protestierender Laut zustande.

»Er hat mir übrigens erzählt, dass das mit seiner Freundin Geschichte ist. Der Weg ist also frei, Em!«

Auf einen Schlag hat sie meine gesamte Aufmerksamkeit an sich gekrallt. Diese Aussage wirbelt meinen Kopf auf wie die Bürste meinen Mundraum. Die Glücksgefühle, die ich in der Nacht beim stundenlangen Wachliegen zügeln musste, erhalten nun die Freigabe, sich zu entfalten. Sarah springt sofort darauf an und quetscht Lisa nach allen Details aus. Hatte er mich deswegen nach dem ersten Kuss von sich gestoßen? Weil er erst kürzlich Schluss gemacht hat? Denn er kann doch unmöglich meinetwegen ...

»Ich glaube, deine Zähne sind sauber«, merkt Lisa drängelnd an.

Ich werde unten garantiert auf ihn treffen. Am liebsten würde ich die Bürste noch etwas in meinem Mund lassen und es hinauszögern. Ich habe überhaupt noch keine Ahnung, was ich zu ihm sagen kann. Wie soll ich mich verhalten? Was wird passieren? Es ist alles viel zu aufregend!

»Hast du noch mal mit Dylan gesprochen?«, spreche ich Sarah nach dem Ausspülen auf den Schlagzeuger an. Keine Ahnung, warum, aber bevor sie mich mit Fragen zu Dannie bombardiert ...

»Er hat leider eine Freundin. Er würde aber mit mir ausgehen, wenn es nicht so wäre«, sagt sie.

Sonderlich geknickt klingt sie nicht. Ich fahre noch schnell mit dem Handtuch über meinen Mund. »Okay, bin fertig! Melde mich zum Dienst!«

»Kann ich auch irgendwie helfen?«, fragt Sarah, als wir starten wollen.

»Du?«, meldet sich meine Verwunderung.

»Ich habe ihr schon erklärt, was wir vorhaben«, meint Lisa.

Im ersten Moment bekomme ich einen gehörigen Schreck. Nicht dass Sarah ihren Eltern jetzt direkt davon erzählt. Wenn sie mir zuvorkäme, wäre das ein Fiasko. Dann kann ich gleich bis zum College hierbleiben.

»Eure Aktion ist super. Und wenn ich David damit einen Denkzettel verpassen kann, bin ich so was von dabei! Außerdem wird es hier langsam echt langweilig«, gibt Sarah unverblümt zu. Ich bin verblüfft.

Lisa schlägt ihr im Flur etwas vor: »Wenn Dannie und die Jungs noch nicht weg sind, könntest du mitfahren und mit ihnen die Flyer in der Stadt verteilen.«

»Okay, gern«, entgegnet sie.

Es ist kaum zu glauben! Alle um mich herum sind wie ausgewechselt. Im Lift angekommen, erzählt mir Lisa, dass Carry schon früher zurück sein wird, in spätestens zwei Stunden. Sie will sich wohl sofort nach ihrer Ankunft zusammen mit mir und Lisa um mein Kleid kümmern. Ich suche nach Ausflüchten, denn Sarah sieht mich fragend an. »Ich helfe bei der Show morgen und will natürlich gut aussehen.« Zum Glück spielt Lisa bei der Ausrede mit. Wie toll das ist: Carry kommt zurück! Ich habe sie echt vermisst.

Die Fahrstuhltür geht auf, und James wünscht uns einen fabelhaften guten Morgen. An keinem anderen Tag habe ich ihm innerlich so zugestimmt wie heute. Wenn nur die Aufregung in meiner Magengegend nicht da wäre.

»Ein Herr wartet draußen auf dich, Emily«, hängt James dran und verstärkt das Ziehen damit noch.

Lisa wischt mutmachend über meine Schulter. Gleich treffe ich also auf den Mann, der sich nach dem Kuss nicht noch mal gemeldet hat.

Draußen erschlägt mich die Situation fast. Die Rasenmäher arbeiten hinter der Hecke und unten auf der Zufahrtsstraße steht ein Lkw. Vor ihm stapeln ein paar Leute weiße Stühle aufeinander. Und dann sehe ich Max, Antonio und Dannie nach oben kommen. Wie soll ich denn jetzt reagieren? Hilfe suchend drehe ich mich zu Lisa, doch die wendet sich meiner Cousine zu: »Schau, sie sind noch nicht los. Dann kannst du mitfahren.«

Mein Herz fährt Achterbahn, und jeder weitere Schlag fügt einen rasanten Looping hinzu. Peter und Victoria stoßen vom oberen Pavillon aus zu ihnen. Als sie bei uns sind, scheint mein Gleichgewicht außer Gefecht gesetzt. Wird er mich wieder küssen? Vor den anderen? Lisas Worte spuken mir im Kopf herum. Aber kann ich ihnen vertrauen? Er könnte alles schon längst überdacht haben und doch lieber die erwachsene Tänzerin wollen. Nicht *das kleine Mädchen.*

»Hey!«, sagt Dannie mit einem Blick, der mich gleich wieder dahinschmelzen lässt. Die anderen höre und sehe ich nicht. Sein Zeigefinger fährt zur Augenbraue. Aber was hat dieses »Hey« zu bedeuten? *Hey, ich kann dich wegen der anderen gerade nicht küssen* oder eher: *Hey, tut mir leid, das mit gestern.*

»Guten Morgen.« Hoffentlich kann ich meine Verlegenheit, so gut es geht, verbergen.

Lisa klärt sie auf, während Dannie und ich Blickkontakt halten, ihn kurz verlieren und sogleich wiederaufbauen. »Sarah möchte euch begleiten.«

»Klar. Warum nicht. Ein Platz ist noch frei bei uns, oder Dannie?«, erwidert Max, und Dannie stimmt zu: »Ja, warum nicht.«

Mit Dannie ein Team bilden und den Menschen die Flyer zureichen. Das wäre ein reines Vergnügen. Wir hätten sicher viel Spaß zusammen.

»Dann lasst uns mal losfahren, Leute«, unterbricht Peter die Small-Talk-Runde.

Kurz bevor sie losfahren, lächelt er mir zu. Ich beiße mir auf die Lippe und hänge in Erinnerungen fest.

Lisa stupst mich sacht mit ihrem Ellbogen an. »Keine Sorge, Em. Wenn er nicht mit deiner Cousine durchbrennt, sollte er in ein paar Stunden zurück sein.«

Vielen Dank für den Hinweis!

Nachdem wir mit dem Fahrer des Lkw abgeklärt haben, dass wir die weißen Stühle nach drüben tragen, sobald der Rasen gemäht ist, geht's genau dorthin. Zwei der Tänzer strahlen gerade mit den Hochdruckreinigern die Steinfassade ab, während zwei andere das Gras vor ihnen kürzen.

»Sieht schon richtig gut aus, oder?«, fragt Alex, der sich der Hecke widmet.

Gut ist kein Ausdruck! Der eine Teil der Bühne ist bereits viel heller, und die Wiese ist größtenteils schon fertig. Und was habe ich getan? Geschlafen!

»Sollen wir das restliche Gras wegharken?«, fragt Lisa ihn.

Oh ja! So kann ich wenigstens etwas wiedergutmachen.

»Das wäre genial! Desto schneller sind wir fertig. Übrigens habe ich mit Oscar aus der Band gesprochen. Er ist Techniker, hat früher auch immer die Auftritte hier draußen begleitet und will uns helfen!«

»Echt?«, frage ich verwundert und gleichzeitig begeistert, immerhin habe ich Oscar echt ins Herz geschlossen. Dass er uns unterstützt, obwohl ich Edin gestern noch für den Auftritt der Band abgesagt habe, ist trotzdem echt verrückt.

»Ja, ich brauchte nur deinen Namen zu nennen und ihm zu erklären, warum wir das alles machen, und schon war er Feuer und Flamme. Sobald die Technik ankommt, rufe ich ihn an.«

»Nice!«, kommentiert Lisa.

»Danke, Alex!«

»Wenn unsere Jungs beim Austragen der Flyer auch so engagiert sind, dann wird's hier morgen voll sein«, sagt Lisa, als wir uns die bereitliegenden Harken schnappen.

»Ich hoffe, dass überhaupt jemand kommt.«

»Was denkst du denn, Em? Hotelgäste werden auch da sein. Alex hat vorhin gemeint, dass er vielen einen Flyer in die Hand gedrückt hat. Warte mal ab, spätestens wenn sie die Bühne mit den Stühlen davor sehen, wollen die alle dabei sein. Ist doch auch kostenlos. Und die Show findet *vor* der Gala statt.«

Nach etwa zwanzig Minuten taucht auf einmal Mr. Mallow bei Alex oben auf. Sofort lasse meine Harke fallen und laufe los. Schon von Weitem höre ich ihn seinen Mitarbeiter anblaffen. »Können Sie mir mal erzählen, was hier getrieben wird? Von wem haben Sie den Auftrag, diese Fläche zu mähen?« Alex bekommt seinen gesamten Zorn zu spüren, dennoch scheint ihn die Ansprache nicht zu beeindrucken. Er erklärt seinem Boss gelassen und mit Stolz geschwellter Brust, dass morgen eine Tanzshow auf der Steinbühne stattfinden wird.

»Wollen Sie mich verarschen? Wer hat das genehmigt?«, bellt Mr. Mallow zurück, und ich beeile mich, damit Alex nicht noch länger als Prellbock herhalten muss.

»Alles von der Stadt genehmigt!«, meint Alex.

»Mr. Mallow!«, werfe ich ein.

»Emily. Du hilfst dabei?« Sein Tonfall ist mir gegenüber deutlich gedämpfter.

»Ja.«

»Was ist das für eine Tanzshow?«

»Die, die Sie aus dem Programm der Gala geschmissen haben«, erwidert Alex bestimmt.

Ich füge etwas diplomatischer und besänftigend hinzu: »Keine Sorge, Mr. Mallow. Wir kommen Ihrer Gala nicht in die Quere. Die Tanzshow beginnt um sieben.«

»Was heißt hier *wir*?«, fragt er. Die angeschwollenen Adern am Hals verdeutlichen seinen Zorn.

»Na ja. Es helfen viele Leute mit. Jeder, der die Show gern gesehen hätte. Und außerdem freuen wir uns, die Bühne wiederzubeleben«, sagt Alex.

Damit hat er seinen Boss quasi entwaffnet. Mr. Mallow ist sprachlos.

»Müsstest du nicht an deinem Arbeitsplatz sein?«

Wenn Blicke töten könnten. Aber ja, es stimmt. Alex setzt seinen Job aufs Spiel. Das darf er nicht!

»Ich habe mich für zwei Stunden freistellen lassen. Die hänge ich heute Abend dran.«

»Ach so? Und bei wem hast du dich freistellen lassen?«

»Bei James. Sie waren gestern nicht da und haben auch keine Anrufe gewünscht, deshalb habe ich ihn gefragt.«

»Gut, dann werde ich diese Entscheidung hiermit annullieren! Es gibt im Hotel wichtige Vorbereitungen für die Gala zu erledigen! Ich erlaube außerdem nicht, dass Sie unsere Geräte für diese Farce nutzen! Die Rasenmäher kommen sofort zurück!«

»Die sind nicht vom Hotel. Und ich werde hier weitermachen«, entgegnet Alex selbstbewusst.

»Sie wissen, dass Sie schon eine Abmahnung haben. Wenn Sie jetzt nicht sofort ins Hotel gehen, dann sind Sie gefeuert!«

Oh nein! Ich will Alex sagen, dass ich die Heckenschere übernehme und mit den anderen weitermache, doch dazu komme ich nicht.

»Mr. Mallow, es tut mir sehr leid, aber in diesem Fall kündige ich hiermit!«

Nun bin *ich* sprachlos. *Was sagst du denn da, Alex?* Nein! Mr. Mallow muss ebenfalls kräftig schlucken. Seine Adern treten nun noch stärker hervor. Verachtung fährt über sein Gesicht. Schließlich dreht sich der Mann mit dem angekratzten Ego um und stürmt davon.

»Keine Bange, ich hatte das geplant«, sagt Alex zu mir. »Es macht mir nichts aus. Ich wäre ja eh nicht mehr lange dageblieben. Er hat sich haargenau so benommen, wie ich es erwartet hatte. Und jetzt schneide ich weiter!«

Verdient hat es Mr. Mallow allemal. Und was will er schon machen? Laut Vertrag kann er die Tänzer vor Dienstag nicht aus den Bungalows schmeißen, und was auf städtischem Boden passiert, geht ihn nichts an, wie Marias Mann sagte.

»Was war los? Was wollte der alte Sack?«, fragt Lisa, dir mir entgegenkommt.

»Alex hat eben seinen Boss abserviert«, kommentiere ich.

»Krass!«

Ja, das trifft es!

»Aber was will der Alte schon machen, Em? Etwa in der Nacht mit seinem Sohn alle Stühle klauen? Der soll mal chillen und froh sein, dass wir unsere Show nicht zur gleichen Zeit starten wie er seine. Ich wette, da würden viel mehr Leute hier draußen sitzen wollen.«

»Auf jeden Fall!«, pflichtet ihr Alex lautstark bei.

»Ihr habt ja recht!«, hauche ich nur. Trotzdem will ich nicht, dass Alex seinen Job verliert.

Anschließend rollt ein Tänzer mit der Schubkarre an, und wir laden die Grashaufen um. Danach geht es an die Stühle. Ich sende ein Stoßgebet nach oben, als der anstrengende Aufbau in den letzten Zügen ist. Auf einmal schreit Lisa vor Freude los, und ich sehe auch sofort, weshalb. Carry ist zurück!

»Ich habe dich echt vermisst!«, sage ich nach der Umarmung zu ihr. Wow, sie sieht so gut aus mit dem luftigen Sommermantel! Richtig adrett, wie Oma jetzt gesagt hätte.

»Ich euch erst! Mit so einem Empfang hätte ich gar nicht gerechnet! Unglaublich, was ihr auf die Beine gestellt habt! Schaut euch diese Bühne an, Wahnsinn!«

Sie schwärmt ja richtig. Wir berichten ihr von der Flyer-Aktion, die zeitgleich am Laufen ist. Und da die anderen die letzten Stühle aufbauen werden, schlägt sie vor, sich um mein Bühnenoutfit zu kümmern. Nachdem ich Alex umarmt und mich tausendfach für seine Hilfe bedankt habe, laufen wir los. Oben an der Ecke treffen wir auf ein altes Ehepaar, das staunend unser Werk beäugt.

»Wird die Show morgen auf diesem Platz stattfinden?«, fragt die Dame mit dem silbernen Haar.

»Ja, genau«, antwortet Carry bereitwillig.

In der Hand des Mannes entdecke ich einen Flyer.

»James hat es uns eben erzählt, und da waren wir natürlich neugierig.«

James? Wie lieb von ihm! Aber hoffentlich hat Mr. Mallow das nicht gesehen, sonst hat auch er noch Ärger am Hals.

»Wann beginnt es morgen genau?«, hakt die Frau nach.

»20 Uhr«, schießt es aus mir raus.

»Joseph, dann können wir ja zuerst hier zusehen und danach zur Gala gehen.«

Ihr Joseph nickt zustimmend. Sichtlich glücklich hakt sie ihren Mann ein und zieht mit ihm von dannen.

»Siehst du«, meint Lisa schmunzelnd und verlässt uns, um Maria für die Frisurenprobe zu holen.

Carry und ich laufen schon mal voraus.

»So. Und nun erzähl mir mal, was in den letzten Tagen zwischen dir und Dannie gelaufen ist.«

Carry zeigt mir Kleid für Kleid, bis wir das perfekte gefunden haben. Das helle Blau ähnelt dem der Pumps. Der Saum endet ein Stück unter den Knien. Es ist ein schöner weicher Stoff, und ich fühle mich darin superwohl. Carry wirft ein, dass ich passend dazu blaue Sportunterwäsche von ihr bekomme. Nach dem Harken, den vielen Stühlen und mehreren Kleiderwechseln bin ich erleichtert, mich nun einfach setzen zu können und mich von Maria frisieren zu lassen, die sich nun fertig eingerichtet hat. Sie prophezeit mir die schönste Frisur aller Zeiten. Dutzende hat sie sich an mir bereits vorgestellt und will unbedingt alle durchprobieren. Sie erzählt, dass sie eine Ausbildung zur Friseurin gemacht hat und in Puerto Rico für ihre Hochsteckfrisuren bekannt war. Anhand ihres Köfferchens mit den tausend Utensilien kann man sehen, dass sie so einiges geplant hat. Ihr Handy verwendet sie, um jede einzelne Frisur festzuhalten, und am Ende darf ich auswählen. Die Lobeshymnen, die Carry und Lisa zwischendrin singen, beflügeln Maria. Sie hat so viel Spaß und liefert zwischendurch einige Gesangseinlagen. Wenn Mr. Mallow wüsste, dass sie uns ebenfalls unterstützt …

Um meine innere Anspannung vor morgen zu verdrängen, quasseln wir die ganze Zeit. Ich will mich hin und wieder umdrehen, doch Marias Hände navigieren meinen Kopf jedes Mal amüsiert zurück. Ich kann doch auch nichts dafür, ich bin einfach viel zu aufgedreht! Irgendwann beginnen die beiden plötzlich zu lachen. Es entwickelt sich zu einem Lachkrampf, bei dem sie sich auf dem Bett krümmen und uns unweigerlich anstecken, obwohl wir nicht mal wissen, warum sie eigentlich lachen. Lisa zeigt auf meinen Kopf, kriegt aber vor lauter Lachen und dem Schnappen nach Luft kein einziges Wort heraus.

»Was denn?«, giggele ich mit.

»Du siehst aus wie ein Hirsch!«, presst Lisa schließlich hervor und kichert weiter. Maria muss selbst lauthals auflachen. Na prima! Sie zückt das Handy, um den Moment für die Ewigkeit festzuhalten.

»Ich habe schon Bauchschmerzen!«, jauchzt Carry kurz darauf.

»Ich auch!«, meint Maria.

Für einen kurzen Zeitraum vergesse ich durch die Mädels sogar den Mann, der mein Leben auf den Kopf gestellt hat. Was innerhalb von zwei Wochen passieren kann, ist schier unglaublich. Und nun wuppen wir gemeinsam eine riesige Tanzshow.

Wir sind gerade bei der elften Frisur, da klingelt mein Handy. Lisa vermutet Dannie, aber nein, es ist Jacob, der Bekannte von Onkel Thomas und Chef eines großen Technikverleihs. Ich habe mir seine Nummer gestern Abend extra eingespeichert, nachdem Thomas sagte, er würde die gesamte Technik kostenlos anliefern.

»Hallo, Jacob. Hier ist Emily«, gehe ich ran und will mich bedanken.

»Emily, mein Fahrer war gerade am Hotel und wurde vom Eigentümer des Grundstücks verwiesen«, klagt er entsetzt.

Wie bitte? Die Wirkkraft dieser Aussage ist verheerend. Sie krallt sich meinen Kreislauf und droht, ihn ganz nach unten zu ziehen.

»Oh nein«, schluchze ich ins Telefon. Meine Stimme bricht. Im Kopf suche ich verzweifelt nach einer Lösung.

»Ja!?«

»Kannst du ... ihm sagen, dass wir kommen ... und das regeln?«, stottere ich ins Telefon.

»Aber er bleibt nicht ewig! Wir stellen euch schon alles kostenlos! Kläre das, Emily, sonst ist der Fahrer verschwunden! Und er wird garantiert nicht wiederkommen!«, erwidert er und legt auf.

Seine Worte lassen mich ruckartig hochschnellen. Mein Herz flattert.

»Was ist denn, Schätzchen? Du bist ja total blass«, meint Maria.

»Mr. Mallow hat dem Fahrer, der die Technik bringt ... Er hat ihm verboten ...« Im selben Moment laufe ich los. Ich muss nach vorn. Er darf nicht wieder fahren! Sonst haben wir keine Technik und die Show kann nicht stattfinden. Daran hängt *alles*! Das darf nicht passieren! Jacobs Worte werden von meinem Verstand gedoppelt. Verdreifacht. Verzehnfacht. Jedes einzelne von ihnen wirkt wie ein neuer, noch stärkerer Paukenschlag für meinen Körper.

Und dann spüre ich es. Dasselbe Gefühl wie damals in der Halle auf dem Volleyballfeld. Meine Tablette. Habe ich sie überhaupt genommen? Was war heute früh? Wann war heute früh? Die kleinen Holzstücke zu meinen Füßen verschwimmen. Die Stämme verschwinden. Der Waldpfad wird schwarz.

KAPITEL 41

Sarah konnte das Horrorszenario verhindern. Wäre sie nicht im richtigen Moment vom Flyer-Verteilen zurückgekehrt und mit den Jungs nach hinten gekommen, hätte es mich viel schlimmer erwischt. Laut den Erzählungen ist sie sofort nach oben gerannt und hat die Notfallspritze geholt. Im Krankenwagen hätten sie diese zwar auch an Bord gehabt, doch keinen Notarzt. Und nur der darf das Hydrocortison spritzen. Ich wäre also verloren gewesen – sagen wir es so, wie es ist. Niemand von den anderen hätte die Sanitäter aufklären können. Sarah hat mir das Leben gerettet, weil sie dank der vergangenen Monate mit den vielen Appellen ihrer Mutter genau wusste, was zu tun war. Nun ist alles wieder okay. Nein, eigentlich ist überhaupt nichts okay! Die Ärzte haben mir Ruhe verordnet. In der Klinik wollte ich aber auf keinen Fall bleiben. Hier im Hotel kann ich mich viel besser erholen, das haben Jim und Janice zum Glück auch eingesehen. Wie Janice dort neben dem Krankenbett stand und am liebsten ausgeflippt wäre. Sie hätte mich so gern angeschrien und mir an den Kopf geknallt, dass ich an der Misere selbst schuld bin. Weil ich mich überall rumtreibe. Wahrscheinlich hätte sie mir auch vorgeworfen, dass ich beim Aufbau draußen geholfen habe. Aber Jim hat sie zurückgehalten. Nicht noch mehr Stress für das arme Mädchen. Na ja, aufgeschoben ist nicht aufgehoben.

Gott sei Dank sitzt nun Alex neben Sarahs Bett, das sie mir, wie ihr gesamtes Schlafzimmer, bis zur Abreise zur Verfügung gestellt hat. Das Trauergefühl kann ich ihm jedoch nicht offenbaren. Es ist ein erneuter schwerer Verlust. Und mal wieder war es allein meine Schuld. Der Anruf. Die aufreibende Nachricht, dass Mr. Mallow unsere Show sabotiert. Wie oft habe ich auf der Website unserer Addison-Gruppe den vor der Krise warnenden Satz gelesen. *»Ein emotionales negatives Erlebnis kann sich wie starke körperliche Belastung auf den Körper auswirken.«* Und nun ist es mir selbst passiert. Beides. Innerhalb eines Jahres. Ich erkläre Alex, was genau mit mir nicht stimmt, denn so richtig hat er es bisher noch nicht verstanden.

Gut, dass ich über die Jahre eine Meisterin darin geworden bin, meine Krankheit so simpel und verständlich wie möglich rüberzubringen. »Körperliche oder psychische Anstrengungen bedeuten Stress für unseren Körper. Zum Gegensteuern produziert er Stresshormone. Das klappt bei meinem aber nicht, also muss ich ein Medikament einnehmen, das es übernimmt.« Fertig. Alex gibt anschließend alles, um mich aufzuheitern: »Ich soll dir liebe Grüße vom Bürgermeister bestellen. Er hat sich um alles gekümmert, sich sogar mit dem Mallow angelegt. Das hättest du mal erleben müssen! Und Oscar ist begeistert von unserem Mischpult und den riesigen Lautsprechern. Damit könnte man den ganzen Wald beschallen.« Carry hat den Lieferanten nach meinem Zusammenbruch besänftigt und dafür gesorgt, dass mit der Technik doch noch alles glatt lief. »Die Stadt hat uns noch Parkett gebracht und beim Verlegen geholfen. Und jetzt pass auf: Der Bürgermeister hat sogar die bunten Flutstrahler von damals mitgeschickt. Also haben wir zusätzlich zum Originalparkett auch noch die Originalausleuchtung. Das wird die Leute umhauen! Ich freue mich schon, die Musik mit Oscar zu übernehmen. Und dass ich moderieren darf, ist natürlich auch echt nice«, erzählt er euphorisiert.

Ehrlicherweise möchte ich ihn am liebsten stummschalten, denn jedes Wort gleicht einem Nadelstich in mein gebrochenes Herz.

»Kann ich dir noch irgendwas hochbringen? Willst du was essen? Ich kann auch gern in die Stadt fahren und dir einen Burger oder so besorgen.«

»Nein, alles gut«, entgegne ich.

Dann steht Sarah mit ihrem Kaffee in der geöffneten Falttür.

»Ich lass euch dann mal allein und sehe nachher noch mal nach dir!«, sagt er.

Beim Rausgehen schenkt Sarah ihm ein seichtes Lächeln. Ich bin mir sicher, das freut ihn.

»Na, Cousinchen«, sagt sie und setzt sich in den Sessel rechts neben mir. »Ich habe meinen Eltern gerade erzählt, dass du bei der Show mittanzen wolltest. Spaß! Bleibt unser Geheimnis! Mom ist schon genug durch den Wind.« Kaum ausgesprochen, holt sie ihr Handy raus und beginnt zu scrollen.

Jetzt, wo Sarah so dasitzt und keinerlei Vorwürfe erhebt, hege ich die Hoffnung, dass der Knoten bei ihr endlich geplatzt ist. Dass sie eben nicht wie ihre Mutter wird. Die letzten Tage haben diese Hoffnung maßgeblich beflügelt. Sie hat ja sogar bei den Flyern geholfen und macht seitdem einen echt empathischen Eindruck. Wenn sie das mit nach Hause nimmt und nicht wieder in alte Verhaltensmuster zurückfällt, werde ich nicht mehr die Einzige sein, die ihr wahres Wesen sieht. Aber an die Heimfahrt will ich echt noch nicht denken! »Wie lief das Verteilen der Flyer eigentlich?«, frage ich sie daher lieber.

»Gut! Ich durfte mit deinem Schatz herumlaufen.«

Mein Schatz? Sehr witzig! Dennoch ruft sie damit den allgegenwärtigen Gedanken an Dannie und unseren Tanz zurück. Ich muss mich irgendwie ablenken, um nicht gleich wieder in ein Tief zu rutschen. »Und von den Jungs, die mit dabei waren, gab es keinen, der dich interessiert hat?«, frage ich sie.

»Nicht wirklich. Die meisten von ihnen sind eher Prolos.«

»Und was ist mit Alex?«

Sie scrollt und scrollt und scrollt. »Wie? Was soll mit Alex sein?«

»Er ist definitiv kein Prolo, sondern ein echt netter Kerl.« Sie blickt kurz auf und verzieht ihr Gesicht. »Und wenn er während der Arbeitszeiten mal Bier getrunken hat, dann war es ein alkoholfreies. Du hättest deswegen nicht sofort zu Mr. Mallow laufen müssen.« Anstatt mir zu antworten, klebt sie weiter an den Influencer-Fotos. »Weißt du, was ich mir wünschen würde, Sarah?«

»Was denn?«, erwidert sie.

»Gib ihm eine Chance. Er ist zwar nicht supermuskulös und erbt auch kein Hotel, aber er ist ein toller Mensch!«

In diesem Augenblick klopft es an der Tür, und Sarah springt auf. Jim und Janice! Letztere stolziert mir ziemlich schnell entgegen und redet aufgeplustert drauflos: »Ich bin entsetzt, Emily. Wir haben eben erfahren, dass du an dieser Konkurrenz-Show morgen beteiligt warst!«

»Janice …«, ruft Jim ihr beruhigend hinterher.

»Na ist doch wahr, Jim! Ich bin fast bereit zu sagen, ihr Zustand ist die gerechte Strafe.«

»Ich habe auch geholfen, Mom!«, schreitet Sarah plötzlich ein.

Sie stellt sich tatsächlich zwischen mich und ihre Mutter?

»Wie bitte?«, reagiert diese verstört und empört zugleich.

»David und sein Vater haben die Tänzer einfach rausgeschmissen. Nur wegen Emilys Song.«

Jim ist verwundert: »Welcher Song?«

»Sie wollten ihn als letztes Lied der Show nehmen, und das hat David und seinem Vater nicht gepasst.«

»Es ist der letzte Song, den ich mit Dad komponiert habe«, erkläre ich ihnen.

»Eigentlich hat David alles entschieden. Und jetzt ratet mal, warum!« Sarahs Aussage beinhaltet keine Frage, denn ihre Eltern wissen von der Sache mit ihm.

Es ist so offensichtlich, wie Janice im Hinterstübchen nach weiteren Möglichkeiten kramt, ihren verglommenen Wutanfall zu füttern, aber nicht fündig wird.

»Danke für eure Aufrichtigkeit!«, sagt mein Onkel und kommt zu mir ans Bett. »Ich freue mich natürlich, dass dein Song aufgeführt wird. Ich weiß, wie viel er dir bedeutet. Umso wichtiger ist es, dass du dich ausruhst, damit du dir morgen die Show ansehen kannst.« Er streichelt über mein zugedecktes Schienbein, und Janice macht ihren Bedenken postwendend Luft: »Wer weiß, ob sie bis morgen wieder fit ist.«

»Das wird sie sein!«, sagt Sarah.

Nur dass es nichts nützen wird, denn wenn ich nicht tanze, wird Dannie kein Video haben. Nicht einmal das nächste Türklopfen kann die erste Träne verhindern. Jim geht los. Vielleicht sind es Carry und Lisa. Sie wollten noch mal vorbeischauen, nachdem sie den ursprünglichen Abschlusstanz durchgegangen sind. Dass sie unseren Song dafür verwenden, ist echt süß. Der berühmte Wermutstropfen.

»Guten Tag. Ich möchte zu Emily ...«, höre ich eine Männerstimme im Flur sagen.

»Wer sind Sie?«, will mein Onkel wissen.

Ich könnte es ihm beantworten. *Tief durchatmen, Emily!* Ohne eine Antwort läuft Dannie an Jim vorbei. Hat er da Blumen in der Hand? Zunächst begrüßt er Janice mit einem *Keine Sorge, ich will sie nicht zum Tanzen auffordern*-Blick und widmet sich anschließend mir.

»Gebt ihr mir ein paar Minuten?«, bitte ich Sarah, die sogleich dafür sorgt, dass mein Wunsch in Erfüllung geht. Dannie bleibt vor dem Bett stehen. Seine Augenbrauengeste überbrückt die Wartezeit. Dann fällt die Tür ins Schloss.

»Wo hast du die denn her?«, frage ich ihn.

»Tankstelle.«

Ich muss schmunzeln. Eigentlich ist mir egal, woher. Mir hat noch nie jemand Blumen geschenkt. Er legt sie auf den kleinen Tisch, rückt den Sessel weiter zum Kopfende und schnappt sich meine Hand. »Wie geht's dir?« Fürsorge zeichnet sein komplettes Gesicht.

»Na ja, ich bin nur noch ein bisschen müde, aber ansonsten fühle ich mich wie immer.« Von der eben eingesetzten Nervosität mal abgesehen.

»Wieso hast du mir nichts von deiner Krankheit erzählt?«

»Weil du mich dann nicht mit dir tanzen lassen hättest. Ich habe Tabletten, mit denen ich Sport machen kann. Nur war es heute Morgen so hektisch. Lisa kam, um mich zu wecken, weil ich verschlafen hatte, und es stand so viel an ... und dann ...« Ich könnte noch so viel hinzufügen. Die einzige Reaktion zeigt seine Hand. Ein leichter Druck. Und der gibt mir eine Menge.

»Wusstest du, dass auch Hunde Morbus Addison haben können?«, fragt er schließlich.

Habe ich mich verhört? Er kennt den Fachbegriff?

»Ich habe mir vorhin den Wikipedia-Eintrag durchgelesen.«

Verrückt! Aber trotzdem: Ich habe alles vermasselt, und es quält mich. »Es tut mir so leid, Dannie. Das alles. Unser Auftritt. Dein Video.«

»Machst du Witze? Mir tut es leid, Emily! Du hättest sterben können. Wegen einer blöden Tanzshow!«

Wouh, okay, das hätte ich jetzt nicht erwartet. Er ist besorgt um mich. Klar hat er recht und den Eintrag offensichtlich auch wirklich gelesen, aber das erlöst mich nicht von den Vorwürfen, die ich mir mache. Ich habe die Tablette noch nie vergessen, niemals! Und ausgerechnet heute passiert es mir. Ablenkung hin oder her, der eine Fehler hat alles zunichtegemacht!

Wieder drückt er zu. Seine ozeanblauen Augen fangen mich ab. »Emily ...« Er wird leiser. »Du kannst nichts dafür! Und das Video ist mir jetzt egal!«

»Ich hätte so gern mit dir getanzt, Dannie.« Auch ich wispere. Wie froh ich bin, dass er hergekommen ist. Die ganze Zeit habe ich darüber nachgedacht, was ich ihm sagen könnte. Ich würde alles eintauschen, um den Tag noch mal von Neuem beginnen zu können.

Er senkt seinen Kopf. Und zwar für etliche Sekunden. Stille kehrt ein. Doch dann lehnt er sich zielgerichtet zu mir und küsst mich. Ich bin wieder so irritiert, gebe mich dem Moment aber sofort hin. Unsere Lippen benetzen sich gegenseitig. Es ist noch inniger als gestern. Danach verweilen wir Nase an Nase. Ein unbeschreiblicher Moment. Mein Mund prescht erneut hervor. Mehr! Ich kann nicht genug davon bekommen! Nichts scheint mehr wichtig, nur dieser heiße Tänzer neben mir zählt. Vergessen sind die negativen Erlebnisse und Gedanken. Doch dummerweise befördert mich das Geräusch der aufgerissenen Tür prompt wieder zurück in die Realität.

»So, Emily braucht jetzt wieder ihre Ruhe«, hechelt Janice uns, beziehungsweise ihm entgegen.

Doch Dannie tut so, als hätte er sie überhört. Er folgt meinem Kopf, will sich nicht von mir lösen. Ich muss grinsen. Jim räuspert sich geniert. Schließlich tritt das Unvermeidbare ein. Wenigstens seine Augen bleiben mir noch ganz kurz erhalten, bis auch sie sich verabschieden.

»Mach's gut«, seufzt er. Seine Hand entrinnt meiner, er steht auf.

Ich sterbe! Diesmal wirklich! Aufgepeitscht lässt er mich im Bett zurück. Ich muss den oberen Teil der Bettdecke zur Seite schlagen, mir ist so verdammt heiß! Mit verschränkten Armen und teuflischem Blick wartet Janice sehnsüchtig darauf, dass er endlich verschwindet. Sie nimmt sogar Abstand zu ihm, als er vorbeiläuft. So typisch! Kurz vor der Tür dreht er sich allerdings noch mal um und wirft ihr zum Abschied etwas zu: »Die Blumen brauchen Wasser!«

KAPITEL 42

Von hier oben am großen Fenster habe ich perfekte Sicht auf den magischen Ort und die letzten Vorbereitungen. Es ist einer der Gründe, weshalb ich unbedingt hier im Hotel sein wollte. Ich erinnere mich an gestern Abend. Die bunt angestrahlten Steinwände, das warmweiße Bühnenlicht, das beleuchtete Tanzparkett. Es war ein gigantischer Anblick!

»Du glaubst gar nicht, wie sehr das gerade schmerzt, Lizzy«, schluchze ich ins Telefon.

»Kann ich mir gut vorstellen, Süße.«

»Wie toll es gewesen wäre, mit ihm zu tanzen ...«

»Aber schau mal. Wenigstens wird überhaupt getanzt. Das ist auch nur dank dir so gekommen. Hättest du dich nicht darum gekümmert, dann wären die Tänzer weg, und du wärst todunglücklich. Und ungeküsst.«

Damit liegt sie nicht so falsch.

»Warte mal kurz, Lizzy. Da ist jemand an der Tür.« Ich wechsle die Raumseite, behalte sie aber am Ohr.

»Dannie«, stöhne ich bei seinem Anblick.

»Dannie? Ist er da?«, schallt es aus dem Handy.

Wie er da im Türrahmen lehnt und mich mit diesem Heißhungerblick mustert.

»Ich melde mich wieder, Lizzy.«

Dannie braucht nichts sagen. Ich inhaliere die elektrisierende Luft zwischen uns. Dann überwindet er den Meter, umgreift meinen Kopf und küsst mich. Allerdings nur ganz kurz, es ist fast wie ein Begrüßungskuss. Meinen Puls katapultiert es dennoch in die Höhe. Mit der Ferse schließt er die

Tür. Sein Daumen streift gefühlvoll über meine Unterlippe. Ich spüre, wie ich bereits nach der nächsten Berührung giere.

»Hast du die beleuchtete Bühne gestern Abend gesehen?«, fragt er daraufhin gefühlvoll wie nie, nimmt mich an die Hand und geht mit mir zum Fenster.

»Oh ja«, antworte ich.

»Du wirst heut Abend ganz vorn sitzen«, meint er. »Ich habe dich schon in den Sitzplan geschrieben.« Danach sieht er an mir herab. »Solltest du dich nicht eigentlich ausruhen?« Bevor ich antworten kann, packt er mich und trägt mich rüber zum Bett. Er legt mich ab und schließt die Falttür. »Sarah wird erst in einer Stunde vom Mittagessen zurück sein.«

Was?

Sein verschmitzter Unterton geht keinen Wimpernschlag später in ein anzügliches Sticheln über: »Du hast doch deine Tablette genommen, oder?«

»Ja«, antworte ich.

Er ist noch drei Schritte vom Bett entfernt. »Und du hast Bettruhe verordnet bekommen. Richtig?«

»Ja«, sage ich kleinlaut.

Zwei Schritte. »Und der Arzt hat dir jegliche Aktivitäten außerhalb des Betts verboten?«

Ich nicke. Ein einziger Schritt. Meine Atmung blockiert.

»Aber er hat keine *im* Bett verboten, oder?«

»Nein«, flüstere ich und schlucke schwer. Meine Hände krallen sich in den Baumwollstoff unter mir. Sein verheißungsvoller Gesichtsausdruck nimmt mich gefangen. Er ist so unglaublich attraktiv!

»Und wäre es für dich okay, wenn sich dein persönlicher Krankenpfleger in der nächsten Stunde um dich kümmert?«

»Jaaa ...« Keine Ahnung, ob er meine Zustimmung überhaupt gehört hat. Ich glühe. Und ich will ihn bei mir haben. Seine Augen, seine Lippen, seine starken Hände. Mit dem rechten Knie berührt er die Matratze. Langsame, laszive Bewegungen. Wie ein Tiger auf Beutejagd rückt er näher und näher. Ein leises Stöhnen entweicht mir. Soll er doch ... soll er herkommen!

KAPITEL 43

Er streicht mir behutsam die Haarsträhnen aus dem Gesicht, während ich es genieße, auf seiner Brust gebettet zu sein.

»Wie hast du das Instrumental unseres Songs eigentlich produziert?«, fragt er.

»Das war mein Dad.« Wie gut es tut, seinen Arm als starke Stütze zu spüren, als die Erinnerungen an die Tage im Tonstudio zurückkehren.

»Er muss sich ziemlich gut mit Musik auskennen.«

»Er war Musikproduzent.«

»War? Heute nicht mehr?«

Meine Kehle ist wie abgeklemmt. Ich weiß, ich kann ihm die Antwort nicht verwehren. Doch trotz Halt und Geborgenheit fällt es mir nicht leicht, es auszusprechen. »Meine Eltern sind beide vor neun Monaten bei einem Autounfall gestorben. Deshalb lebe ich jetzt bei meiner Tante und meinem Onkel.«

»Oh. Das tut mir leid.« Er ist geschockt und einfühlsam zugleich.

Als ich mich auf den Bauch drehe, unterbricht er die Streicheleinheiten, um mich von seinem Blau in Empfang nehmen zu lassen. »Weißt du was? Ich glaube, du wärst ihr Paradebeispiel für einen Schwiegersohn!«

Er sieht mich befremdlich an. »Bist du dir sicher, dass sie sich nicht was Besseres für dich vorgestellt haben?«

Ich weiß, worauf er anspielt: auf einen typischen Nine-to-five-Job. Aber das ist absoluter Quatsch! »Nein. Auf gar keinen Fall! Sie waren doch selbst Künstler. Dad war Musiker und Produzent und Mom Sängerin.«

»Also hast du deine tolle Stimme von ihr?«

»Jip. Sie hatte mir mal erzählt, dass sie mir schon im Bauch immer vorgesungen hat. Und du?«

»Zufall. Bei mir in der Familie kann keiner singen. Und tanzen auch nicht. Weißt du, was mich immer aufregt? Es gibt Länder, in denen die Menschen jeden Tag tanzen, jeden verdammten Tag. Sie verlieren das Rhythmusgefühl ihr ganzes Leben nicht. Es gehört zu ihrer Kultur, und sie pflegen es. Und wie ist es bei uns?«, schnaubt er verdrossen.

Ich verstehe absolut, was er meint. Und ich liebe es, wenn er über seine Leidenschaft spricht. Er brennt für das Tanzen. Genau wie ich. »Früher war ich immer total gern bei Moms Konzerten dabei. Da konnte ich frei sein. Beim Tanzen mit dir war es genauso.«

Er küsst mich. Im Anschluss schmiege ich mich wieder seitlich an ihn. Ich genieße es, meine Atmung an seine anzugleichen und über seinen Brustmuskel zu streichen.

»Was ist eigentlich mit deiner Augenbraue passiert?« Endlich kann die Frage loswerden.

Er starrt weiter an die Decke und beginnt zu erzählen: »Mein Großvater wohnt im Wald, und da war ich immer mit seinem Hund draußen. Irgendwann kam uns dann mal ein großer Köter entgegen und hat mich angegriffen. Ich hatte Glück, dass er mir nicht gleich das ganze Auge rausgerissen hat. Bisschen drunter, und du hättest jetzt einen Zyklopen neben dir liegen.«

Ich bin geschockt! »Und was ist mit dem Hund deines Opas passiert?«, frage ich nach einem kurzen Moment des Schweigens.

»Johnny? Der hat's überlebt. War am Ende zwar ziemlich demoliert, aber er hat das Mistvieh vertrieben. War 'n guter Kerl!«

Mit einer solchen Story habe ich echt nicht gerechnet.

»Guck doch nicht so«, meint er. »Ist alles gut verwachsen. Außerdem zieht es die Blicke der Frauen an, nicht wahr?«

Diese mit Sarkasmus getarnte Selbstverliebtheit. Er weiß, wie er auf Frauen wirkt. Und er hat *Frauen* gesagt, nicht *Mädchen.* Welch eine Ehre! Aber eine Sache muss ich noch wissen: »Und deine Ex-Freundin? Ist das wirklich vorbei?«

Er schnalzt und verdreht die Augen. Wahrscheinlich kann er sich denken, dass Lisa es mir erzählt hat. »Ja! Das hat sich so was von erledigt. Ich wäre ja auch schön dumm …« Seine Antwort ist absolut entschlossen, was mir die letzte Sicherheit gibt.

Dass ich hier mit ihm im Bett liege, kann ich allerdings immer noch nicht glauben. Dieser Urlaub hat echt mein gesamtes Leben durcheinandergewürfelt!

KAPITEL 44

Sicherheitshalber hat er das Bett verlassen. Besser gesagt: Ich habe ihn und mich dazu zwingen müssen, was sich nun aber als ziemlich klug herausstellt, denn Sarah kehrt vom Mittagessen zurück, wie mir die Zimmertür draußen verrät.

Dannie hat mir mit dem Gespräch definitiv geholfen, die Trauer, nicht an seiner Seite tanzen zu können, in den Griff zu kriegen. Carry wird zumindest einen kleinen Part mit ihm tanzen und in dem Video, das sie von der gesamten Show aufnehmen, ganz sicher noch viel besser rüberkommen, als es bei mir jemals der Fall gewesen wäre. Die Falttür wird aufgerissen.

»Tadaaa!«, sagt eine Sonnenscheinstimme, deren Besitzerin direkt vor Sarah steht. Mit schrillem Sommeroutfit und ihrer geliebten roten Handtasche über der Schulter.

»Lizzy!« Ich fasse es nicht! Was macht sie denn hier? Ich habe doch vorhin noch mit ihr telefoniert. Sie hat ernsthaft so getan, als wäre sie zu Hause!

»Schön liegen bleiben, Süße!«, sagt sie und umarmt mich.

Oh, mein Gott, wie sehr ich sie vermisst habe! »Was machst du hier?« Ich mag vielleicht entsetzt klingen, aber innerlich springe ich vor Freude im Dreieck!

»Wir sind extra früh losgefahren. Ich konnte dich einfach nicht allein lassen und dachte, du würdest moralische Unterstützung brauchen.«

Dafür liebe ich sie! Sie ist halt eine Wundertüte, wie sie schon oft unter Beweis gestellt hat. Doch diese Aktion toppt echt alles!

»Ist Justin dabei?«

»Klar! Und was ist mit deinem Typen? Wo ist er?«

Ehe ich etwas sagen kann, was mir vor Sarah vielleicht peinlich wäre, meldet sich diese zu Wort: »Der hatte nur eine Stunde Zeit.«

Wie das klingt! Damit spielt sie Lizzy ja voll in die Karten.

»Du musst mir nachher unbedingt alles erzählen! Und ihn mir vorstellen!«, fordert sie prompt.

Okay, aber zunächst muss ich erst mal realisieren, dass meine beste Freundin wirklich hier ist. »Kneif mich mal«, sage ich zu ihr, und wer Lizzy kennt, weiß, dass dieser Wunsch nicht weggelächelt wird. Autsch! Es ist definitiv kein Traum!

Als Sarah die Suite verlassen hat, um den anderen zu helfen, kann ich ihr endlich unter vier Augen berichten.

»Und was ist dann passiert? Jetzt erzähl schon weiter!«, verlangt sie an einer ganz bestimmten Stelle.

Allein der Gedanke lässt meine Finger wieder kribbeln. Normalerweise erzählen wir einander sämtliche Details, aber irgendwas in mir verlangt danach, das intime Erlebnis mit Dannie für mich zu behalten.

In diesem Moment klopft es.

»Ich dachte, ich sehe euch gar nicht mehr wieder!«, bringe ich Carry und Lisa entgegen, bevor Lizzy sich ihnen vorstellt.

»Ich habe schon eine Menge von euch gehört. Eigentlich müsste ich euch ja dafür umbringen, dass ihr sie zum Tanzen gebracht habt«, raunt sie gespielt empört.

Gut, dass man die Ironie bei ihr immer raushören kann.

Anschließend umarmen sie mich innig. »Tut uns leid, dass wir noch nicht wieder bei dir waren!«, sagt Lisa.

Carry ergänzt: »Wir haben gestern noch den ganzen Abend damit verbracht, an der Choreo zu schleifen und auch eben wieder geübt.«

»Und sonst alles gut?«, frage ich.

»Na ja«, kommentiert Lisa. »Unsere einstündige Zwangspause war viel zu lang. Aber wir haben es trotzdem noch hinbekommen.«

Die Spitze kam an, danke, Lisa! Carry hat das blaue Kleid in einem durchsichtigen Sack dabei. Ich soll es anziehen.

»Maria lässt dir liebe Grüße ausrichten«, sagt Carry. »Sie macht dir nachher trotzdem die Haare.«

Und schon reckt mir Lisa ihr Handy mit der geöffneten Galerie entgegen. »Du sollst dir schon mal aussuchen, welche Frisur es sein soll. Ich wäre ja für das Geweih!«

Mhm, ist klar!

»Zeig mal her!« Lizzy krallt sich das Smartphone aus meiner Hand und schmeißt sich neben mir aufs Bett.

»Danke für das Kleid, Carry.«

Sie mit diesem tollen Große-Schwester-Lächeln, während Lizzy loslacht. Das Geweih wurde entdeckt.

»Denkt ihr denn, es werden viele Leute kommen?«

»Also die Jungs meinten, dass in der Stadt alle total positiv auf die Show reagiert haben. Das hat sich bestimmt wie ein Lauffeuer verbreitet«, berichtet Carry optimistisch, und auch in Lisas Gesicht strahlt die blanke Zuversicht.

Wenn das mal keine guten Nachrichten sind!

»Die Mallows werden eine ganz schöne Fresse ziehen«, resümiert Lisa schadenfreudig.

Als Edin hier war, meldete sich mein schlechtes Gewissen zurück. Doch den Mallows gegenüber verspüre ich davon nichts. Und mein Collegedirektor wird auch nicht herkommen, meinte Jim vorhin.

»So, wir müssen schon wieder los«, sagt Lisa. »Übrigens: Wir wollen uns nach der Show noch hinten treffen. Vielleicht wollt ihr ja auch kommen?«

»Klar! Machen wir!«, erwidert Lizzy.

»Prima! Da wird dein Freund happy sein, Emily!«

Mein Freund? Ist er das? Die zwei verschwinden, und wir gönnen uns noch mehr Zeit für uns. Zusammen mit Justin und Sarah sehen wir uns einen Film an, von dem ich eigentlich nichts mitkriege, weil ich ständig an Dannie und die Vorbereitungen zur Show denken muss.

Nach dem Film rennt der Abend uns entgegen. Zuerst frisiert Maria meine Haare, dann ziehe ich das Kleid an, und schlussendlich trägt Lizzy mir im Badezimmer Make-up auf. Sie ist gerade fertig, da bittet Alex um Verstärkung für die Einweisung der Gäste. Lizzy legt noch schnell ihr Kinn von hinten auf meine Schulter. »Du siehst wunderschön aus, Süße!«

»Schatz, kommst du?«, ruft Justin.

»Geh ruhig!«, sage ich zu ihr. Ich finde es toll, dass sie alle mithelfen wollen. Eigentlich würde ich das auch gern machen, doch Alex hat extra betont, dass Dannie es *verboten* hat.

»Okay, aber ich bin gleich wieder zurück, um dich abzuholen! Du bewegst dich ohne mich kein Stück aus dem Zimmer, ja!«, droht sie.

»Jawohl, Sir!«

Und weg ist sie. Justin kann sich echt glücklich schätzen, dieses Mädchen mit ihrem hübschen gelben Sommerkleid und den roten High Heels an seiner Seite zu haben. Aber warum behandeln sie mich alle wie einen Pflegefall? Ich habe doch so oft betont, dass es mir wieder gut geht. Es sind mittlerweile schon so viele Plätze gefüllt. Und auch wenn ich nicht mittanze, bin ich überirdisch aufgeregt. Natürlich wird mich das Zuschauen nachher noch mehr aufkratzen. Daher auch die zusätzliche Tablette, die ich unter Lizzys Aufsicht genommen habe. Reine Vorsichtsmaßnahme! Wie schön es ist, derart viele Menschen zu sehen. Und dann noch dieses grandiose Sommerwetter! Es könnten am Ende wirklich alle Stühle besetzt sein. Das wäre der Hammer! Es freut mich enorm für Dannie. Er hat es so verdient!

Hinter mir öffnet sich unsere Tür. »Hast du was vergessen, Sarah?«, frage ich. Als keine Antwort kommt, drehe ich mich um und erschrecke. Es ist David.

»Hallo, Emily.« Der überhebliche Unterton passt perfekt zu seinem piekfeinen Anzug. Ich erschrecke erneut, als er die Tür zuknallt. Wird er mir jetzt etwa ein Messer in den Bauch rammen? Denn diesen Eindruck macht er.

»Was willst du hier, David?«

Er reagiert nicht. Ich weiche zur Seite, als er auf mich zuschreitet. Dann stellt er sich an das Fenster und sieht nach unten zur Bühne. Was hat er vor? Ich sollte einfach gehen und ihn in der Suite zurücklassen.

»Es ist schon verrückt, oder? Du schlägst meinen Deal aus und kommst dann auf die dumme Idee, den Steinklotz als Bühne zu nehmen. Nur damit die Loser eine Stunde Rampenlicht kriegen. Wie sagt man so schön: Kleine Sünden bestraft der liebe Gott sofort. Und schon hat es dich umgehauen. Wenn das mal kein Karma ist, oder? Jetzt ist es vorbei mit dem Tanzen«, ätzt er verächtlich und fixiert mich anschließend. »Ich habe mir den Spaß aufgehoben. Für das Finale. Bin mal gespannt, wie schön dein Abend wird, wenn sie jetzt erfahren, dass du die ganze Zeit mit Dannie getanzt hast. Du willst dich mit dem ganzen Dreck nur aufspielen, oder?«

Als der Hohn auf mich einprasselt, merke ich, wie ich verkrampfe. Meine Zähne pressen sich aufeinander.

»Willst du wissen, was einer von Dannies Tänzern mir erzählt hat?«

Geh einfach, Emily! Die Tür ist so nah. Nutze sie!

»Er sagte, Dannie und seine Tänzerinnen haben verzweifelt versucht, eine Choreografie auf die Beine zu stellen. Er meint, das Ergebnis ist maximal drittklassig. Und? Wie fühlt sich das jetzt an? Alles hätte anders laufen können. Aber du hast ja abgelehnt. Mädchen, checkst du nicht, dass du jemanden brauchst, der dich leitet? Ich hätte dich ja genommen. Du siehst nicht schlecht aus und bist nicht so strohdoof wie dein kleines Cousinchen.«

Zu meiner Wut gesellt sich Lähmung. Und sein Monolog ist noch nicht beendet: »Aber am Ende, wer hat da gewonnen, hm? Dein Traum von der großen Bühne ist geplatzt. Jeder kann dich ersetzen! Du hättest meinen Deal annehmen sollen. Aber nein ... Du wirst immer nur ein winziges Sandkorn im Wind sein! Nie etwas erreichen! Nichts! Null! Alle Träume werden durch deine Krankheit und dein dummes Verhalten zerstört!«

Abrupt schwinden die Zentimeter zwischen uns. Seine Hand greift meine Wangen und quetscht sie schmerzvoll zusammen. Ich will mich wehren, doch es fühlt sich an, als hätte er mir ein Nervengift verabreicht.

»Du bist und bleibst ein Niemand, Emily! Genau wie die Tanzschaben da draußen. Und dein Dannie wird dich durchnehmen und dann zu einer anderen springen! Du kannst ihm nichts bieten! Und dann bist du wieder allein. Wieder nur ein dummes kleines Entlein, das nie was auf die Reihe kriegt. Wach auf, Kleines! Sei nicht so naiv! Lass dir das hier eine Lehre sein!«

Im Anschluss entlässt er mich aus seiner Schraubzwinge und stolziert davon. Ich wische mir die Speicheltröpfchen aus dem Gesicht. Seine kalten Augen werden an die weiße Wand projiziert. Mehr sehe ich nicht. Nach einer Weile gehe ich ins Bad und blicke in den Spiegel. Ich überschminke die rötlichen Druckstellen seiner Finger, was mir gerade noch rechtzeitig gelingt, bevor Lizzy zurück ist.

»Kann losgehen!«, sagt sie sichtlich bereit.

Im Gegensatz zu mir. Es ist schwer, so zu tun, als würde die Welt plötzlich nicht nur aus Grautönen bestehen. Jemand hat mich aus einer Raumstation in die Schwerelosigkeit gestoßen. An einer sehr langen Leine. Exakt so fühlt es sich an.

»Dann mal los«, äußere ich aufgesetzt.

Auf dem Weg nach unten berichtet sie mir von unzähligen Dingen, doch ich höre ihre Stimme wie durch Watte. Dicke Watte.

»Der große Abend ist gekommen, Fräulein Emily!« James, der ebenfalls hinausgehen will, ist heute noch heiterer gestimmt als sonst. »Tut mir wirklich leid, dass du nicht mittanzen kannst.«

Nach außen hin gebe ich den Anschein, als würde ich es weglächeln, doch eigentlich werfen mich seine Worte zurück in die Suite, an das Fenster, in *seinen* Griff.

Vor der Tür stehen einzelne Grüppchen. Musik bahnt sich ihren Weg über die Hecke hinweg. Alex, Sarah und Justin stehen an ihrem oberen Ende und begrüßen dort die Menschen. Alex strahlt über beide Ohren, als wir zu ihnen vordringen. »Die rennen uns die Bude ein, Emily! Die meisten kommen hier oben rein. Der alte Mallow hat noch nichts dazu gesagt, aber er kann ja auch schlecht die eigenen Hotelgäste vergraulen.«

»Wollen wir gleich zu unseren Plätzen gehen?«, fragt Lizzy. »Noch eine Viertelstunde, bis die Show beginnt.«

»Wow. Dein Kleid, Emily! Umwerfend!«, bringt mir Oscar entgegen, als er an uns vorbei zu Alex geht.

»Danke!«, antworte ich, fühle es aber nicht.

»Und, hattest du Spaß, Schatz?«, fragt Lizzy den aufgegabelten Justin. Mein komatöser Zustand blendet immer wieder einzelne Sätze aus. Nahezu alle Stühle sind besetzt. Auch das löst nichts in mir aus. »Wir haben *Reserviert*-Schilder auf unsere Plätze gelegt.«

Die Köpfe der Menschen sind wie Schatten. Die Bühne, die Lampen, die Requisiten – alles nur schemenhafte Umrisse. Wir laufen an der aufgestellten Kamera vorbei und erreichen schließlich die erste Reihe vor dem Tanzparkett. Maria und ihr Mann sind bereits da. Er steht auf und umschließt meine Hand zur Begrüßung. Sein Gesicht strahlt Dankbarkeit und Stolz aus. Es bedeutet mir nichts. Nach Marias Umarmung nehme ich links neben ihr Platz. »Meine Frau hat mir erzählt, was dir gestern passiert ist«, bringt mir der Bürgermeister entgegen. »Es tut mir sehr leid, dass du nicht mittanzen kannst. Konnten denn die anderen so spontan einen Ersatz finden?«

Ich muss direkt an Davids Worte zurückdenken: *»Jeder kann dich ersetzen!«*

»Jetzt frag sie doch nicht aus«, schreitet Maria ein.

»Du hast recht, Liebes. Tut mir leid, Emily. Das Programm wird sicher großartig! Ich kann es kaum erwarten.«

Während Oscar aus einem eigenen kleinen Zelt die Lautstärke runterregelt, betritt Alex die Bühne. »Einen wunderschönen guten Abend, meine Damen und Herren!«, legt er euphorisch los. Ich wünschte, die Begeisterung könnte auch mich anstecken. Er badet im Applaus, der für mich lediglich dumpfer Schall ist. »Herzlich willkommen hier an unserer legendären Steinbühne am wundervollen Frances Lake.«

Sarah läuft an mir vorbei und setzt sich auf den letzten freien Stuhl neben Lizzy. Alex bittet um einen großen Beifall für die Akteure des heutigen Abends, der wie bestellt folgt. Während sie nacheinander die Bühne betreten, macht er das Publikum mit jedem Einzelnen bekannt. Antonio. Lisa. Max. Victoria. Peter. Und zu guter Letzt begrüßt er Carry und Dannie. Als Dannie zu mir sieht, kehrt mein Lächeln für einen Wimpernschlag zurück, verabschiedet sich jedoch sogleich wieder.

Kaum sind sie alle aufgereiht, geht es auch schon los. Ihr erster Tanz. Die Menschen sind begeistert von der synchronen Darbietung. Sicher schwingt in jedem begeisterten Zwischenapplaus auch der Nostalgiefaktor mit. Es sind die Erinnerungen. Wie bei mir. Doch die Glücksgefühle, die sich in den Gesichtern neben mir abzeichnen, suche ich in meiner durcheinandergewirbelten Gefühlswelt vergeblich. Davids Kommentare hallen in mir nach. Während eines Wechsels der Tänzer blicke ich nach hinten zum Hotelgebäude. Er sagte, er würde da oben stehen.

Emily, genau das wollte er! Dich vereinnahmen! Jim und Janice sitzen zwei Reihen hinter uns, wie ich feststelle. Jim erhascht meinen flüchtigen Blick und wirft mir ein Lächeln zu, das ich schauspielernd erwidere. Als ich dann noch das entspannte Gesicht von Janice sehe, wird mir klar, dass David ihnen gar nichts erzählt hat. Dann wären sie niemals so gelassen. Ich wende mich zurück zur Bühne.

Tanz für Tanz wird mit tosendem Beifall prämiert.

Du bist und bleibst ein Niemand ... wie die Tanzschaben ... dein Dannie wird dich durchnehmen und dann ... Ich kann es nicht aufhalten. Die Flut an Beleidigungen und Vorwürfen kämpft gegen das an, was sich vor mir auf der Bühne abspielt. Zwei Welten prallen aufeinander. Dannie. Er ist grandios, voll in seinem Element und losgelöst. Der Applaus honoriert seine und ihre harte Arbeit. Sie verdienen ihn alle so sehr. Ja, ich hoffe, sie sehen wirklich zu und ärgern sich in Grund und Boden, diese grandiose Show aus ihrem Programm geschmissen zu haben! Ein Vorprogramm ist das, was die Tänzer hier liefern, ganz gewiss nicht! Als das nächste Lied ausklingt und die Abschlusspose erfolgt, reißt es abermals alle von den Stühlen.

Dannies Augen finden meine. Und dann deutet er einen Kuss an. Nur für mich. Lizzy hat es genau gesehen, denn sie umfasst mein Handgelenk und schüttelt es aufgeregt, was mich kurzzeitig schmunzeln lässt.

Der nächste Tanz gehört Peter und seiner Lisa. Innig tanzen sie zu einer Ballade. David hat so was garantiert nie gehabt: die wahre Liebe. Und das wird auch so bleiben. Er wird für immer diese Leere spüren. Eigentlich tut er mir leid. Ich bin nicht der Mensch, den ich bedauern sollte, wie seine gehässigen Worte es mir einpflanzen wollten. Er ist es! *Ihn* muss ich bedauern. Ich will mich nicht mehr schlecht fühlen, während mir die Menschen auf der Bühne zeigen, was Leben bedeutet und wofür wir leben. Ich schließe die Augen und schenke der Stimme tief in mir Gehör. Eine Stimme, die mir die Wärme zurückbringt: *»Du kannst es, Em! Alles, was du willst, kannst du erreichen! Gib nicht auf! Niemand kann dir die Freude in deinem Herzen nehmen, mein Engel. Niemand!«* Nach Moms Stimme höre ich Dad: *»Wir sind bei dir! Zeig es ihnen!«*

»Süße?«, flüstert Lizzy nachdrücklich in mein linkes Ohr. Ich wende mich ihr zu. »Geht's dir gut?«

»Ja«, hauche ich nur.

»Geht's dir gut, Emily?«, fragt Maria ebenso skeptisch.

»Ja. Alles gut.« Der nächste Tanz ist bereits mitten im Gange.

Lizzy hakt nach: »Ist wirklich alles gut?«

»Ja.« Es ist nicht gelogen. Ich fühle mich wirklich gut. Mein Körper ist vom Cortison gestärkt, und die Stimmen aus meinem tiefsten Inneren haben die imaginären Fesseln und Ketten zerstört. Die Erinnerungen reichen mir die Hand. Unsere erste Begegnung am weißen Pavillon, der Moment an der Trainingshütte, als ich das erste Mal seine anziehenden blauen Augen sah. Unser Deal. Die vielen Tanzstunden, bei denen ich mich am Anfang so blöd anstellte. Der Abend im OLDIES, wo er mir zeigte, dass Tanzen Fühlen bedeutet. Der Tag, an dem wir den Songtext geschrieben haben. Seine Stimme und Leidenschaft bei den Aufnahmen. Die Sprünge in der Rollschuhhalle und der Mut, den sie mir abverlangten. Unser Moment oben am Steinbruch, als er mir seine Dankbarkeit ausdrückte. Der Kuss im Flur. Seine Zuversicht für unseren gemeinsamen Tanz. Nein, so darf diese Zeit nicht enden! Es ist der letzte Tag, der letzte Abend! Was habe ich also zu verlieren?

KAPITEL 45

Wir erheben uns zeitgleich mit allen Leuten aus dem Publikum, die die aktuelle Tänzergruppe bejubeln.

»Ich gehe kurz hinter die Bühne und wünsche ihnen viel Glück für den Abschlusstanz!«, sage ich zu Lizzy.

»Soll ich mitkommen?«

»Nein ... brauchst du nicht.«

Mit jedem Schritt an der Bühnenseite entlang verteilt sich das Adrenalin in mir. Es fühlt sich einfach richtig an, vollkommen. Meine Tablette wirkt noch mehrere Stunden. Genug Zeit! Zwischen den malerischen Hängeweiden haben sie Zelte für die Kleiderwechsel aufgestellt. Genau davor warten Lisa und Carry mit ein paar anderen auf ihren nun anstehenden nächsten Tanz. Es folgt ein von Dannie dirigierter Wechsel. Direkt nach seinem Kommando bemerkt er mich. Die Verwunderung ist nicht zu übersehen.

»Em.«

Ein simples »Hey« entweicht mir.

»Was machst du hier?«, fragt er, während wir aufeinander zugehen.

Darauf habe ich gewartet. Ich schnappe mir seine Hände. Vor lauter Aufregung sind sie schweißnass. Es platzt sofort aus mir raus: »Ich will mir dir tanzen! Den Abschlusstanz!«

»Aber ...«

Sein besorgtes Gesicht ist süß, aber mein Entschluss steht fest: »Es geht mir gut, ich habe vorhin noch eine Tablette genommen. Ich wusste doch, dass mich das aufwühlen wird.« Er zeigt noch Restzweifel. »Ich will mir mein Leben nicht mehr länger von der Krankheit diktieren lassen. Glaub mir: Ich weiß, dass mein Körper das schafft!« Und ich kenne alle Schrittfolgen der Choreo. Selbst in meinen Träumen bin ich sie durchgegangen. »Lass uns tanzen!«, sage ich. Noch nie war ich von etwas so sehr überzeugt.

Er ist baff. »O...kay.« Schließlich ist die Überzeugung auch in seinen Augen zu sehen. Unsere Hände schütteln sich gegenseitig. »Nach dem kommt nur noch ein Tanz, und dann sind wir dran. Warte kurz hier, ich gebe Alex und den anderen Bescheid.« Kaum gesagt, fegt er los, bremst jedoch einige Schritte später abrupt wieder ab. »Was ist mit deinen Sachen?«, fragt er mich.

»Ich habe alles an!«, antworte ich lachend. »Nun geh schon!« Mit dieser Nervosität ist er echt zum Schießen!

Okay, meine Tanzunterwäsche fehlt, aber das ist mir gerade wahnsinnig egal. Ich bin einfach sooo happy! Wohin nur mit den ganzen Emotionen? Auf die Bühne. Ja! Genau dorthin!

Dannie ist nach zwei Minuten zurück, alle sind informiert.

»Und du fühlst dich echt bereit dafür?«, fragt er mich und streicht mir mit beiden Händen sanft über Schultern und Arme.

»So bereit man dafür sein kann.« *Bloß nicht an das Lampenfieber denken, Emily!* Dannies Hände müssen zur Beruhigung meiner Nerven herhalten.

»Lampenfieber ist gut!«, sagt er.

Wie kann das gut sein? Dadurch vertanze ich mich vielleicht!

»Nervosität liefert Adrenalin, und damit ist man konzentrierter«

Konzentration. Oh ja. Die brauche ich! »Was, wenn ich Schritte vermassle?«

»Wirst du nicht. Und selbst wenn: Es ist dein erstes Mal auf einer richtigen Bühne. Einfach weglächeln und weitermachen. Das wird schon!«

Wenn mich jemand beruhigen kann, dann er! Aber er ist halt auch ein Profi und ich nicht. In meinem Kopf funktioniert der gesamte Tanz reibungslos, aber da oben ... *Alles wird gut! Er ist an deiner Seite!*

Ich wische meine verschwitzten Hände am Kleid ab. Aufbrandender Applaus füllt das Gelände. Könnte ich die Geräuschkulisse abschalten, würde ich es tun! Mein Puls ist nicht mehr zu bändigen. Lisa, Carry und die anderen verlassen indes die Bühne.

»Emily, magst du gar nicht zuschauen?«, fragt Carry mich.

Dannie übernimmt: »Wir tanzen ... zusammen.« Alex kündigt im selben Moment großspurig den vorletzten Tanz an.

»Aber du ...«, äußert Lisa geschockt.

»Du willst das, Em?«, fragt Carry in ihrer ruhigen Art.

»Ja!« Ich bin selbst erschrocken, wie bestimmt es rausgeschossen kommt. »Also, wenn es für euch okay ist?«

»Machst du Witze? Natürlich ist es das! Unsere Nummer wäre nur halb so gut wie eure!« Ihre Freude ist wie ein zusätzlicher Push für meine Motivation.

»Max!«, ruft Lisa ihm entgegen. »Kannst du noch mal die Kamera kontrollieren? Nicht dass sie aus ist. Die muss gleich unbedingt laufen!«

Mir wird dadurch zwar wieder einmal vor Augen geführt, worum es nun geht, was den Druck nicht gerade mindert, aber ja, das muss sie.

»Schon dabei!«, sagt Max und macht sich auf den Weg.

»Ihr kommt dann ganz zum Schluss alle auf die Bühne, okay?«, vergewissert sich Dannie bei den Mädels.

Die Menschen im Publikum klatschen indes wie wild, als Alex die aktuelle Gruppe verabschiedet und im Anschluss die Menge anheizt: »Wollen Sie nun den großen Abschlusstanz sehen? Es wird sich für Sie wie früher anfühlen, da bin ich mir sicher!« Die Leute applaudieren überschwänglich, selbst ein paar anfeuernde Pfiffe sind zu hören.

»Machen wir!« Carry umarmt mich. »Wir drücken euch die Daumen, Emily!« Danach Lisa. »Und wir fiebern mit euch mit!«

Ist es jetzt so weit? Mein Bauch krampft. Hoffentlich geht das alles gut! Dannie nimmt meine zitternde Hand, während Alex uns beide ankündigt. *Ja, es ist so weit!*

KAPITEL 46

Von hier oben ist es noch viel beängstigender, als ich dachte. Der Beifall hält an. Das heiße Licht der Strahler trifft auf unsere Körper. Ich kann nicht nach unten ins Publikum sehen. Einigen dort habe ich eben garantiert den Schock des Lebens verpasst. Als er mich zu sich heranzieht, bin ich erleichtert. Er schenkt mir dieses *Das-ist-unser-Moment*-Lächeln. Ohne sich von meinen Augen zu lösen, gibt er Alex das Handzeichen. Dann setzt der Song ein. Unser Song! Die Akkorde, die Dad einspielte und die Worte, die ich mit dem Mann vor mir schrieb. »Heut Nacht ist die eine Nacht«, singe ich flüsternd mit.

Ein Gänsehautschauer zieht sich über meinen Rücken, als der Refrain den Teppich für das gesamte Lied ausrollt. Ich atme tief durch. Der Takt schlägt in meiner Brust. Nur noch wenige Sekunden. Ich bin bereit! Mein Herz macht einen kleinen Sprung.

Und schon geht es los! Die Grundschritte zur ersten Strophe. Wort für Wort, Tap für Tap. Zusammen mit meinen Füßen durchlebe ich jeden einzelnen Tag neu. Die Hände auf meiner Hüfte. Auf zwei. Die Cucarachas. Ich könnte sie im Schlaf ausführen. Anschließend nimmt der Song an Fahrt auf. Ich bin absolut drin. Wir verlassen die gemeinsame Tanzhaltung immer öfter. Drehung, Wiegeschritt, Hüftkreisen. Die einzelnen Elemente werden nahtlos aneinandergereiht. Sie verschmelzen miteinander. Genau wie ich mit Dannie, den Akkorden, seiner Stimme. Ich schwenke meine Arme, danach die Hüften.

Begeisterte Rufe aus dem Publikum begleiten mich dabei.

Wieder drehen. War das ein Jubelschrei von Lizzy? Anschließend kehre ich Dannie meinen Rücken zu. Ich spüre, dass seine Handfläche ganz seicht aufliegt, während ich die Schritte ausführe. Ich denke nicht mehr nach. Mein Körper setzt alle Bewegungen vollautomatisch um. So, als würde Carry mir die Ablauffolge ins Ohr flüstern. Meinte er *das* mit dem Adrenalin? Ich fühle es! Nun führt er mich wieder. Wiederholen! Drehung, kreisen, schwenken. Mit aufrechter Haltung, Spannung, der richtigen Atmung sowie Ausdruck im Gesicht. *Gut so!* Weiter! Meine Hand an seinem Nacken, Kopf nach hinten fallen lassen. Linkes Bein strecken. Er wiegt mich durch die Luft und setzt dabei seine Schritte.

Die Leute applaudieren, was mich jedoch nicht aus dem Takt bringt. Nun dreht Dannie sich. Der Refrain schließt in seiner kompletten Form an. Die Tanzschritte sitzen wie nie zuvor. Wir sehen uns kurz an, verharren wie geplant einen Augenblick in der Position und setzen die Choreo mit der Wiederholung des Refrains fort. Es ist wie ein Rausch, ein Ekstasezustand. Gefühl und Spaß verbinden sich. Wie der Text es sagt: *Genau dafür leben wir!* Es ist unser Moment und wir genießen ihn in vollen Zügen.

Die Hälfte des Songs ist schnell getanzt. Gemeinsam gehen unsere Hände im Kreis hinauf. Dann öffnen wir uns, als wollten wir das Publikum umarmen. Doch schon im nächsten Moment bringen wir uns wieder zusammen und tanzen weiter. Meine Füße sind auf seine programmiert. Mein Kleid dreht sich, ein leichter Luftzug streift meine Oberschenkel. Nun erneut dicht an dicht. Wie aus einem Guss bewegen wir uns an Ort und Stelle.

Zu anzüglich?

Und wenn schon! Unsere Nasenspitzen sind lediglich Millimeter voneinander entfernt. Ganz sacht den Hintern schwenken. Ein Grinsen von ihm. Eines von mir. Kopfdrehung, Schritt zurück, Schritt vor, Kopfdrehung zur anderen Seite. Seine Hände leiten mich.

Einmal im Leben *Baby* sein! Wieder jubeln sie alle. Ich führe meinen Oberschenkel zu seiner Hüfte. Unter dem Beifall zieht er mich mehrere Meter. Ausgangsposition. Drehen. Für einen Wimpernschlag bade ich im blauen Meer, doch eine weitere Drehung lässt mich wieder auftauchen. Sein lasziver Hüftschwung sorgt für erfreute Reaktionen im Publikum. Meiner! Noch eine Minute ab hier. Wir lassen tanzend einen Abstand zwischen uns entstehen. Ein kleiner eleganter Freestyle-Part folgt. Ich zeige dem Publikum die Bewegungen, die mir Lisa beigebracht hat. Ihre Pumps sind längst ein Teil von mir. Bis ins Detail versuche ich, die begleitenden Elemente umzusetzen, damit die Mädels stolz auf mich sind.

Im Anschluss werden aus einem Meter zwei. Dann drei, schließlich vier und danach fünf. Ich hoffe, es wird gut gehen! Zunächst ist jedoch noch seine Solo-Performance an der Reihe, die er extra für das Video eingebaut hat. Beladen mit perfekt ausgeführten Schritten und Bewegungen wird sie jeden Zweifel, es könnte einen Besseren als ihn geben, auf einen Schlag in Luft auflösen. Er ist der Beste!

Die Leute im Publikum stimmen mir frenetisch zu. Es hält niemanden mehr auf den Sitzen. Bei diesem Hüftschwung nicht verwunderlich! Es bräuchte gar kein Bühnenlicht. Seine Passion leuchtet alles aus. Drehung. Eine angedeutete Rockstar-Pose. Erst jetzt bemerke ich, dass sich die anderen Tänzer im Hintergrund aufstellen und frei mittanzen. Gänsehaut! Und nun ist es an der Reihe: das Karussell! Pünktlich zum wiederkehrenden Refrain und dem damit eingeläuteten Finale.

Alle klatschen im Einklang. Und dann steht er bereit. Mein Moment. Ich laufe los und springe ab. Perfekt getroffen drehen wir uns. Gestützt von seinen Händen lege ich mich so weit wie möglich zurück und strecke meine Arme aus. Wieder steigert sich der Applaus, befeuernde Schreie inklusive. So fühlt sich die Freiheit an, die ich nie hatte! Das Leben!

Nach dem Karussell drückt Dannie mich noch mal mit seinen starken Armen nach oben. Dort sehe ich, wie das Publikum ausflippt. Ein filmreifer Moment! Ich werde abgesetzt, und die Crew flutet die Bühne. Einer nach dem anderen springt schließlich hinab, um das Tanzparkett zu füllen. Auch Dannie. Aber nur, damit er mich runterheben kann.

Unten tanzen wir weiter. Seite an Seite mit immer mehr Tanzpaaren, die sich aus Profitänzern und Zuschauern bilden. Das ältere Pärchen, das uns gestern so interessiert angesprochen hat, ist eines der ersten, das mir auffällt. Unser Song geht in die Verlängerung. Ich bin überwältigt, einfach nur überwältigt. *Alle* tanzen! Weil wir sie daran erinnert haben, wie viel Spaß es macht.

Plötzlich fällt mir Lizzy in die Arme. »Du bist wirklich die unglaublichste Freundin, die es auf dieser Welt gibt! Und der Song ist einfach der Oberhammer!«, schreit sie mir ins Ohr und wendet sich danach mit drohendem Finger Dannie zu: »Du behandelst sie gut, verstanden!« Dann schnappt sie sich ihren wartenden Justin und zieht ihn aufs Parkett. So kann ich mich wieder Dannie widmen. Einige loben uns, während sie vorbeiwirbeln. Auch James, der mit Carry tanzt und dabei glückselig wirkt. Maria und ihren Mann sichte ich ebenfalls. Peter und Lisa tanzen gemeinsam. Arnold, Dannies Zockerkumpel, ist hier? Und Betty vom OLDIES auch? Mit ihrem Mann! Gleich in der nächsten Drehung erblicke ich in der Menge erst Edin und dann Robert, den niedlichen Rentner vom Minigolfplatz. Victoria ist an seiner Seite. Als er mich entdeckt, winkt er mir breit grinsend zu. Wenig später sticht mir Sarah ins Auge. Ich kann nicht glauben, mit wem sie da tanzt. Es ist Alex! Doch als ich direkt hinter ihnen Jim und Janice sehe, glaube ich erst recht zu träumen. Sie tanzen! Sie tanzen wirklich! Zwar ganz am Rand, aber sie tanzen!

Was geschieht hier gerade? Ich gebe die Frage an Dannie weiter. Seine Antwort ist ein Kuss. Und während mich seine Lippen berühren, kann ich an nichts anderes mehr denken. Nur daran, dass ich mit ihm die Zeit meines Lebens hatte. Moment mal … warum eigentlich *hatte*?